文學新象 282

# 我殺死的男人回來了

내가 죽인 남자가 돌아왔다

黃世鳶——著
尹嘉玄——譯

高寶書版集團

評審推薦

# 兼具幽默詼諧、出其不意及類型文學的所有美德

且讓我回憶一下教保文庫故事徵選活動的最終審查日當天。

在上百件應徵作品當中，成功進入最終審查階段的作品有十餘件，為了選出其中最出色的作品，通常都需要經歷一段漫長的會議與討論，但是唯有那天決定得格外迅速，因為所有評審都有志一同、無庸置疑地選擇了這部作品。

猶記當時每一位評審的表情都像極了讀到精彩小說的讀者，而忘了自己是評審。

沒有任何犯罪紀錄的村鎮——「中川里」。

這個村不僅沒有知名特產，就連在外地闖出名堂的人物也沒有，唯一值得拿來說嘴的，只有村鎮會館裡展示的那些寫著「零犯罪村」字樣的匾額。全國最安全、零事件、零事故的村鎮，為了守住這份榮耀，每一位村民都謹言慎行。然而，就在好不容易要創下全國最長時間零犯罪村紀錄的關鍵時刻，一具遺體頓時使小村陷入了危機。

而且偏偏就在此時，一名原本在鄰近村鎮上班值勤的流氓刑警恰巧來到了這座村裡，他從

齊心想保住「零犯罪村」頭銜的村民身上嗅到了不尋常的氣味，並展開追查。

這具遺體究竟從哪裡來？村子裡又在暗地裡上演著哪些事情？

被孤立的村鎮、宛如藏有不可告人祕密的村民表情，這些元素乍看之下都很像電影中常見的設定，但是透過這部作品，可以看見作者如何藉由生動寫實的人物與對白，將這些熟悉的元素重組，使其煥然一新。

這本書充滿著幽默詼諧，光靠角色人物對白，就能把讀者逗得忍不住咯咯笑；還有出其不意的逆轉式故事架構，以及永遠無法預測的結局，徹底具備了類型文學的所有美德。

其實黃世鳶作家早在很久以前就以其特有的詼諧式寫作深得讀者青睞，在沉寂了一段時期猶如浪子回頭般重出江湖的此時此刻，竟端出了如此精彩絕倫的作品，不免令人好奇過去那段期間究竟是度過了一段什麼樣的時光。

都說作家一定要有才華，可我卻不這麼認為。

才華就如同馬拉松選手腳上穿的高性能運動鞋，頂多只能幫助你減輕跑步時腳掌與地面的摩擦撞擊，或者使你的腳相對舒服一些，但是奔跑時的每一次呼吸換氣、肌耐力、持久力、鍥而不捨的精神等，還是全憑選手的個人意志。

作家必須每次在全新的跑場上重新確認自己的能耐，不論從前創下過多少次的輝煌紀錄，那些都只是過去，不能保障目前正在進行的這場比賽結果，只能仰賴自己的雙腳拚命向前衝刺，直到邁入終點為止，最新成績才會揭曉。

如今，這部作品已經再度站上了起跑點，正在等待讀者翻閱。

不小心說過了頭。

其實只想對讀者說：

「趕快翻開這本書親自確認吧！」

二〇一九年七月八日

徐美愛（音譯，서미애）

蕭捌喜，三十八歲，寡婦
黃恩肇，七歲，外甥女
山
路
申漢國，四十歲，
身亡
于泰雨，四十七歲，里長
韓頓淑，四十二歲，里長夫人
朴達秀，七十五歲
朴光圭，三十八歲，單身漢
楊式連，四十五歲，經營池塘養殖場
田秀芝，四十三歲
楊東男，二十一歲
水
泥
道
路
王周榮，四十五歲，
經營餐館
青陽邑、中川橋、中川里村鎮會館
洞岩（自殺岩）、扶餘、公州
之川

# 將者谷介紹

# 目錄

# CONTENTS

# 前言

夜來香飄散的中川里里民會館前，掛著無數個寫著「零犯罪村」字樣的匾額，宛如一排成串的黃花魚，用繩子綑綁吊掛著。一名年近三十的女巡警已經站在那裡好長一段時間，她目不轉睛地盯著那些匾額觀看，自一九八一年至一九九七年止，總共有十六塊匾額，獨缺一九八七年。

女巡警重新調整好寬鬆的帽子，逕自走入里民會館。

會館內的牆上也張貼著好幾張「零犯罪村」的贈匾合影，從一九八二年五月拍攝的首張贈匾合影（一九八一年度零犯罪村），到一九九八年六月拍攝的最後一張贈匾合影（一九九七年度零犯罪村），按年份依序陳列於牆面。

從老舊泛黃的照片裡，可以看見隨著匾額數量增加，村民臉上也逐漸留下歲月的痕跡，大家的穿著生動地描述著時間的流逝與時代狀況，比方說，在一九八八年的照片中，就有兩名村民身穿奧運吉祥物小老虎與印有奧運五環的T恤；在一九九三年的照片裡，則有三名村民頭戴大田世界博覽帽。

然而，在最後一張一九九八年留下的贈匾合影裡，大家的表情明顯與前幾年不同，流露出不知是哭還是笑的微妙表情。

一九九八年合影的照片旁，掛著一個相框，相框裡是一張放大的黑白照，女警走到相框前，掏出一條白色手帕，將相框玻璃擦拭乾淨，再仔細端詳那張黑白照片裡的人物。

前排站著四名年約五、六歲至十幾歲的孩子；中間那排則站著一名四十多歲表情沉痛的男子，懷裡緊摟著一名笑容燦爛的嬰兒，他身旁還站有一名貌似是妻子的女子，再過去是一名年約二十五歲左右的女子，懷裡同樣抱著一名小嬰兒；最後一排則站著三名大人，剛好都站在前排的人頭之間，從空隙間露出臉龐。

照片裡除了兩名嬰兒和一名幼童面帶純真笑容外，其他年紀較大的孩子和大人則是一臉即將要落淚的神情。

女警仔細端詳那張黑白照好長一段時間，最後低頭用手背拭去了眼角的淚水。

一九九八年，南韓社會正飽受 IMF 危機[1]折磨之際，即將頒發第十六個零犯罪村匾額的前夕，竟發生了一起前所未有的詭異殺人事件。在那張年代久遠的黑白照裡，該起事件的真凶正在對著鏡頭露齒微笑。

1　一九九七年南韓瀕臨破產危險，向國際貨幣基金組織（IMF）貸款，簡稱 IMF 危機。

# 此生第二糟的一天

案發前一年（一九九七年六月），大田。

「你這王八有夠狡猾！既然最後都還是會栽在我手裡，讓大家工作輕鬆一點不是很好嗎？」

坐在現代依蘭特汽車副駕駛座的崔順石直接將椅背向後傾倒，他拿出一根This牌香菸，咬在嘴邊。黑社會組織兼地下錢莊業者謝秉蔡被上手銬坐在後座，被捕時因頑強抵抗而被警察毒打了一頓，呈現著半死不活的狀態。

「哥，在車上抽菸不太好吧，我們家孩子超討厭菸味……」

開車的金刑警皺著眉頭說道。但是崔順石毫不猶豫地從口袋裡掏出了Zippo牌打火機點菸。

「抱歉啊，搖下車窗不就好了。」

崔順石不帶絲毫愧歉地敷衍了回去，隨後，他便搖下車窗，對著窗外吞雲吐霧。這時，亮著路燈的維登橋映入了崔順石的眼簾，幾名路人站在橋邊，腹部倚靠在水泥欄杆上，彎下身子朝橋底下探看，彷彿橋下有什麼東西似的。

與崔順石望向同一處的金刑警急忙腳踩煞車，放慢車子速度。

「他們在看什麼？」

這時，一群在看熱鬧的人當中有一名禿頭男掏出手機，高舉雙手，對著柱狀警示燈閃爍不停的依蘭特汽車揮舞著示意。

金刑警把車子開過禿頭男身邊，緊挨著人行道停靠。

「看來是出事了，要不要先下車抽根菸？」

然而，崔順石不為所動，依然坐在車子裡抽著他手上的那根香菸。

「喂，你要是敢再動歪腦筋就試試看，最好給我安分點！」

金刑警對著坐在後座的謝秉蔡出氣，隨後，便獨自一人下車，朝人群聚集的地方走去。禿頭男急忙跑來對金刑警說了一些話，指引他望向前方橋下欄杆處。

「喂，謝秉蔡！」

崔順石凝視著窗外，主動向後座的謝秉蔡搭話。

「是，刑警大人。」

「你這次進去應該就很難出來了。」

「拜託大人，饒我一回吧。」

「畢竟是上了電視的新聞事件，我也幫不了你。所以平時你都有乖乖按時上繳的話，就不會有這些鳥事了嘛。長官們都已經不爽了，我也無可奈何。」

「只要您能把我放出來，我一定會展現十足誠意，以後也會記得按時上繳的，拜託了，大哥！」

「我才不是你大哥，被人聽見又要誤會了。」

「抱歉，大哥！」

「欸？怎麼又叫我大哥……你最快能準備多少？」

「我先去準備一張大鈔給您。」

金刑警跟著那些在看熱鬧的人往橋下俯瞰，過不久，他便匆匆忙忙地跑了回來。

「知道了，我盡量幫你妥善處理，不過你也要說到做到，不然後果怎麼樣，不用我說你應該也很清楚吧？」

「是，大哥！」

正當崔順石急忙結束這段對話時，金刑警剛好抵達車窗旁對崔順石說：

「橋下有人。」

「人？」

「應該是個死人。」

「在哪一邊？」

「嗯？什麼意思？」

「中區還是西區？」

金刑警轉過頭去，重新打量了一下橋的左右兩側。

「應該是位在中間偏我們西區這裡一點。」

崔順石滿臉不耐煩地皺著眉頭下車。他把叼著的菸蒂隨手往地上一扔，走向了人群聚集的地方。

他俯瞰橋下，發現正下方維登川中央有一名壯漢俯臥在水面，男子身穿的白色T恤已經被血染紅。

金刑警連忙回到車內尋找手電筒，再跑回現場照亮橋下的男子，男子的手臂和頸部明顯刺著龍紋身。

「唉，真是，趕快想想辦法，把那群湊熱鬧的路人趕走。」

崔順石為了走到橋下，連忙先走到橋墩入口處，再到河堤邊抓著橋的欄杆向下跳，他一屁股跌坐在滿是小石子的地面，起身後也沒脫掉運動鞋就直接走向水中浮屍所在的方向。

在水深及膝的河川中央，一具遺體就漂在那裡，崔順石走到遺體旁停下腳步，抬頭仰望橋上的人群。那群看熱鬧的路人還在向下俯瞰這具不明遺體與崔順石。

「金刑警！快想辦法趕走那群人！」

「是，各位請先離開這裡！我們必須保存現場，都請回吧！」

崔順石將遺體翻面，換成仰躺姿勢，可以清楚看見遺體的容顏。該名死者看上去年約三十，渾身散發著濃濃的黑道氣息。

拉起T恤一看，胸前刺著龍紋身，腹部身中三刀，看起來像是黑道幫派間的械鬥事件，從屍斑或遺體僵硬程度來看，推測應該是在三、四個小時前身亡。

再從維登橋上沒有任何血跡來看，應該是在河岸邊或河堤某處中刀，然後想要橫渡河川逃跑，結果不幸身亡，所以遺體才會漂來這裡。

「唉，感覺又是一件麻煩事。」

遺體明顯流向西區這一帶，屬於西部警察局的管轄範疇。一旦在西部警察局成立聯合調查本部、對整起事件展開調查的話，可想而知接下來就不可能睡好覺了，直到逮捕到嫌犯為止也會被各種人騷擾。最重要的是，假如那些從外部調派過來的搜查官開始大規模掃蕩聲色場所，那麼可能連上繳的賄賂金也會連帶受影響，而且萬一很不幸地被抓到小辮子……。

假如這具遺體可以往中部警察局管轄地區漂流五公尺左右，再被人發現的話該有多好，可惜遺體被河床上的一顆大石頭卡住，動彈不得。

崔順石重新抬頭仰望橋上，金刑警已經將那些好奇圍觀的人群疏散開來，所以在他頭頂正上方的橋面上已不再有閒雜人等。

「喂，金刑警！」

「怎麼了？」

金刑警用腹部抵著欄杆探頭問道。

「你有聯絡局裡的人嗎？」

「還沒，要聯絡嗎？」

「我來聯絡吧，你只要幫我顧好那些路人，不准他們靠近就好。」

崔順石從口袋裡掏出手機，依序按了三個數字，並按下通話鍵。

「您好，這裡是一一二犯罪報案中心。」

「喂，那個，我是經過這裡的路人，有一具……一具遺體，看起來像是被刀砍死了。」

崔順石對著話筒操著一口不太流利的慶尚道口音，還一邊拖著遺體的腳往中區方向過去。

「請問您目前所在位置是哪裡？」

「這裡是維登橋下……不，遺體是在維登橋下偏中區的河水裡，也就是三扶公寓這裡，位於中區這邊，麻煩趕快聯絡中部警察局的刑警來這裡一趟吧！」

崔順石為了確認遺體是否能夠交由中部警察局接手調查，他不時來回張望前後方，確認河川兩側的距離。正當他無意間抬頭仰望橋墩上方時，眼前突然閃過一道刺眼的白光，那是相機的閃光燈。

「啊！這是在做什麼？」

他的視網膜彷彿灼傷，有幾秒鐘的時間是處於眼前一片白的狀態，看不見任何景物，後來他揉了揉眼睛，重新抬起頭，沒想到又有人再度對他開啟了閃光燈。

「喂！金刑警！幫我抓住那個傢伙！」

崔順石對著橋上吶喊完以後，他鬆開了原本抓著遺體腿部的手，朝河岸邊匆忙奔跑。

「喂！金刑警！那個拿相機的傢伙，幹！」

崔順石一邊看著橋上一邊奔跑，還不小心踩了個空，整個人以跳水的姿勢向前傾。他全身撲倒在水裡，好不容易狼狽地站起身，爬上了河堤邊。

「喂！金刑警！」

「怎麼了？」

此時，金刑警才從橋上的欄杆處探頭出來查看橋下動靜。

「幫我把那個拿相機的傢伙抓住！千萬不能讓他給跑了！」

「拿相機的人？」

為了走回橋上，崔順石必須先跑一段數十公尺的河堤，重新回到橋墩的入口處才行。當崔順石拖著一身溼答答、緊貼在身上的衣服，氣喘吁吁地跑回橋上時，發現橋上聚集的人比剛才還要多，然而，他卻始終找不到那名手持相機的傢伙。

～～～

案發前六個月（一九九八年一月），大田。

趙恩妃三十三年人生中最不堪回首、最厭惡至極的那起事件，是發生在她剛擺脫約聘轉正職的時候。

「截稿時間要到嘍！大家趕快發稿吧！」

李部長因下班後還有聚餐活動而滿心期待地在辦公室裡閒晃，不停催促著採訪部的記者。

「你們應該比誰都清楚，比起一本正經的政治經濟新聞，聚餐時可以拿來當酒餚、像烤魷魚一樣既好吃又能久嚼的八卦新聞更受大眾歡迎吧？」

李部長走到辦公室最角落趙恩妃的位置時停了下來。

「欸，趙記者！今天都沒有什麼有趣的八卦新聞嗎？」

趙恩妃低頭不語，表示今天一無所獲。

「不要整天只坐在這裡，出去用腳跑新聞啊。妳看，像這種新聞多棒啊！」

趙恩妃把頭轉向李部長用手指的方向，那是一則剪貼在辦公桌側邊隔板上的報紙新聞，六個月前的報導，標題寫著「警察的遺體遊記」，下方還刊登著一張崔順石刑警臉部被打上馬賽克，在河川裡拖著死者的腿走路的照片。

「我是被妳寫的這篇新聞打動，才會在上次人事異動時幫妳升成正職人員，結果怎麼就沒動靜了？真打算繼續這樣下去啊？」

明明距離截稿還有一段時間，但是看他如此心急的樣子，應該是滿腦子只想著趕快聚餐這件事。該死的酒鬼，根本是想喝酒想瘋了。

等李部長回去他的座位以後，趙恩妃低聲嘆了一口氣，她點開電子郵件信箱，收到了幾封新的報導資料，以及兩名民眾寄來的爆料信，然而，那些資料都不足以成為一則可看的新聞。

正當她準備關掉電子郵件信箱時，一封寫著聳動標題的新郵件伴隨著叮咚聲抵達——**【新聞報導資料】愛國捐黃金運動，金磚恐已沉大海**——瞬間，趙恩妃的眼睛亮了，眼神中充滿期待，寄件人的郵件地址顯示為 sunsok112@cholian.net。

（一一二？難道是警察寄來的？）

她點開附件檔案，映入眼簾的是一張沉沒在汪洋大海上的貨船照片。

經釜山海洋警察局洪聖俊局長證實，一艘載有五、六噸黃金的大宇海運百噸級高速貨船「海洋男孩號」，於今日（二十五日）下午釜山東南方三十三公里海面上發生沉船意外。

船上乘載的黃金是來自全國民眾為了拯救國家舉債IMF危機而進行的泛國民運動——「愛國捐黃金運動」，市值近八百六十億韓元，正準備從釜山港運往日本。

釜山海洋警察局表示，海警在二十五日下午四點三十分左右於情資室收到了「船舶應急指位無線電示標」（EPIRB）的遇難訊號，並迅速掌握到發訊海域上有三艘警備艦及海警搜救隊可以協助救援。下午五點十一分，第一艘警備艦抵達釜山與對馬島之間的事故海域時，發現貨船船身已幾乎沉入海中，只剩一部分船頭露在水面。幸運的是，海警警備艦在附近找到海洋男孩號船員乘坐的救生艇，船長與船員總計八人全數獲救。

釜山海洋警察局表示，雖有兩、三名船員供稱「船尾處突然傳來爆炸聲響，船體急速傾斜，船隻便開始下沉」、「看見朝船尾快速灑來的水柱後，就發生了爆炸」，然而，受到北韓或第三國潛艇的魚雷攻擊導致沉船的可能性微乎其微，整起案件目前正從船員供詞比對著手，進行釐清調查。

另一方面，政府高層表示，事故海域水溫極低、水深極深，若要將沉沒的海洋男孩號打撈上岸，難度極高，但畢竟是一艘乘載了全體國人共體時艱、為克服IMF危機而自發性募集五～六噸黃金的船隻，所以會把握黃金救援時間進行打撈作業。

青瓦臺則表示，將於明日（二十六日）上午十點針對這起事故召開大國民談話，新聞稿內預計會提到這起事故的緣由始末，並呼籲民眾持續參與這場愛國捐黃金運動。

從政府積極應對這起零人員傷亡的海上事故，甚至召開國民談話來看，不難看出應該是為了極力杜絕前幾日在網路上迅速擴散的陰謀論——藉由愛國捐黃金運動之名募得的市值數千億韓元黃金，皆已成為政府的祕密資金。然而，網路上早已出現另一種陰謀論，認為政府其實是為了隱匿其不當行為而自導自演，讓這艘根本沒有載運黃金的貨船蓄意失控沉船。

（就是這個！）

李部長要的正是這種能夠拿來當作茶餘飯後話題的八卦新聞，內容也非常吸引人，甚至充分具有做成頭條新聞的潛力。

趙恩妃將這封信的內容複製貼到新聞稿編輯視窗內，重新細讀了一遍，但是讀著讀著，愈令她感到匪夷所思，與其說是一則新聞資料，反而更趨近於一則編輯完成的新聞稿，而且從文中提到的青瓦臺即將召開大國民談話來看，著實不像警察局傳來的新聞資料。

趙恩妃歪頭感到不解，她開始翻找電話聯絡簿，拿起電話進行撥打。

「喂？請問是釜山海洋警察局嗎？我這裡是大田《大廳日報》，想請問那艘在釜山沿海沉沒的載送黃金貨船目前狀態如何？」

「啊？載送黃金的貨船沉沒？您是說在釜山這裡沉船的嗎？」

「我這邊是有接獲大宇海運旗下的海洋男孩號沉船的消息，據說是在運送黃金的過程中於釜山沿海沉船，船上還載滿著愛國捐黃金運動募得的黃金，正準備送往日本，結果不幸發生沉船意外……」

「您請稍等，我去確認一下。」

幾分鐘後，話筒再次傳來了對方的回應。

「您好，已經幫您確認過了，今天不只是我們這個轄區，就連其他轄區都沒有發生貨船沉船事故，而且大宇海運旗下的貨船海洋男孩號目前也停泊在釜山港口，不在海上。」

趙恩妃頓時倍感無力。

「千真萬確嗎？」

「是，畢竟您是報社的人，我這邊也不敢大意，已經確認過兩、三次了。」

「好，那我了解了，非常感謝。」

趙恩妃謙和有禮地道謝完畢，不耐煩地啪一聲用力掛上了電話。

「去你的！到底是哪個該死的垃圾胡謅這種假新聞，還故意傳來報社。」

趙恩妃一邊謾罵，一邊用雙手粗魯地抓亂她那頭短髮，然後重新看了一下寄件人的郵件地址。

「sunsok112@cholian.net」

「順石一一二？該不會是那個卑鄙無恥的刑警，崔順石？」

趙恩妃轉頭瞅了隔板上的那則新聞報導一眼，然後舉起手來狠狠拍了一下照片中打著馬賽克的那張臉。

「哈！沒錯，就是你！愛記仇的小氣鬼，竟然想嫁禍於我……真是吃飽撐著沒事幹。看來就算被降一級趕到鄉下去還是本性沒改嘛！你以為傳這種東西過來就會有人理你啊？」

這傢伙肯定也知道記者不會被這種幼稚的假新聞所蒙騙，那麼，這封信應該就是用來通知並強調自身存在的恐嚇信。

「呿！做的事情倒是比長得可愛，真是太可愛了！可愛到荒謬至極！」

趙恩妃皺著眉頭，正準備把編輯視窗裡的新聞資料刪除，不過手機恰巧在這時響起。

「喂？」

「是我……。」

趙恩妃突然從位子上起身，電話另一頭是她前男友，兩人幾天前才剛分手，主要是因為女方受夠了男方喜歡到處拈花惹草，於是單方面提了分手，結果偏偏選在這最煩人的節骨眼打來，看來是需要當面好好吵一架了。

趙恩妃拿起手機衝出辦公室。這時，李部長也剛好走來辦公室，對著記者們喊道。

「截稿時間要到嘍！快點把新聞稿送出去吧！」

李部長走到趙恩妃的位子上，停下了腳步。

「趙恩妃人咧？截稿時間都已經迫在眉睫，她不在位子上寫稿，到底跑哪去了？明明才剛給她轉正職不久，怎麼螺絲就鬆成這樣……」

這時，顯示在趙恩妃電腦螢幕上的那則假新聞正好映入李部長眼簾。

「咦？愛國捐黃金運動，載送黃金的貨船沉沒……哇，不愧是趙恩妃！明明都已經寫好新聞稿了還在那邊跟我裝蒜……。」

李部長看著牆上的時鐘，拿起話筒撥打電話給趙恩妃，然而，電話裡卻傳來對方正在通話中的訊號。

眼看聚餐和截稿時間將至，李部長心急如焚，只好坐在趙恩妃的位子上親自編輯那則新聞稿。

截至新聞稿編輯完成為止，李部長都沒能聯絡上趙恩妃，她也都沒回到辦公室。看著時鐘望眼欲穿的李部長，最終只好親自將稿子送到編輯部，還特別致電給編輯部金部長，拜託他將這則新聞作為頭條，最後才將電腦關機，收拾好東西從座位上起身。

「來，大家快點下班吧！」

李部長對著辦公室裡的記者同仁們大聲吆喝，隨後便踩著雀躍的步伐匆匆離開了辦公室。

趙恩妃剛和分手不久的前男友在電話裡大吵完一架，她怒氣沖沖地回到了辦公室，發現採訪部記者早已全體收工，趙恩妃暗自慶幸著下班前不用看到討人厭的李部長，著實幸運。

隔天一早。

趙恩妃坐在廁所馬桶上，翻開凌晨送來的《大廳日報》，她簡直不敢相信自己的眼睛。報紙頭版就刊登著一艘貨船沉沒大海的照片，還附上斗大的標題及報導內容，然後在新聞稿的最後還印有「採訪記者／趙恩妃」。

「啊———！這該死的王八蛋！」

# 阿姨殺死了九尾狐

一九九八年六月，中川里。

「別喝那麼多水，小心尿褲子。」

蕭捌喜憂心地看著黃恩肇大口喝下一大碗白開水，不停在一旁叮嚀。

「捌喜，這炸雞太鹹了吧，妳說是不是？」

「所以才叫妳不要沾那麼多鹽巴啊！」

黃恩肇趴在棉被上，翻閱著畫有恐怖插圖的漫畫書，蕭捌喜則是開著收音機，躺在恩肇身旁。

收音機裡的女歌手正好結束一段演唱，主持人馬上與邀請來的歌手進行訪談。

「那我們就繼續與藥師歌手周炫美來聊聊剛才未談完的話題嘍！聽說牛奶和藥物不可以一起服用，請問是為什麼呢？」

「根據外國的醫療研究指出，藥物如果搭配牛奶同時服用的話，牛奶裡的成分會妨礙人體吸收藥物，所以會使藥效降低。不論是感冒藥還是其他藥物，如果你不想讓藥效降低的話，至少要在服用藥物的前後三十分鐘內盡量避免喝牛奶。」

「喔～原來如此，我還自作聰明想說吃藥會傷胃，所以吃完藥都還特地喝杯牛奶來保護胃，有時也會擔心藥物造成胃部不適而事先喝牛奶，甚至也有過用牛奶代替白開水來吃藥，難怪過去吃進身體裡的藥感覺都沒什麼效……」

到底睡了多久呢？

黃恩肇根本不記得自己是在什麼時候睡著的，正當她因強烈便意而從夢中醒來時，蕭捌喜依然邊聽著廣播，邊把晚餐吃剩的炸雞拿來配燒酒，滿臉喜悅地數著鈔票，那幾疊五千和萬元鈔，是她白天去洪城牛市場賣掉家裡飼養的一頭牛所換得的三百二十萬韓元。

「五十四、五十五、五十六……」

收音機裡開始傳來政論節目的聲音，應該是晚間十一點整新聞已結束。

「在社會受困於 IMF 危機，整體大環境不景氣的此時此刻，竟然有政治人物假公濟私，只顧著填飽自己的荷包，罔顧經濟與一團亂的政治現況，忙著想盡辦法互踢皮球、將錯誤推給他人。當政治人物在逃避責任時，整體經濟更是每況愈下，社會到處都是失業、破產人士，甚至還有愈來愈多人想不開，選擇走上絕路……。」

「捌喜，拉屎！」

黃恩肇突然站起身，蕭捌喜被她突如其來的舉動嚇了一跳，暫停了數鈔動作。

「很急嗎？」

「嗯。」

蕭捌喜放下手中數到一半的鈔票，正準備帶黃恩肇出去上洗手間，但她還是不放心那疊紙鈔，於是急忙把恩肇本來鋪在地上睡的那條棉被拉了過去，小心翼翼地蓋住紙鈔。

她們家的旱廁位於一片漆黑的院子角落。

「捌……捌喜！別走啊！」

「好啦，我是能走去哪裡，我會在這裡等妳出來。不過話說回來，妳都已經幾歲了，怎麼還不會說敬語啊？敬語有那麼難嗎？」

黃恩肇因為不會對人使用敬語而被村子裡的人取了個綽號——洋妞，意指西方女子，她以韓國年齡來算今年七歲，但如果以美國年齡來算是五歲。

廁所裡亮著一盞宛如小夜燈般昏暗泛黃的五瓦燈泡，恩肇因為不好意思讓阿姨看見自己在上大號，所以有將廁所門關上，但是因為實在太害怕一個人在昏暗的廁所裡，所以沒有完全將門關緊，而是留了十公分左右的門縫。

明明剛才還有強烈的屎意，彷彿下一秒就要拉在褲子裡似的，但是現在怎麼又屎意全消了。恩肇感覺旱廁裡的黑洞會像她閱讀的那本恐怖漫畫書裡呈現的模樣，從洞裡伸出一隻手，並問她：「妳要藍色衛生紙，還是紅色衛生紙？」

恩肇刻意不讓自己去看那個收集屎尿的黑洞，專心從門縫間看著站在外頭的阿姨。霎時間，她隱約看見大門旁的牛舍裡有東西在晃動，一開始她還以為只是牛在動，但下一秒便想起阿姨白天才剛帶她跟著去牛市場把牛賣掉，所以牛舍裡現在應該是空的才對，不可能有牛。

恩肇想起了去年和阿姨一起收看的恐怖電視節目——《新傳說故鄉》，裡面有一隻九尾狐，把手放進牛的嘴巴裡，將其肝臟挖出來吃下肚。她心頭一驚，心想說不定是九尾狐根本不曉得那頭牛已經被賣掉，還特地從後山下來想要取走牛的肝臟。

「捌……捌喜！」

「怎麼啦？阿姨在這裡啊！」

這時，從牛舍出來的黑影迅速移往大門。

「捌喜！那、那邊……！」

蕭捌喜連忙回頭查看，她不是因為黃恩肇提醒所以回頭，而是因為親耳聽見了未上鎖的大門出現哐啷聲響。

「什麼鬼？小……小偷！」

在那瞬間，蕭捌喜腦海中浮現的並不是要取走牛肝的九尾狐，而是比九尾狐還要可怕的竊賊。「我還把早上賣掉牛換來的錢隨意扔在臥房地板上，難道小偷已經把它……？」

蕭捌喜連忙拿起靠放在廁所牆上的粗棍棒，往鐵製的大門方向衝去。然而，鐵門早已緊閉。

「有小偷！」

蕭捌喜沒有直接打開大門衝出去，反而選擇朝大門方向大聲喊叫。她很害怕，因為小偷身上極有可能攜帶凶器，雖然蕭捌喜有配炸雞喝了一瓶燒酒，卻沒有膽子衝去外面和小偷正面對決。

「你……你是誰？」

蕭捌喜看著大門外游移不定的影子喊道。

她蹲下身子，原本打算從大門下方的縫隙查看門外動靜，卻突然向後退了幾步，因為小偷正好也在從大門底下的縫隙查看屋內。

「啊——！」

蕭捌喜嚇得後退了好幾步，然後再重新向前衝去，朝鐵門奮力踹了一腳。大門發出砰一聲巨響，瞬間敞開，門後的人則是被突如其來的鐵門撞個正著，跌坐在地。

「你……你是誰？」

蕭捌喜再次對著門外厲聲大喊，但是跌倒在門外的人並沒有回應。

「該死的小偷！」

她猶豫了一會兒，決定拿起棍棒往門外衝。對於比小偷柔弱的女子來說，先發制人絕對是最好的自我防衛方法，假如現在不立刻衝出去壓制對方，小偷就很可能闖進來把錢統統搶走，最糟的情況還有可能反被小偷攻擊，使自己和恩肇置身在危險當中。

黃恩肇繼續蹲坐在廁所裡，連續聽到好幾聲從大門外傳來的啪啪聲響，那是蕭捌喜阿姨正在對門外疑似是小偷的傢伙毫不留情揮打棍棒的聲音。

「你這可惡的小偷！看我們兩個女孩子好欺負是不是！你以為我們兩個很弱嗎？」

啪！啪！啪！

等拍打聲停止後，再度傳來蕭捌喜阿姨的說話聲。

「你到底是誰？」

蕭捌喜阿姨氣喘吁吁地問道，然而，對方連個痛苦呻吟聲都沒有。外面維持了一陣靜默。感覺蕭捌喜阿姨正在確認被打趴在地的人究竟是誰。

「天啊……申漢國！」

蕭捌喜阿姨的嗓音從害怕轉為驚愕。

「喂！哈囉？睜開眼睛啊！血……流血了！」

蕭捌喜阿姨急忙衝回屋內，跑進廚房裡拿了一支打火機出來，趕緊奔向大門外。

當蕭捌喜阿姨點燃打火機時，大門外頓時變得明亮，但是恩肇只能看見火光，其餘什麼也看不見。

「死、死了……」

恩肇只有聽見蕭捌喜阿姨用顫抖的嗓音說了這句話，接下來就沒再聽見任何聲響。

「捌喜？我拉完屎啦！」

解完便的恩肇翹著屁股等待阿姨來幫她收拾善後，然而，阿姨沒有回應。

「恩肇拉完啦！」

由於阿姨遲遲沒有回來，恩肇只好自己抽了幾張衛生紙，大略擦拭一下，便穿起褲子走出廁所，繼續呼叫阿姨。

「捌喜？捌喜？」

其實比起現在外頭發生的事情，恩肇更害怕剛剛身處的那間旱廁，尤其是會將自己拉的屎吞噬掉的那口黑洞。

「捌喜？捌喜？」

恩肇的聲音聽起來有點哽咽，彷彿下一秒鐘就會哭出來，蕭捌喜急忙從外頭衝回屋內，一把抓住恩肇的纖細手腕，匆匆帶她走回房間。

回到房間裡的蕭捌喜先把棉被掀開，確認棉被底下的鈔票是否還完好如初。雖然因為掀棉被的動作太粗魯，導致那些鈔票亂成一團，不過鈔票還是跟剛才一樣原封不動地藏在那裡，似乎是沒有被人動過手腳，甚至根本不用重新確認金額是否正確，因為要是被小偷發現，一定會全數偷走，不可能只拿走一小部分。

蕭捌喜慌張地用雙手將散落一地的五千與萬元鈔掃在一起，然而，每當她觸摸到紙鈔時，紙鈔上就會沾上鮮紅色的血跡。她暫停動作，目光從紙鈔挪移至自己的雙手，她發現兩手沾滿了鮮血，包括剛才緊抓的恩肇手腕上也沾得到處都是。

「血！是血！」

恩肇低頭看向自己的手，發出了近似尖叫的聲音。

蕭捌喜急忙把聚集成堆、沾有血跡的鈔票用被單包裹，胡亂塞進衣櫥裡其他棉被之間，然後關上衣櫥門，六神無主地走到恩肇面前。

「血！血！」

蕭捌喜取了一條掛在牆上的毛巾，迅速幫眼淚就快潰堤的恩肇擦拭乾淨。

「幹！這只是失誤……不對，是正當防衛！但是我把他打死了……要是我被關進監獄裡，那我們恩肇不就……不行！一定要打起精神來，這不是我一個人的問題，我絕對不能坐牢。」

恩肇看著阿姨一邊幫她擦拭手上的血跡，嘴裡還念念有詞，簡直就像個瘋女人。她對於這樣的阿姨感到既陌生又害怕。

「怎麼偏偏在這零犯罪村裡，而且贈匾活動也即將舉行……不行，我一定要重新振作，我和恩肇絕對不能變成申漢國那樣，我和恩肇絕對不會……。恩肇，快來這裡躺好！」

蕭捌喜幾乎是用半強迫的方式把恩肇拉回被窩裡。

「眼睛閉起來，快點睡，阿姨出去外面看一下，很快就回來。」

「可是沒有捌喜我一個人會怕有九尾狐……」

「放心，沒有什麼九尾狐，我只是去一下下，馬上回來，阿姨也想去上大號，上完廁所就回來。」

黃恩肇被獨自留在房間內，蕭捌喜匆匆忙忙地跑了出去。

不一會兒，外頭就傳來了手推車的輪胎聲響，以及大門被打開的聲音。顯然捌喜阿姨並不是去上廁所。

恩肇站起身，打開房門，探出頭去四處張望。

「捌喜？捌喜？我好害怕！快回來啊！」

即便她喊得很大聲，阿姨也沒做任何回應。恩肇不得已，只好走出房間，穿上鞋子，往傳出聲響的大門方向跑去。蕭捌喜正在賣力地將死者搬運到手推車上。

「捌喜！捌喜！」

「哎唷，我的天！拜託妳趕快進去睡覺啦！」

雖然因為天色昏暗而看不清楚阿姨的表情，但是光從聲音就能聽得出來，她下一秒很可能就會情緒潰堤、抱頭痛哭。

蕭捌喜好不容易把申漢國的遺體裝進手推車裡，再奮力地將手推車推往院內。她急忙關上大門，拉著黃恩肇的小手走到院子裡的接水區，用自來水先將自己沾滿血的手洗淨，再幫恩肇的手也一併清洗乾淨。

蕭捌喜拉著黃恩肇走進臥房。

「恩肇，快去躺好！」

「妳不會再亂跑了吧？」

「嗯，快睡……。」

蕭捌喜一邊輕拍黃恩肇的胸口哄她入睡，一邊不停張望擺放在電視機上的電話以及暫時放著遺體的大門處。

「寶寶睡，快睡……」

恩肇因受到驚嚇而難以入眠，但是蕭捌喜認為再繼續這樣乾等下去也不是辦法。

「阿姨出去一下，妳先看個電視吧！」

蕭捌喜硬是讓黃恩肇坐在電視機前收看電視，正當她走到檐廊上時，整個人宛如被雷劈到般，滿臉錯愕地杵在那裡一動也不動——原本放在院子裡裝著遺體的手推車竟然不翼而飛了！

蕭捌喜急忙穿好鞋，往大門外衝了出去，但是周遭一片漆黑，連一隻小貓的影子都沒見著。

砰！

一聲爆炸巨響劃破了鄉下初夏傍晚的寂寥，原本在做惡夢的黃恩肇突然睜開眼睛。

「捌喜？捌喜？」

「噓！」

還沒睡的蕭捌喜從上往下俯瞰恩肇的臉龐，並將食指靠在嘴脣上，示意要她別出聲。房內維持一片安靜，再也沒聽到任何聲響。

「阿姨去上個廁所，馬上回來，妳先躺著。」

「捌喜！妳剛剛不是已經去過廁所了嗎？我好害怕……」

蕭捌喜別無他法，只好幫跟屁蟲黃恩肇穿上鞋子。

「啊！」

正當蕭捌喜緊握黃恩肇的手準備要走出大門時，她嚇得突然停下了腳步。那輛消失的手推車竟然又重新出現在大門外，也就是約莫兩小時前和申漢國的屍體一起不翼而飛的那輛手推車，居然又離奇出現了。

「怎……怎麼會？」

蕭捌喜驚嚇過度，下巴都掉了下來，她張著嘴轉動頭部，觀察四周，但依舊只有漆黑一片，連一隻小狗的影子都沒見著。

（難道是我被鬼遮眼了？）

然而，這一切都不是錯覺也不是幻影，因為手推車裡明顯留有紅色血跡。

她沒有時間可以猶豫。

蕭捌喜將大門敞開，迅速地將手推車推進了家門，然後再把它放進空蕩蕩的牛舍裡。她必須先將殺人的關鍵證據——手推車處理掉，再來思考後續事宜。

蕭捌喜走到院子裡的接水區，正準備要拿起水桶，就在那時，她聽見村子某處傳來了女子的尖叫聲。

「啊——！」

蕭捌喜暫停所有動作，全身上下的神經統統都集中到耳朵去了。她聽見村民之間模糊的交頭接耳聲，感覺情況不妙。

蕭捌喜用水桶接滿水，再提到牛舍去沖洗手推車，就這樣來來回回了好幾趟，最後再從牆上取下一把草叉。

她一手拿著草叉，一手牽著黃恩肇，朝里長家快步奔去。

「啊！」

當蕭捌喜一腳跨進里長家的院子裡時，她停下了腳步，發出近似於尖叫的聲音。

原來是于泰雨里長家一噸重的小貨車衝撞到自家庭院下方的地瓜田裡一顆V字型的柿子樹，而且小貨車與樹木間還卡著一個人，發生事故的小貨車周遭聚集著七、八位村民，還有人正在用光線微弱的手電筒照射著被小貨車撞到渾身是血的男子。

「鬼……是鬼啊！怎麼會有這種事……？一定是被鬼抓走了……」

「鬼妳個頭！清醒一點！」

原本正在用手電筒查看男子的于泰雨里長，突然把手電筒照向全身發抖的妻子韓頓淑，並對她咆哮。

有人試圖想要打開車門，門卻是鎖著的，不論多麼用力拉扯手把都打不開。

聚集在小貨車周遭的居民開始一個接一個使出全力將小貨車往後推，小貨車正緩緩移動時，被夾在柿子樹與小貨車之間的該名男子也瞬間往一旁倒了下去。有人將渾身是血的男子迅速拖往旁邊。

「申……申漢國，對嗎？」

原本搖晃不定的微弱燈光又再度重新聚焦到臥倒在地的男子身上。

「沒錯，是他！」

池塘戶楊式連的兒子楊東男看著血跡斑斑的男子臉龐說道。

「申漢國怎麼會……？」

在黑暗中聽見「申漢國」這個名字的瞬間，黃恩肇抬頭看了阿姨一眼，阿姨全身僵硬地站在原地一動也不動。雖然因為天色昏暗而看不清楚阿姨的表情，但是可想而知阿姨的臉色一定慘白不堪。

「怎……怎麼回事啊？」

「是煞車失靈嗎？」

「他死了嗎？」

「有沒有誰會做心肺復甦術？」

村民們你一言我一語，說話聲在黑暗中此起彼落。

「他的身體已經冰冷，脈搏也停止跳動了。」

「冰冷？」

「也沒有呼吸。」

「唉，這到底是怎麼回事？」

「真麻煩，怎麼偏偏在零犯罪村贈匾活動前出這種事……」

「嘖嘖嘖，這該死的酒鬼！就連離開人世都這樣給人添麻煩。」

「要打一一九叫救護車嗎？」

「人都已經死了，叫救護車來還有用嗎？要叫警察來才對吧。」

「怎麼辦才好？」

「什麼怎麼辦，打一一〇叫警察啊！」

「哎唷，我的天！你這人真的是連死都給人添麻煩，要死怎麼不自己一個人默默死掉就好，大半夜的跑來別人家裡撞小貨車幹嘛呢……」

「還能怎麼辦，趕快報警吧。」

「要是報……報警的話，里長會不會被警察抓走？里長明明沒做錯任何事，會不會無端受到牽連，背上什麼過失致死之類的罪名？」

大家視線因站在後方焦慮不安的蕭捌喜這一番話而轉移到里長身上，里長手持微弱燈光的手電筒六神無主地站在那裡，從他那張暗淡無光的面孔上，可以看見流露著恐懼與擔憂的神情。

「這還真是……，被一名酗酒的頭痛人物搞得人仰馬翻，反而害泰雨哥莫名其妙惹了一身腥。」

池塘養殖場老闆楊式連蹲坐在遺體旁犯著嘀咕。

「這怎麼會是泰雨哥一個人的問題，這可是我們全村的重大事件，等於零犯罪紀錄徹底破功了，不是嗎？」

在小鎮上經營餐館的王周榮看著一張張暗沉的面孔說道。

他身穿褐色皮鞋搭配西裝褲，上半身卻是穿著土黃色的無袖背心，看起來像是剛回到家正準備換衣服，換到一半卻聽見外頭有不尋常的動靜就連忙衝了出來的樣子。

「唉，是啊，就等於破功了，明年起我們也領不到獎金了。」

「真他媽的！」

微妙的嘆息聲從村民口中接二連三傳出，奇怪的是，那些嘆息聲反而聽起來像極了如釋重負的聲音。恩肇環視著這群大人。

「真是太奇怪了，怎麼會在這大半夜的被煞車失靈的小貨車撞上。」

「爸，這有什麼好奇怪的？意外事故本來就不分時間地點，也沒什麼法則可循。」

「所以你不覺得奇怪？一輛煞車失靈的小貨車，朝著斜坡下方的田裡滾去，結果申漢國就這麼剛好不偏不倚地站在那裡被車撞上，這難道一點都不奇怪？如果以機率來看的話，根本是柿子樹上的柿子正好掉進了張口打哈欠的人口中。」

「人只要夠倒楣，就算向後跌倒都有可能使鼻梁斷裂。」

「哎唷，現在是爭論這種事情的時候嗎？我們應該要思考有沒有什麼方法能讓這件事圓滿落幕才對吧！」

「其實就像池塘戶阿姨說的，有沒有什麼方法可以不讓里長遭受無端牽連，讓我們這個村也不受影響？」

蕭捌喜一邊看著大家的臉色，一邊刻意把話題引導到這個方向去。

「要是有這種方法當然最好，問題是有這種方法嗎？」

王周榮搖著頭說。

「假如我們現在報警處理，那麼我們無辜的，不，善良的里長就會被警察抓走，坦白說我們里長有什麼罪呢？大半夜跑來別人家院子裡被車撞死的酒鬼申漢國叔叔才有錯吧，真他媽的該死！」

「喂，楊東男！那麼激動幹嘛？就像你媽說的，當務之急，我們應該要冷靜思考如何處理眼下這個情況。」

「既然是喝醉酒被車撞死的，那是不是可以把他當成是從自殺岩失足摔落身亡而死的呢？」

王周榮說了一項驚人提議。

所有人面面相覷，不發一語。

和兒子朴光圭比鄰而站、默默聆聽大家發言的朴達秀老翁，突然搖著拐杖站出來說：

「不可能！最近科學蒐證技術發達得很，怎麼可能蒙混過關，從石頭上摔死和被車撞死，專家一看就知道，搞不好還弄巧成拙，把事情變得更複雜也不一定。更何況棄屍罪多嚴重啊，光是擅自挖掘別人的墳墓、移動骨骸都會被判刑呢！」

「還是就說他是在從山頂或青陽小鎮回來的路上不幸被汽車衝撞，汽車駕駛肇事逃逸呢？我們可以把他挪放到車水馬龍的大馬路上……？」

蕭捌喜再次小心翼翼地提議。

「肇事逃逸？」

「聽起來不錯，但是申漢國為什麼要在這麼晚的時間點出現在那個地方，然後被人肇事逃逸呢？」

餐館老闆王周榮搖著頭說道。

「我同意用這個說詞，人的死活怎麼可能都合乎邏輯、都有辦法一一解釋？不是都說人快死的時候往往會做出一些反常的舉動嗎？申漢國光是在這裡被小貨車撞死都難以解釋了……。對了！今天不是剛好有青陽小鎮的趕集日嗎？就當作他是去青陽小鎮喝酒，醉倒在路邊不小心睡著，夜裡醒來準備重新返家時遭遇橫禍，被人肇事逃逸，這樣聽起來也滿合理，不是嗎？」

楊式連的妻子田秀芝表示贊同，並做了補充。

「也是，畢竟意外事故往往都來得出其不意、措手不及……。」

「是啊，不管怎麼想都覺得還是這個說詞最好。」

「別鬧了，要是弄巧成拙，我們所有人可是都要吃牢飯的！」

朴姓老翁的兒子朴光圭也和父親一樣持反對意見。

「那到底要怎麼辦？你有什麼對策嗎？難道要讓泰雨哥去坐牢？」

王周榮質問朴光圭。

「也不是啦……畢竟車子都有強制險，假如是被判過失致死的話，說不定還能得到緩刑，但是棄屍罪的話罪刑更重，所以我不明白為什麼要這樣冒險。」

「欸！我看你說這麼多都只是藉口，你只是不想被無端捲入這起事件吧？一臉就寫著為什麼我要被捲入這種是非的表情，是不是被我看穿了？呵，你如果不想淌渾水，現在就退出無所謂，我們就當作你從頭到尾都沒出現在這裡。」

「不是啦……我只是擔心萬一事情出了差錯……」

朴光圭輪流看著大家，嘴裡咕噥著。

「好吧，既然是攸關我們村接下來還要不要繼續保持零犯罪村美名的問題，那就是我們全村人的問題，不然我們就用多數決的方式，由在場所有人來決定怎麼處理好了。認為要如實報警處理的請舉手！」

王周榮一問完，朴光圭緩緩舉起了右手，並觀察其他人的表情。然而，出人意外的是，朴光圭的父親朴姓老翁礙於要看于泰雨里長的臉色而沒有舉手，所以最終除了朴光圭以外，在場沒有其他人舉手。

「朴光圭一票！好，那麼認為應該將這起發生在泰雨哥家中的不幸事件，由我們這群和家人沒兩樣的左鄰右舍直接圓滿處理掉的人請舉手！」

每個人你看我、我看你，開始紛紛舉起手來。除了朴光圭、朴姓老翁、黃恩肇以外，所有人都舉手贊成。

「一人反對，兩人棄權，其餘所有人都贊成。」

「不，我們家恩肇還未成年，沒有投票權，所以請扣除掉她的票。」

「不，我也贊成。」

黃恩肇奮力地將她那隻小手高舉起來。

「那就這樣決定了喔！接下來打算怎麼處理……？」

「就像我們剛才討論的，以外地人釀出的肇事逃逸來處理吧，這樣才不會波及到村裡的任何人……。」

「那要是警方開始搜查肇事逃逸者，然後從我們開始展開調查的話怎麼辦？而且萬一查到里長家的小貨車……？」

餐館老闆王周榮突然又持反對意見。

「那到底要怎麼處理？我們也沒其他辦法了啊！」

「是啊，刑警怎麼可能大老遠跑來鄉下展開調查？」

「還是里長家的小貨車不要送去汽車維修廠維修，我們自己去買零件回來修理就好？我以前有在汽車工業公司上過班，只要有零件，這種程度的毀損是可以幫忙維修的。里長您覺得如何？怎麼處理比較好？」

「這個嗎……是啊！我也覺得既然是被車撞死的，那就以肇……肇事逃逸來處理比較好。」

既然于泰雨里長都表示贊成了，王周榮也很難再堅持反對。

「我覺得盡量把遺體挪移到距離這裡愈遠的地方愈好，但是我們該如何把申漢國搬過去呢？總不可能用肩膀撐住他的身體一步一步抬過去吧？」

大家聽完楊式連說的這番話以後，紛紛望向了王周榮。如今在這個村子裡，有車的人只剩下王周榮一人。

「不……不行，我那輛現代 Grandeur 汽車是絕對不能載遺體的，更何況那還是剛買不久的新車……。」

「這人真是！現在新不新車是重點嗎？我們只要在你的後車廂先鋪好塑膠袋，不讓血漬沾到你的愛車不就好了？有新車了不起喔？」

「可是我喝了好多酒，這樣開車上路是酒駕。」

「酒駕？您剛才在青陽鎮上不也是喝了酒開車回家的嗎？怎麼剛才那段路就可以酒駕，現在又突然不行？」

楊東男用質問的語氣問起王周榮。

「那要是被警察攔下來酒測臨檢的話怎麼辦……？你也知道我當初是費了多大功夫才拿到這張駕照的，整整花了我兩年時間！」

「呿，那怎麼還敢酒駕？」

楊東男提出質疑。

「而且哪來的臨檢？我喝酒騎車十多年了，從來沒在路上看過一次酒測臨檢。」

「不……不是啦！其實……我的車子也有發生車禍……不對，車剛好壞了！」

「什麼？壞了？你確定？該不會是臨時瞎說的吧？」

「真的啦！剛才回家的路上，我沒注意到那邊河堤上有石頭掉下來擋在路中央，結果回到家才發現，車子變速箱好像壞了，本來還打算明天要叫拖吊車來處理。」

不論這番話是否屬實，既然車主王周榮都這樣說了，其他人也拿他沒轍。

「對了！申漢國的家裡不是有耕耘機嗎？可以用它來載啊！」

「喂，喵喵！說到這，妳怎麼在這裡？」

池塘戶老闆娘田秀芝這時才發現站在蕭捌喜身邊的黃恩肇，她語帶驚訝地問著。

「我才不是什麼貓咪，我叫黃恩肇！」

「怎麼能讓孩子看這麼血腥恐怖的畫面，快帶她回去！」

「是啊，剩下的事情就交給男人做，女人和老父親都先回家吧。黃恩肇，趕快先和阿姨回家！」

朴光圭輪流看著黃恩肇和蕭捌喜說道。

「幸好喵喵沒朋友，至少不會去到處亂說，不過那把草叉又是幹嘛用的？」

田秀芝看著蕭捌喜手上的草叉，好奇地問道。

「喔，因為剛才有聽見女人的尖叫聲，因為擔心害怕所以才拿著它跑了出來……。」

「可能是里長夫人發現遺體時驚嚇過度發出來的尖叫聲吧，不過這也是人之常情，因為就連我也嚇了一跳。妳還是先帶孩子回去吧。」

「都不用幫忙嗎？」

「完全不需要擔心，我們自己會看著辦。」

朴光圭插話說道。他輕推黃恩肇的背，示意要她們趕快先回去。

雖然蕭捌喜很想留到最後仔細觀察大家處理遺體的過程，但是因為考量到年幼的外甥女黃恩肇，只好選擇轉身打道回府。

「恩肇，我們回家吧。」

黃恩肇不停偷瞄著渾身是血的申漢國遺體，手拿草叉的蕭捌喜一把牽起了黃恩肇的小手。回家的路上，蕭捌喜一句話也沒說。抵達家門口時，她牽著恩肇的手，在一坨淤泥處停下了腳步。大門前之所以會有一坨淤泥，是因為剛才蕭捌喜為了清除掉血跡而潑了一大盆自來水。

「黃恩肇，妳看著阿姨的眼睛，今晚的事情，絕對不可以對任何人說，一旦說出去，妳就再也不能和阿姨一起生活，因為我會被關進監獄裡，妳會被送進孤兒院。」

蕭捌喜用十分嚴肅的眼神緊盯著黃恩肇說道。

「嗯，知道了……。」

就在蕭捌喜正打算接著開口說話時，一道巨大的閃電突然劃破天際。

「啊！」

黃恩肇和蕭捌喜同時嚇了一跳。

**轟**隆——！

**轟**隆隆的雷聲接踵而至。天空開始下起細雨，細雨也迅速變成了滂沱大雨。

雨滴掉落在鐵皮屋頂上的聲音顯得格外響亮，宛如巫堂在召喚冤魂時，手拿巫鈴不停搖晃的聲響。

# 兩具意外身亡的遺體

雨愈下愈大。

身穿雨衣的四名員警人手一支手電筒爬上山。

「秋仁樂先生！秋仁樂先生！」

手持紅色對講機的年輕員警朝一片漆黑的山中喊道。

「哎呀，我的耳朵都要聾了，拜託可以不要對著我的耳朵喊這麼大聲嗎？再說了，你覺得一個死人會回應你嗎？要是有人回才有鬼！」

「但他可能還沒死啊！」

「沒死的人怎麼會在家裡留一封遺書跑來這座山上呢？唉，真不想看見一具遺體悽慘地躺在那裡……。」

「怎麼偏偏選在這種日子跑來零犯罪村裡自殺，真是的，害我不能睡，這應該不影響幾天後的中川里零犯罪村贈匾活動吧？到時候局長、檢察長、道知事[2]都會出席，不曉得我們會不

2 韓國一級地方行政區的首長。

會受到波及。」

「既然大家會把洞岩俗稱自殺岩，就表示應該有蠻多人選擇在這裡輕生，但是為什麼這裡還是可以維持零犯罪村紀錄？」一個月前從公州市轉調來這裡的朴警長向派出所所長問道。

「除了自殺難以列入犯罪的範疇外，外地人來這裡自殺也與零犯罪村毫無關聯。所謂零犯罪村，意思是設籍在這個村裡的人只要一整年都沒有任何犯罪紀錄就好，外地人來這裡犯罪也無所謂，但是設籍這裡的人不可以到其他村或其他城市犯下罪刑。以憲法來看就是屬人而非屬地主義的意思。」

他們爬了好一會兒，發現了一顆二十公尺左右高的岩石峭壁，那顆岩石正中央有一個洞，洞的形狀像極了女人的性器官。

「那就是大家說陰氣很重的洞岩嗎？」

「沒錯，你應該有聽說過洞岩的傳說吧？」

「什麼傳說？」

「你不知道洞岩的傳說？只要站在那上面許下關於女友或老婆的願望，然後跳下去自殺，那個願望就會實現，沒聽說過嗎？比方說，死前在那裡許下希望某某女子幸福的願望，那麼該名女子就真的會從此幸福，要是許下讓某某女子不幸的願望，該名女子則開始變得不幸……。」

「是嗎？可是如果是為情尋短的話，應該很少會許願讓對方幸福吧。」

「是啊，你說的沒錯。我想不論是哪個女人，一旦知道有人因自己而在這裡許願並跳崖自殺，應該都不可能幸福。而且在此後餘生裡，每當不如意、不順遂時，就會自動聯想到一定是某個該死的傢伙在這裡許了個爛願望然後投崖自盡，才導致自己的人生波折不斷。」

「換作是我，與其許下這種無聊的詛咒再投崖自盡，不如許下願望下輩子能投胎成長相酷似某位帥到逆天的明星，然後將女人玩弄於股掌之間，這種實際一點的願望不是更好嗎？」

「哈哈，李巡警的思考模式倒是滿正面的，不過會許下那種願望的人應該表示還想繼續活下去，這種人會自殺嗎？」

派出所所長說著說著，突然停下腳步。他皺起了眉頭。

「真是的，在那裡！」

派出所所長用手電筒照向前方遠處躺臥在地的物體，一名貌似男性的成年人隨意橫躺在洞岩下方的石頭間。

所長似乎對於親眼去看怵目驚心的遺體感到遲疑，但他也不能再繼續猶豫下去，畢竟要是那個人還留有一線生機，就必須盡快送醫搶救。以派出所所長為首，員警們紛紛朝那名倒臥在地的人快步奔去。

果然是一名男子，臉部已經血肉模糊，難以分辨長相。應該是從岩石峭壁上墜落時受到猛烈撞擊導致。

派出所所長伸出手輕放在渾身是血的男子頸部，脈搏已經停止跳動。其他員警也伸手抓住了男子的手腕，確認脈搏早已停止，全身冰冷僵硬，推測應該已經死亡一段時間。兩人確定男子已無生命跡象後，不約而同地搖了搖頭。

他們必須確認死者身分，所長開始翻找死者的口袋，並從褲子後方口袋掏出了一只皮夾，皮夾內有身分證。

「秋仁樂，沒錯，唉。」

「既然都在家中留下遺書才出門，應該就不需要再多做調查了。來，收拾一下現場吧，先打一一九，皮夾另外收好，順便來看看周遭有沒有其他遺物。」

「是不是也該上去那邊檢查一下？」

「嗯，李巡警和朴警長，你們兩人一起上去看看吧。」

李巡警接過所長遞給他的死者皮夾，發現皮夾裡有一張摺疊的紙條。李巡警用頭部和上半身遮擋雨滴，試著閱讀紙條上的字句。

我想向所有人致上最深的歉意，告別式可以免了，只要火化完把骨灰撒在江河或大海裡即可。我想要徹底抹去曾經在世的所有痕跡，也想要消失得無影無蹤。

～～～

當黃恩肇從睡夢中醒來時，房間非常明亮，天花板上的燈管卻是關著的，原來是太陽光穿過門上的窗戶紙，照亮了整個房間，宛如冬日午後西曬的陽光映照在窗戶上那般明亮刺眼。

（咦，這麼快就早上了？）

然而，整個房間的感覺不太像早晨，那是她此生第一次見到的光景。

黃恩肇環顧了一下房間，沒見到阿姨的身影。

「捌喜？捌喜？」

黃恩肇打開房門，走到檐廊上，外頭依舊下著雨，明明還是深夜，家門前卻異常明亮。原來是位於村中央的申漢國他家那邊正燒著熊熊烈火，火勢直竄夜空。

恩肇穿上鞋，從檐廊下取出一把傘，她撐著傘不停呼喊著阿姨的名字，並走出大門。她急忙奔向被火勢環繞的申漢國家，尋找趁她睡著時又消失不見的阿姨。

村民們手提水桶、洗臉盆等盛水工具，不停地在雨中來回穿梭，他們忙著從附近農田和池塘戶前的養殖場接水，再扛到申漢國的家潑灑救火，還有人把噴灑農藥用的農藥接管放長，改接自來水幫忙滅火。

然而這樣的救援方式根本就是「凍足放尿」[3]，不僅接水的路途遙遠、能裝來的水不多，也因為火勢過於猛烈，村民難以靠近，潑灑的水大部分都未能觸及到火焰，只是灑在最外圍的院子裡而已。

從天而降的雨水同樣起不到太大作用，每當雨滴掉落在失火的鐵皮屋頂上時，不是隨即蒸發，就是順著屋檐流到地面。

村子入口處傳來了尖銳刺耳的消防車警笛聲，幾輛消防車正準備入村救援，卻因入村道路上有一堆似乎是從山坡上被雨水沖刷下來的石頭，以及彷彿被雷劈倒的大樹橫躺在路中央而難

---

3 韓國俗語，比喻只有一時的效果，效力馬上就會消失。

以通行，除此之外，還有一輛耕耘機停放在狹窄的水泥道路上。

等消防員清除掉那些石頭、用電鋸把大樹鋸斷，再將阻擋道路的老舊耕耘機挪到一旁之後，消防車才得以順利進入火災現場。

消防車一停好，消防員便訓練有素地開始接水管滅火，然而就在此時，被火勢團團包圍的房子瞬間倒塌，周圍的人也飽受驚嚇，向後退了好幾步。

這是黃恩肇第一次親眼看見閃爍的火光和響著鳴笛聲的消防車，正當她為眼前的景象看到渾然忘我之際，在忙碌奔走的人群中發現了蕭捌喜阿姨的身影——她正提著臉盆站在那裡。恩肇急忙跑了過去。

「捌喜！」

蕭捌喜緊緊抱住朝她飛奔而來的恩肇，她的身體早已被雨水淋溼。

「恩肇！妳怎麼從家裡出來了？」

蕭捌喜把歪一邊的雨傘重新拿好，為恩肇撐傘。

「因為……我怕！」

蕭捌喜一臉為難地環視了一下四周。

「趕快先回家！」

「不……不要！好可怕……。」

蕭捌喜無可奈何，只好牽起恩肇的小手，重新朝她們家方向走去。

「捌喜？」

恩肇早上醒來睜開眼睛時，發現阿姨又不在房間裡。打開房門時，外面天已亮。昨夜敲打鐵皮屋頂一整晚的雨聲宛如夢一場，掛在七甲山山頂上的雲霧也逐漸散去。

「捌喜？」

想也知道阿姨去了哪裡。

恩肇走下檐廊，把放在墊腳石上的運動鞋穿好，急忙奔向昨晚被火勢吞沒的申漢國住處。

整棟房子早已燃燒殆盡，只剩屋子地基上堆疊著燒成一半焦黑木炭的大梁柱，看起來怵目驚心，甚至就連鐵皮屋頂也被猛烈火勢燒到熔化殆盡，幾乎看不見形體。唯一僅剩的是一座位於房屋十多公尺外、用水泥磚堆疊蓋建而成的廁所。

一隻混種珍島犬站在那間廁所前，與人群保持著一段距離，不停來回走動吠叫，那是申漢國養的狗——「阿呆」。

整晚不停亮著警示燈的消防車早已撤離現場，村子入口道路旁停放著幾輛警車和從未見過的汽車。

一群身穿白衣的人聚集在火場中央，似乎是在灰燼中收拾殘局，另外還有幾名穿著便服看起來像刑警的人在周遭四處查看。

果然不出黃恩肇所料，蕭捌喜阿姨就站在火場周圍看熱鬧的路人群中，神情緊張地盯著警察和消防員的一舉一動。

「捌喜！」

蕭捌喜抱住了朝她飛奔而來的黃恩肇。

「這麼早就醒啦？會不會餓？妳等我一下。」

然而，蕭捌喜的目光一直離不開那些從外地來的人，也根本不打算離開那裡。

「起火原因是什麼？」從隔壁村來看熱鬧的七十多歲老翁問起身旁的于泰雨里長。

「不知道，我怎麼可能知道呢。」

「竟然在雨天失火……雨天能把房子燒成這樣也很奇怪……」

「哎呀，有什麼好奇怪的，就和雨天在灶臺下生火一樣的道理啊，難道會因為下雨火就燒不起來嗎？還是照樣能生火，因為有遮風擋雨的屋頂，所以下雨和火災是沒什麼關聯的。」

「就算是如此，為什麼死者沒能成功脫困？難道火勢來得急促猛烈、迅速蔓延，所以根本沒時間脫逃？」

「誰知道啊，他平常就是個整天泡在酒罐子裡的人，可能昨天又喝到不省人事，遭逢意外的吧。」

「該死的臭狗，一直吠，吵死了，是不是應該要有人去把牠給拴住啊？」

老翁眉頭深鎖，彷彿被狗叫聲吵得難以再繼續交談。

「那隻狗應該也是知道自己的主人離世，所以才會難過得到處亂叫吧。」

黃恩肇聽完這句話便放開了阿姨的手，朝那隻不停徘徊在人群邊吠啼的混種珍島犬走去。

「喂！阿呆！小聲一點！你要是再繼續叫，就要被我修理了喔！」

阿呆被黃恩肇訓了一頓之後便停止嚎吠，反而跑到恩肇面前輕搖尾巴。恩肇一把摟住阿呆，輕撫著牠的頭頂。于泰雨里長見狀立刻手拿狗鍊快步走向阿呆，準備將牠拴住，但是眼明腳快的阿呆也不是個省油的燈，馬上察覺有異逃開了。

在灰燼中不停翻找的那群白衣人，找出了大大小小的白骨，移放至一旁鋪在空地上的白色棉布上。

「呵呵，整棟房子燒得精光，只剩一些骨頭了。所以都說，『人來有先後，人走無先後』，誰會料到申漢國竟然會比我先走呢。」

隔壁小鎮的老翁咂了一下舌，獨自呢喃。

手拿筆記本的刑警往一旁看熱鬧的人群走去。

手臂纏著手撕白色布料的男子、跛腳青年、頭髮被火燙到捲曲燒焦的女子，以及不停用手背敲打後背的男子擠身在人群當中。

「請問您的手臂為什麼會受傷？」

刑警對著整隻右手和右手臂被白色布料層層包裹的朴光圭問道。朴光圭一臉驚愕，迅速將手藏到身後，然後又像此地無銀三百兩的小偷一樣緩緩將手伸了出來。

「這、這個嗎？昨晚在幫忙救火時不小心被燙到了。」

「不用去醫院看醫生嗎？」

「哎呀，不用啦，才這麼一點傷，又不是手臂骨折……」

「你的腳又怎麼了？」

刑警這次改問走起路來一瘸一拐的楊式連兒子楊東男。

「沒什麼啦，昨晚幫忙滅火時被狗咬了一口……牠可能誤以為我要去攻擊牠吧，突然就朝我撲了過來，該死的臭狗！」

楊東男用手指向依然在人群周遭徘徊的阿呆。

「那阿姨您的頭髮怎麼回事？」

里長夫人韓頓淑的那頭捲髮似乎是被火吻過，看上去凌亂不堪。

「我也是昨晚太……太認真救火，不小心被燙到……」

刑警輪流看了這些村民一輪，似乎是覺得其他傷者應該也是在昨晚協助救火時受傷，所以沒再多作盤問，便將手中的筆記本闔上。

「起火時間是昨晚幾點呢？」

「幾……幾點啊？昨晚大概十一點吧，我也沒看時間所以不太清楚……」

于泰雨里長歪了一下頭回答。

「不是吧，應該是凌晨十二點或一點左右喔！」

站在一旁的路人插話說道。

「才不是呢，應該是凌晨兩點才對！」

「對啊，我也記得是兩點左右。」

「不是不是，我記得是一點左右。」

「對啦，我明明也記得是一點。」

不知為何，每個人說的起火時間都不盡相同。刑警歪了歪頭，直接在筆記本上寫下起火時間為凌晨一點。

「那是誰第一個發現這裡起火的？」

「不知道欸，我來這裡時就已經有很多人在忙著救火了……」

「我到這裡的時候也是……」

「不是里長第一個發現的嗎？」

「不是啦！我跑來的時候也已經有人在幫忙滅火了。」

「那是誰第一個報警的？」

「是我啊，因為救火救了好一陣子都沒等到消防車來，所以覺得奇怪，為了保險起見，就用手機打電話確認了一下……」

于泰雨里長神情緊張地回答。

「火災發生後其實隔了滿長一段時間才報警，為什麼其他人都沒有先報警處理呢？」

「其他人可能也和我一樣，想說應該有人已經報警了，所以就沒打電話吧。」

「火是從哪裡開始燒起來的？」

「不是廚房嗎？我到這裡的時候是看到廚房的火勢最為猛烈。」

「應該不是，我昨晚看見火勢是從臥房裡竄出來的。」

「才不是咧，我也是看到廚房那邊的火燒得最大。」

「那應該是因為廚房堆著木柴的關係吧。」

「火光和煙霧又是什麼顏色的呢？」

所有人再度面面相覷。

于泰雨里長眼看沒有人要出面回答，於是又站出來說話了。

「不知道欸……火光自然是燒得紅通通的，至於煙霧嘛……昨晚天色實在太昏暗所以……」

「有聞到汽油味或發現什麼異狀嗎？」

「汽油味？我沒聞到什麼味道啊……。」

「我也是，沒聞到汽油味。」

「其他人呢？都沒有察覺倒任何奇怪的地方嗎？」

所有人搖了搖頭。

「或者有沒有看見什麼可疑的人物？」

刑警更改了提問方向。

「可……可疑人物？」

「比方說，火災發生前後有無陌生人來訪，或者有沒有人在這棟房屋周遭徘徊……？」

「不、不知道欸……」

「對了！說到陌生人，還真有一名陌生人！昨天早上我有看到一名年輕男子站在村子入口處。對了，喵喵，妳昨天早上是不是有和他說話？那個人是誰？」

于泰雨里長的妻子韓頓淑話一說完，所有人的目光同時轉向了黃恩肇。

「唉，到底要我說幾次，我是黃恩肇，不是什麼喵喵。英文名叫 **Eun Jo Huang**，有些洋鬼子也會叫我 **En Jo Huang**，怎麼會蠢到連個人名都記不住。」

「哎唷，好啦好啦，我知道了，沒大沒小的黃恩肇，妳昨天早上是不是有和某個人說話？」

「有啊。」

「那個人是誰？」

「妳也不認識啦，就是個陌生人向我問路，問我怎麼去洞岩。」

「然後？」

「然後我就告訴他洞岩在那邊啦。我還跟他說那邊陰氣比較重，很多男人都跳崖自殺，所以男生去那邊尤其要小心。」

「什麼？陰氣？妳這小丫頭知道這是什麼意思嗎？」

被刑警這麼一問，黃恩肇轉身望向蕭捌喜，露出了「陰氣是什麼」的表情。

「所以在那之後還有人見過該名男子嗎？」

沒有任何人回答。

「昨晚都沒聽見狗叫聲嗎？」

這次大家也是搖搖頭，紛紛表示沒有聽到。

「那隻狗，是死者申漢國生前養的狗，對吧？牠一直都是沒被拴著的嗎？」

「不知道欸……」

所有人再度面面相覷。

「你說你的腳是被狗咬傷的對吧？當時牠有被繩子拴住嗎？」

刑警向楊式連的兒子楊東男問道。

「啊？這個嘛……」

「喔！妳和這隻狗滿熟的對吧？那應該問妳比較清楚，那隻狗一直都是像這樣鬆開繩索的嗎？」

刑警在黃恩肇面前蹲了下來，向她問道。

「不是，牠一直都是被栓住的，栓在狗屋旁邊。」

「狗屋？」

刑警轉頭看了一下被火燒毀的房子，卻不見狗屋的痕跡。

「狗屋本來放在哪裡？」

「那邊，廚房前面。」

小狗明顯是被人故意鬆開繩索的，在火場周圍徘徊的混種珍島犬頸部只剩下項圈，如果是起火後自己掙脫掉繩子的，那麼繩子應該要和項圈連在一起才對，卻沒有繩子的蹤影。

「起火原因是什麼？」

刑警眼神緊盯著村民。

「不知道，我們怎麼會知道……」

所有人再度交換眼神。

「也許是從灶爐那裡燒起來的？」

餐館老闆王周榮歪頭不解地猜測。

「可是明明又不是寒冷的天氣，為什麼要在灶爐裡生火呢？」

「哎唷，昨晚不是有下雨嘛，也有可能是因為太潮濕所以生火啊，不然就是想要做個下酒菜，結果弄巧成拙釀成火災也不一定；再不然就是他已經喝茫了，為了弄個下酒菜打開瓦斯爐，又忘記關火就回房休息也有可能。」

「所以你是主張申漢國在臥室裡睡著的情況下，不幸遭逢變故而死的？」

王周榮面對刑警的提問露出了非常吃驚的表情。

「啊？找出白骨的地方難道不是臥房嗎？我只是看那個位置很像臥房才這麼推測的，不然我怎麼可能知道他是在哪裡怎麼死的。」

這時，池塘戶老闆楊式連的兒子楊東男插話說：「說不定起火原因是閃電也不一定啊，畢竟起火前下了一場大雨，也出現過許多次閃電和打雷。」

「對，如果不是被雷劈到，就是漏電，因為每逢下雨天，這個村就會時不時停電，你們說是不是？也不曉得韓國電力公社到底在幹嘛，明明也向我們收取同樣的電費，為啥偏偏我們這區就很常停電，難道是看我們鄉下人好欺負？」

「那申漢國先生生前有沒有和誰結仇呢？」

「結仇？在這種鄉下地方種田的人能和誰結下梁子呢……」

「我調了一下申漢國先生的資料，發現他有一項前科紀錄，請問他之前是因為什麼原因而坐牢？」

刑警的提問似乎直搗核心，所有人霎時間露出了惴惴不安的神情，紛紛交換起眼神。

其中最年長的朴達秀老翁看大家都不出聲，只好站出來解釋。

「那是因為當年一場大洪水……。當時其實也和昨晚一樣下著大雨，申漢國竟然沒商量就把七甲山上的水庫——天莊湖水門打開，搞得整個村大淹水。而且當時正好要秋收了，洪水害河流旁的村鎮、我們這裡以及鵲川里、之川里、龍頭里等多處農作物都受到波及，損失慘重。」

「申漢國為什麼要將水庫裡的水放出來？」

「其實那年秋颱頻頻來襲，帶來了豐沛的雨量。雨過天晴之後，申漢國為了摘蘑菇跑到七甲山，但他發現前一晚下的暴雨已經使水庫接近滿水位，要是再不放水，很快就會漫出水壩，所以就擅自決定打開水門，避免水壩坍塌造成更嚴重的災害。畢竟要是水庫潰堤，災害絕對只會更大，甚至超乎想像，所以他才會主張自己當下也是不得已才選擇將水門打開。」

「所以如果沒有打開水門，水壩就一定會坍塌嗎？」

「這就不得而知了！可能不會發生任何事，也可能引發更大災難，沒人能說得準。」

「總而言之，是因為擅自打開水庫的水門，導致農民損失慘重，所以遭到起訴？」

「是啊，但真正的問題還在後頭，開水庫的水門只是前哨戰罷了。」

「啊？」

「自從那次事件之後，我們這個村就從『零犯罪村』除名了，所以也沒能領到政府頒發的獎金。但是你看我們這個村，一邊是高山，另外三面像半島，完全被河水環繞，當時村鎮前方還沒設河堤，所以每到下雨天就會淹水，大小災害不斷，那年原本是計畫要用獎金來蓋河堤，讓村鎮不再受淹水之苦，但是因為申漢國犯下那起事件，害我們整個村沒能順利領到獎金，也沒能執行河堤蓋建工程。然而，就在隔年夏天，梅雨季的時候下了超大豪雨，所以我們村又淹水了，當時的損失非常慘重，村裡的農田不是泡在水裡就是被水沖走，家畜也全部遭殃，甚至就連村民也死了好幾個。」

「原來有發生這些事。」

「喂，王周榮！當時你老婆不就是被水沖走死掉的嗎？」

「是啊，呵呵，她可是創下了潛水世界新紀錄呢，到現在都還沒浮出水面……」

「後來呢？」

「哪有什麼後來，事情就那樣結束啦。其實大家內心都希望進了牢房又假釋出獄的申漢國能再入監服刑，可是，申漢國的那條罪也不是害我們隔年大淹水、損失慘重的直接原因，不能讓他重新回去坐牢的情況下，大家只能氣在心裡，自認倒楣，要是能讓申漢國受到一些懲罰，或許還能平息一下大家心中的怒火，但是在申漢國出獄之後發生嚴重的洪水，他沒有受到任何懲處，所以大家才會更氣憤難平。畢竟有太多人因為沒能如期進行河堤工程而被洪水摧毀家園，面臨很大的財產損失，有些人的老婆甚至被活活沖走，沒了生命，這都沒有一個人可以負責或受懲罰，就像一直以來損失慘重的受害者都需要一個怨恨對象一樣，會想找個對象洩憤，要怨天的話老天爺又遠在天邊，申漢國相對來說還近在眼前，於是他就成了全村公敵。」

「所以村民有對他展開報復嗎？」

「哪有什麼報復……雖然當時有人會喝醉酒去找申漢國理論，抓著他的衣領叫喊著無法和仇人同住在一片天空下，不是你死就是我活，但頂多也只是排擠他而已，沒特別對他做什麼事。」

「當時有哪些人是受災戶呢？」

「房子蓋在河邊的，或者家裡有農田的。將者谷這邊有養牛的于泰雨家、池塘戶的楊式連他們家，以及餐館老闆王周榮；安頓村則有趙慶輝、韓宗燮、金玉環、黃在順、江熙國這幾戶人家……，多到根本屬不清。除了五年前從外地搬來住在最上面的那戶，村裡的其他住戶應該或多或少都有受到洪水影響。」

朴達秀老翁口中的「最上面那戶」，其實就是指住在村子地勢最高處的黃恩肇和蕭捌喜她們家。

「如果要在這些人當中選出誰是最大受害者，那應該就是痛失妻子的王周榮吧。是不是？」

朴達秀老翁話一說完，餐館老闆王周榮便不停揮著雙手說：

「不不不！反正當時我和我老婆也整天吵架，更何況申漢國是立意良善，為了救全村而打開水門，我沒理由怨恨他。其實……當時的確是對他有小小埋怨，但那都多久以前的事了，現在早就沒任何怨恨，真的對他一點情緒都沒有，我的心絕對是清白的！」

「申漢國先生，昨天都做了哪些事呢？」

面對刑警的提問，王周榮嚇了一跳。

「什麼？我……我當然是從早到晚都在鎮上的餐館裡做生意，晚上和朋友們小酌了幾杯……」

「不，我是在問申漢國先生，他昨天白天都做了哪些事，有人知道嗎？」

沒有人回答。

朴達秀老翁再度出面說話。

「他自從捅了那個大妻子以後，一直都是過著獨居、被村民排擠冷落的生活，不對，如果換個角度看，是他自己選擇搞孤僻的。從那次事件之後，他除了白天要下田工作或有事情要處理才會出門，其他時間幾乎都是窩在家足不出戶。對了，有一段時期他甚至向人借錢，開始蓋溫室，準備東山再起，但是最後也不了了之，反而欠了一屁股債，從此之後就成了愛喝酒的人，整天在家酗酒，昨天可能也在家裡喝了一整天的酒吧，有人昨天看見他走出家門嗎？」

村民們面面相看，都選擇悶不吭聲。

「昨天有人見到申漢國嗎？」

刑警輪流看著所有人重新詢問。於是黃恩肇奮力地舉起了她的小手，雖然蕭捌喜極力拉住她的手臂試圖制止，卻仍為時已晚。

「我有看到！昨天看到的。」

「妳有看到？昨天什麼時候看到的？」

「昨天去市場賣牛的時候有在小鎮裡遇到他，昨晚把炸雞骨頭拿來送給阿呆的時候也有看到他在喝酒。」

「喝酒？他一個人在喝酒嗎？」

「嗯，他一個人。喔！對了，他還有講電話，跟對方在談錢的事情。」

「談錢？」

「他說他連想自殺的錢都沒有。」

「自殺的錢？」

「嗯，聽起來像是要先拿到一筆錢才有辦法去死。他一直對著電話筒罵『幹，隨便啦！』」

「這到底是怎麼回事？喂，金刑警，你去調閱一下死者的通聯紀錄，順便查一下有無債務問題，保險關係也都先釐清好。」

手持筆記本的刑警向一旁較為年輕的刑警交代完要處理哪些事項之後，便將視線重新聚焦到黃恩肇身上。

「不過妳這小傢伙怎麼說話這麼沒大沒小？」

「你是真不知道還是假不知道？太蠢了吧！我就剛好是不大不小的年紀，所以說話也沒大沒小啊。」

正當刑警感到荒謬無語時，于泰雨里長的手機電話剛好響起。

接完電話的里長急忙跑向了肩上徽章是三朵木槿花，全身著套裝制服的警官。

「科長！七甲山天莊湖已經達到滿水位，再加上天氣預報說即將有颱風要來，所以水庫馬上就要進行預防性放水了。」

肩上別有三朵木槿花徽章的警官一臉茫然地看向于泰雨里長。

「一旦天莊湖開始放水，二十分鐘內水就會流到這裡，到時候橋梁會被水淹沒，這個村也會被孤立，若是在這樣的情況下還堅持要離開村鎮，就必須走險峻的山路翻越好幾座山才行，還不能靠車輛通行。基本上汽車大概會有兩天無法行駛。所以趁還沒封橋之前，想撤村的人要趕緊把握時間撤離。」

科長一臉頓悟的表情，轉身對那些火災現場勘驗員呼喊。

「還要多久才會結束？天莊湖水庫要預防性放水了，這裡即將與外界隔離，大家動作要快！」

于泰雨里長向外地人傳遞完水庫放水的消息以後，便轉身面向河川，掏出手機撥打電話。

不久後，村鎮後山的喇叭就有警示音響起。

約莫十秒左右的警示音播放完畢後，又傳出了有人在說話的聲音。

「喂，喂，麥克風測試。這裡是中川里廣播室，本人將代替里長向各位村民報告。由於昨日連夜豪雨不斷，導致天莊湖水庫即將到達滿水位，預計將於今日上午九點整進行預防性放水，因此，中川橋會在九點前實施管制，需要到村外的民眾，請把握時間於九點前撤離，居住在河邊的民眾，也請迅速躲避至地勢較高的地方。中川里廣播室再次向各位村民報告……」

天莊湖放水通知廣播才剛結束，一輛紅色大宇 Tico 車便駛進了村鎮，停在火災現場前方的路邊。隨即，一名手持相機的短髮女子開門走下車，這個人正是記者趙恩妃。

六個月前，趙恩妃記者被卑鄙刑警崔順石寄來的那封假新聞信件擺了一道，害她發了一篇史上最嚴重的錯誤報導——「愛國捐黃金運動，黃金恐隨赴日貨船沉入大海」，被報社炒了魷魚；而且也因被貼上了史上最嚴重的錯誤報導記者標籤，害她連想要換報社找工作都處處碰壁，最後不得已，她回到了父親的故鄉忠清南道青陽郡，在叔叔經營的《青陽新聞》報社打雜。

「趙恩妃記者，請留步！」

趙恩妃正準備試圖越過寫著「禁止進入」字樣的封鎖線走進鑑識現場，一名看起來十分面熟、身著套裝制服的青陽警察局警官急忙擋住了她的去路。

「我只要進去拍幾張照就好。」

「哎唷，現在不行啦，等那些人都走了以後再讓妳拍。」

身穿正式套裝的警官一臉為難，似乎是因外地來的那些人而不便通融。

趙恩妃面露無奈，只好聽從指示退出封鎖線。

這時，一輛黑色老舊吉普車從村子入口處行駛而來，停靠在路邊有整排汽車的最後一格，也就是趙恩妃的紅色 **Tico** 車後方。

「喔？那個人是……？他怎麼會來這裡……？」

趙恩妃看著一名男子從吉普車走下車，嘴上還叼著一根菸，用 **Zippo** 打火機點菸，朝她迎面而來。她有點不知所措，口中還念念有詞。

「幹！果然不是冤家不聚頭……。」

原來對方正是當年因趙恩妃的一篇報導使其降級被貶職到洪城警察局任職的刑警，也是害趙恩妃丟了飯碗來到這鄉下農村當小記者的幼稚刑警崔順石。

趙恩妃從遠處一眼就認出了崔順石，她的表情明顯不悅，宛如閃避骯髒的糞土般，隨即藏身在一旁看火場熱鬧的人群當中。

緊接著，警官和消防員將那些被火燒過的白骨包裹好，帶離了現場。大家要趁聯外道路尚未封鎖前，趕緊把握時間解散撤離。

# 和仇人一起受困在零犯罪村裡

崔順石站在申漢國失火的住處院子裡吞雲吐霧，茫然若失地看著燒到焦黑的炭堆，他抬起頭仰望天空，突然張口謾罵。

「他媽的！操！」

這時，口袋裡的手機響起。

「幹，這死纏爛打的傢伙！」

絕對是謝秉蔡打來的電話，雖然他內心實在不願接起，卻又不能拒接。這一年來，崔順石的周遭出現了諸多變化。

「喂？」

「你到底怎麼回事？為什麼不接我電話？」

才剛接起電話，話筒內就傳來了謝秉蔡的咆哮謾罵。

「嘖，我的耳朵都要聾了。因為這裡是鄉下啊，手機訊號不穩定，現在也只能抓得到一格訊號。」

「所以到底怎麼樣了？」

「昨天晚上死了……因為一場火……」

「什麼？死了？那個叫甚麼申漢國的傢伙死了？為什麼死得這麼突然？」

「可能是意外，也可能是自殺。不過我們也不需要知道他的死因吧，可以確定的是他已經被火燒到只剩幾根骨頭了。」

「那我還能領到錢嗎？」

「都說他人已經死了，是要我怎樣跟他拿錢？連變賣的遺體都沒有，只剩下幾塊骨頭而已。」

「他媽的，你這傢伙怎麼好意思跟我說這種話？申漢國那傢伙可是要還我們整整五千萬韓元啊！」

「哎呀，你又不是一毛錢都沒領到！你借了他一千萬，光利息就拿了兩千多萬，那就夠啦！怎麼可能找死人討債，還要他連本帶利的還你錢？難道是要我追他下地獄討債啊？」

「幹，你這傢伙，當我是在做慈善事業啊？沒有其他管道能拿到錢嗎？」

「有的話他就不用跟我們借錢啦！我看房子、土地都已經拿去銀行抵押了，家裡的東西也都被火燒光……。」

「可是再找找看說不定能找出一些東西啊！」

「你這狗雜種！」

「什麼？幹你娘，你這狗娘養的東西，你剛才跟我說什麼？」

「啊，抱歉，我不是在罵你，我是說申漢國唯一僅剩的財產就只有那邊那隻雜種狗而已。

欸？這輛耕耘機也是申漢國的嗎？這裡還有一輛耕耘機，要是把狗和耕耘機一起賣掉，說不定還能添點車油錢。」

崔順石一邊講著電話，一邊朝停放在申漢國家門前的那輛耕耘機走去。

電話那頭傳來了男子悽厲的慘叫聲，以及揮打棍棒的聲音，看來他們是把借錢未還的人抓去了辦公室，正在教訓對方最好乖乖把錢吐出來。

「喂！我在講電話的時候能不能安靜一點！」

謝秉蔡對著那些毆打債務人的小弟喊道。

「欸，總之你自己想辦法弄出五千萬給我，要是弄不出來就找你還錢。」

「這也太過分了吧？我連自己的債都沒還完，是要怎樣幫別人還債？」

「所以啊，你要是不想幫別人還錢，就想盡辦法弄出五千萬給我。還有，弔唁賓客的白包也記得統統交出來，別想動現金的歪腦筋。申漢國有父母或兄弟姊妹嗎？」

「沒有。」

「那總會有遠房親戚吧？不論是找出來威脅還是恐嚇一頓，都要讓他們吐一些錢出來，你要是兩手空空地回來找我，那就要有腎臟被摘除變賣的心理準備。」

「你難道不知道我只剩一顆腎臟嗎？我早就賣過一顆了。」

電話硬生生被切斷，原來是謝秉蔡直接掛斷了電話。

「我操你媽的！」

崔順石瞪了手機一眼，再將它塞進褲子後方口袋。他重新取出一根菸叼在嘴邊，望著停放在中漢國住處前、位於路邊的那輛耕耘機，那是一輛有著歲月痕跡的耕耘機，車頭和拖車都還有最近才剛發生過車禍的痕跡，能不能換到三十萬韓元都難說。

村民們紛紛靠近正在觀察耕耘機的崔順石。

「你是……？」

走在人群最前面率先提問的人是池塘戶老闆楊式連。

「請問你是……？為什麼在這裡……？」

「喔！崔順石刑警！」

跟著村民一起走來的趙恩妃直接代替崔順石做了回答——既然躲不掉就正面對決，這可是趙恩妃的人生信條。

「崔刑警，你怎麼會在這裡？」

當村民聽見正在觀察耕耘機的男子正是刑警時，所有人頓時變得神情緊張、戒慎恐懼，開始緩緩向後退。

崔順石一見到趙恩妃，臉就瞬間垮了下來。

「看來你一眼就認出了我是誰，不過你在這裡做什麼呢？難道又被貶職到這個村？」

崔順石巧妙地避開了趙恩妃充滿挑釁意味的眼神，沒多做回應。

「對了，上次那件事對你實在有點抱歉，我怎麼可能有什麼私人恩怨要嫁禍於你，害你降級、轉調鄉下，大家不都只是為了一份工作、為了交差而已嘛……。啊！還有那封充滿怨恨與報復性的信我有收到了，也多虧你那封信害我被公司炒了，如今才有辦法來到這空氣新鮮的地方，過著如此愜意的生活。」

崔順石皺著眉頭，重新取了一根菸來抽。

「所以就當我們扯平了吧，一來一往互不相欠，不對，我是大人不計小人過！反正我從很久以前就把那件事當成是被瘋狗咬了一口，早就忘得一乾二淨了。」

「幹。」面對趙恩妃那老油條的說話態度，崔順石更顯不耐，不停用牙齒咬著菸嘴低聲咒罵。

「咦？兩位為什麼沒有離開呢？」

于泰雨里長從村子下方走了上來，他剛去視察完村鎮前方因天莊湖水庫放水而導致淹水的之川，回來的路上正巧看見有兩名外地人站在這裡，於是急忙趕來詢問。

「離開？什麼意思？」

趙恩妃瞪大眼睛，一臉不知情的樣子反問里長。于泰雨里長用手指向村鎮前方，從他手指的方向望去，可以看見正在滾滾流淌的黃色泥水。

「咦？那條河什麼時候變成那樣的？」

「因為水庫放水，剛剛還有特別廣播提醒過大家呢……」

「廣播？我沒聽到耶。」

「喔，那妳應該是在放水那一刻進來的，現在橋梁都淹水了，已經出不去了。哎呀！你們怎麼都杵在那裡，也不叫這兩個人趕快先離開？」

于泰雨里長看著村民語帶責怪地說著。

「我還以為他們是警察局或消防局特別指派留守在這裡的人，說不定要留守現場啊！」在鎮上經營餐館的王周榮連忙辯解。

「話說回來，你怎麼也沒離開？要開門做生意的話不是應該要去鎮上才對嗎？」

「我身……身體不太好，就當作趁機休假吧，打算讓餐館休息個兩、三天，好好在家裡休息。」

「所以目前是這個村裡的人都出不去嗎？什麼時候才能出去呢？」趙恩妃滿臉為難地問道。

「至少要等個兩天橋梁才會恢復通行。」

「這可怎麼辦呢？」趙恩妃皺起了眉頭。

「是啊，怎麼辦才好？我們這個村連個旅館、民宿都沒有……」于泰雨里長看著村裡的居民，擺出了一臉苦惱的表情。

「真的都沒有離開這個村的方法嗎？」

「如果真要離開，就得先越過好幾座像屏風一樣綿延環繞的險峻高山，然後再走一段懸崖邊上的小路，但是現在那些道路應該也都不能走了，自從有了聯外橋梁以後，汽車都直接走橋，幾乎沒有人再走懸崖邊上的那條小路。」

「是啊，就連認得路的年輕人帶你們走都很危險了，更別說是在沒有人指引的情況下，外地人自行離開這個村幾乎是不可能的事，尤其女生單獨走更是難上加難……而且沿途還要穿過幾條溪流，因為雨下太多，山裡的溪水應該也有暴漲，那邊那座陡峭的山叫蛇山，到時候還要經過那座山，聽說山裡藏有很多毒蛇和岩棲蝮，所以取名蛇山。」

「不能靠搭船等方式渡河嗎？」

「除非是有引擎的船，靠槳划船是絕對不可能的。」

「那游泳可以嗎？」

原本閉口不語的崔順石突然提問。

「兩位是游泳健將嗎？」

「不不不！我不僅不會游泳，還有恐水症，因為小時候有差點溺死的經驗……。其實也是因為怕水，所以我到現在都無法搭乘小船，除非是非常大的郵輪才比較不怕。」

趙恩妃一臉失望的表情。

「不管你多麼擅長游泳，在那種滾滾泥水裡都難逃死劫。之前住在那上面的完奎他爸就是因為很會游泳，大家都稱他綽號海狗，有一次他堅持著要游過下面那條河，為住在龍頭里的叔叔慶祝六十大壽，結果被水硬生生沖走，不幸身亡。遺體一路沿著錦江而下，最後是漂到錦江下游出海口，事隔大半個月才好不容易找到的。」

「看來你們只能在這裡住幾天，等水慢慢退去了。誰家有空房間可以讓這兩位借住幾晚？我們家的空房堆放著大醬，氣味比較濃，不太方便。孤男寡女應該也不能共住一室，至少要有兩間空房才行，對吧？」

于泰雨里長問在場所有人，但是居民們只有互看彼此，沒有人願意挺身而出。

「都沒有人能收留他們嗎？這還真難為情。」

當里長再次詢問時，一直牽著黃恩肇的小手、觀察村民臉色的蕭捌喜突然站了出來。

「那個……我們家有兩間空房，不過……沒什麼飯菜可以提供。」

「那太好了，兩位就去她們家住，吃飯的話可以來我們家吃，雖然我們家也沒什麼飯菜能招待兩位。」

于泰雨里長話一說完，妻子韓頓淑便用手用力戳了一下里長的側腰。但是于泰雨只有微微皺了一下眉頭，完全不理會妻子的暗示行為。

「好啦，那就東西拿一拿，帶去最上面那戶吧。那邊應該沒地方停車，所以車子建議停在這裡就好。好該準備吃午餐了吧？兩位有手機嗎？等我們把午飯準備好就打電話通知你們。」

趙恩妃和崔順石將手機號碼告訴了里長。

「對了，請問死者申漢國生前有買保險嗎？」

原本跟隨在蕭捌喜身後的崔順石，彷彿忘了某件重要的東西似的，突然掉頭走回去問村民。

「保險？我從來沒聽說過他有買保險。」

「我也是，鄉下人買什麼保險，你只要打去保險公司問一問不就能馬上知道嗎？」

「說的也是……。」

韓頓淑看著崔順石跟著蕭捌喜和趙恩妃一起朝她們家走去的背影，再次用手狠狠戳了一下丈夫于泰雨的側腰。

「哎唷！幹什麼啦？」

「我說你啊，我們家哪有什麼飯菜能招待客人？搞得這麼麻煩，更何況對方還是刑警……。」

「哎呀，我自有考量。」

「考量？什麼考量？」

于泰雨小心翼翼地觀察其他村民，他一把抓起韓頓淑的手，往他們家方向拉了過去。

在家門口停下腳步的韓頓淑，再次用力地戳了于泰雨里長的側腰。

「到底是什麼考量？」

「既然他是專程來調查這起案件的刑警，那就應該把他放在身邊，隨時隨地監視他的調查進度啊，不是嗎？」

韓頓淑聽完似乎覺得丈夫說得頗有道理，默默點了點頭。

「其實要是我們家有空房，我甚至想直接包他們吃住，徹底在一旁監視那名刑警的一舉一動，可惜沒有空房，只好讓他去別人家睡，但至少要來我們家吃飯，才方便掌握偵查方向吧，不是嗎？」

「對欸！是我設想不周。趁他們在這裡的期間，一定要好好看緊他們，不能讓他們找到任何線索，也要叫居民們管好自己的嘴巴。」

「是啊，妳終於有在用腦了，要是出了什麼差錯，我們倆就得一起吃牢飯了。」

「遺體都已經被火燒毀，只剩下幾根骨頭，怎麼可能還查得出死因？」

「很難說，現在不是有科學搜查嗎？總之，我們一定要嚴防他找到任何線索，阻礙他進行調查。」

「沒錯！這是必須的。」

～～～

秋仁樂的父母和哥哥跟隨在兩名便衣警察身後，走進了青陽殯儀館安置中心。五十多歲的母親哭得老淚縱橫，痛失年輕愛子的哭聲聽起來格外悲慟，所幸有丈夫在一旁攙扶，不然她應該早就哭倒在地。

「嗚嗚……仁樂啊！嗚嗚嗚，我的寶貝！哎唷喂呀……這可怎麼辦啊……」

「各位請先穩定一下情緒，我們先來確認死者身上的遺物。」

一名年輕刑警遞了一個裝有皮夾的塑膠袋給家屬。皮革製的皮夾呈現著被雨淋濕的狀態。

「我們在皮夾裡有找到身分證和一封遺書。」

秋仁樂的哥哥從塑膠袋裡取出皮夾，確認了身分證以後，再小心謹慎地攤開遺書看了看。

年紀較長的四十多歲刑警朝管理人員點了點頭，管理人員便打開存放遺體的冰櫃，拉出了男子的遺體。

死者的哥哥比了一個手勢，示意讓父母先待在原地，便獨自走向遺體。他似乎是擔心母親看見變形扭曲的可怕遺體再度受到打擊而讓父母暫時不要靠近。

遺體的頭部和臉部都有嚴重受損，難以一眼分辨出死者的容貌。

哥哥仔細端詳著遺體臉部，露出了滿臉疑惑的表情。

「這好像不是仁樂……。」

「什麼？」

秋仁樂的父母急忙湊了上來，母親的哭聲嘎然而止，同樣露出了和哥哥一樣覺得不太對勁的表情。

「不是仁樂，對吧？」

「不是，這不是仁樂，這和我們家仁樂的頭型、身高、體型都差不多，但絕對不是仁樂。」

兩名刑警面面相覷，露出了不可思議的表情。明明從死者的皮夾裡都找到了身分證……。

「那麼，那封遺書的筆跡呢？」

較為年長的刑警對著手持秋仁樂皮夾和遺書的哥哥問道。

秋仁樂的哥哥重新攤開遺書，並與父母一同確認。三個人仔細確認了許久。

「這和他留在家裡的那封遺書內容一樣，筆跡好像也一樣……。哎唷喂呀……怎麼辦啊……」

秋仁樂的母親再度準備要放聲大哭，但是由於不曉得眼下情況到底該不該哭，所以這次的哭聲並沒有剛才那般宏亮。

「你確認一下他的胸口，有沒有一顆痣？」

父親剛對兒子說完，管理人員便撩起了遺體身穿的上衣。

「天啊……」

「這是什麼？」

管理人員和年輕刑警兩人同時發出了驚愕不已的聲音。

遺體的腹部竟然印有一個非常明顯的紅黑色胎痕，彷彿是被汽車輪胎輾壓過。

「這是胎痕沒錯吧？」

「看起來是……。」

「到底怎麼回事？從懸崖上跳下來的人，身上怎麼會有胎痕……？」

「老婆，這人沒有痣！胸口上面沒有痣！」

有別於忙著查看遺體腹部胎痕的刑警，秋仁樂的母親急忙望向遺體的胸口查看，她露出了哭笑不得的表情，看著老公說道。

「這真的不是我們家仁樂！」

「對啊，爸，這人絕對不是弟弟。」

年紀較長的刑警急忙從褲子口袋裡掏出了手機。

「幹！這不是自殺，是殺人事件！」

# 簡直活見鬼了

忠清南道青陽郡長坪面中川里，是由將者谷、安頓、高武來峰、加里庭等四個小聚落組合而成的農村，其中將者谷是位於中川里東邊的獨立小村。

三十八歲寡婦蕭捌喜與外甥女黃恩肇一起居住的房子，就位在將者谷入口處沿著斜坡道路往上走一百公尺左右的地方，如果站在深處裏屋（內宅）的檐廊上，可以俯瞰圍牆外鄰居家的房屋屋頂，而她們家後方是一片竹林，剛好代替了圍欄，然後再後方則是高山群峰，猶如屏風般巍然矗立。

蕭捌喜她們家是一棟屋齡五十年左右的韓屋，去除掉大門旁的牛舍，裏屋和別間（耳房）是以L型連在一起的，崔順石和趙恩妃就是暫住在別間裡的兩個房間。

「你們可以用這兩個房間。」

蕭捌喜依序將別間裡的兩扇房門敞開，一間房間裡擺放著畫具，還有幾幅西洋畫倚靠在牆面，另一間房則放著一張矮書桌在中央，還有一牆擺滿書的書櫃，看起來是書房。畫室和書房，與鄉下農家多麼違和的風景啊。

「您是畫家？」

趙恩妃問蕭捌喜。

「不，我老公才是畫家，他以前是畫西洋畫的。我本來想嘗試寫詩，但是現在已經停筆了。」

「那您的丈夫……？」

「死了。我們本來住首爾，自從我老公罹癌以後，我們就開始尋找空氣好、人友善的宜居地，後來看到零犯罪村，徹底被這裡的環境吸引，所以就搬來了這裡，但是好景不常，就在我們搬來的隔年，我老公還是……」

「喔……原來。」

趙恩妃露出了惋惜的表情。反觀崔順石則像個冷血無情的人一樣，面不改色。

「我原本也有想過，既然老公都離開人世了，不如重回首爾過生活，但是這種鄉下房子賣掉又能換得幾毛錢呢，可能不僅付不起首爾的全租，就連一年份的月租應該都繳不出來，怎麼可能重回都市生活。其實這裡除了村民會對外地人展現過度關心以外，其他各項條件都還不錯，所以就一直留了下來。」

「那您怎麼不寫詩了？」

「畢竟詩這種東西完全賺不了錢，也比較像是一種奢侈活動……。所以畫室和書房，兩位分別要選哪一間呢？」

就在那一刻，原本要走進畫室的崔順石直接掉頭，快步走向趙恩妃還在四處觀望的書房門口，並直接脫掉鞋子，準備要走進書房。

「等等，是我先選了這間……」

但是崔順石沒有多作理會，直接走了進去。

「嘖！崔刑警！這是我先選的房間啦！」

趙恩妃扯高嗓門喊道。

「哎喲，兩位都別爭了。」

蕭捌喜眼看兩人要為爭奪房間起衝突，急忙上前阻止。

「這間畫室呢，是我老公身體還健康時使用的，後來健康惡化才改睡書房，最後死的時候則是在醫院裡死的。」

「啊？」

兩人對於如此直白的說法感到有點震驚，幾乎是同時間露出了錯愕的表情。

「兩位不是因為怕染上疾病或者忌諱對於要用已故人士生前用過的房間，所以才搶著用書房嗎？」

「不是啦，沒有這個意思，我只是覺得那間房間裡收藏著許多珍貴畫作，所以要格外小心……。既然崔刑警已經決定用這間書房，那我就只好用畫室那間嘍。」

趙恩妃一邊替自己辯解，一邊準備走進畫室，但是蕭捌喜揮了揮手，先將她挽留住了。

「妳先別進去，那間太久沒用，有很多灰塵。我先進去擦地板，妳可以在檐廊上等我一下。」

「那我的房間就由我自己打掃吧，麻煩給我一條抹布就好。」

「那怎麼行，妳是客人啊。」

蕭捌喜將兩人安置在檐廊上，拿了一條抹布沾水浸濕後便走進了畫室。

「小朋友，妳好可愛喔，幾歲啦？」

趙恩妃向站在幾公尺外、眼神充滿警戒地看著他們兩人的黃恩肇問道。

「七歲，那妳呢？」

「我？呵呵，妳說話好直接啊，我三十三歲。」

「你呢？」

黃恩肇用嬌小的食指指著崔順石問道。然而，崔順石似乎是認為小傢伙說話太沒禮貌，瞄了她一眼便轉過頭去。

「我在問你幾歲呢！耳聾啦？」

這到底是跟誰學的說話口氣？

崔順石依然不予理會，於是黃恩肇用小碎步迅速移動至崔順石的視線範圍內，斜眼怒視著崔順石。

「嘖，快點回答！」

然而，崔順石依然閉口不語，只有用雙眼直瞪黃恩肇。

「還是我幫他回答？這位叔叔呢，妳可別看他長得一副凶神惡煞又顯老態的樣子，其實他和我一樣，韓國年紀才三十三歲喔！」

崔順石瞅了趙恩妃一眼，一副妳怎麼知道的表情。

「啊，難道你以為我都不會去查那個傳給我幼稚信件、害我被公司炒魷魚的人究竟是誰嗎？有句話不是這麼說的嘛，『知己知彼，百戰百勝。』」

「……」

「妳們家還有牛舍啊？本來有養牛嗎？」

趙恩妃試圖轉移話題。

「嗯，有養牛。」

「什麼時候養的？」

就在那時，蕭捌喜突然把半開的畫室門完全敞開，並大聲喊道。

「黃恩肇！快過來！不要老是去煩客人。」

「不會、不會，一點也不煩，她說話的口氣好有趣。恩肇啊，妳是從什麼時候開始住在這裡的呢？和其他村民熟嗎？」

「黃恩肇！都叫妳不要去煩客人了，快點給我過來喔！」

蕭捌喜再次板著臉大吼，小女孩只好趕緊用小碎步跑到了阿姨面前。

趙恩妃看著蕭捌喜只因孩子和客人講話而發火的舉動，不禁收起了笑容。

叮鈴鈴——叮鈴鈴——

趙恩妃的相機包裡發出了喧鬧吵雜的手機鈴聲。

趙恩妃從檐廊上站起身，邊接起手機邊往前院方向走過去。

「妳到底跑哪去了？怎麼還不回來？」

來電的人是青陽報社老闆兼總編，也是趙恩妃的叔叔趙國發。

「叔叔，我正想打給你，我為了拍幾張照片來到了中川里的火災現場，但是因為天莊湖水庫臨時預防性放水，所以我現在被困在這個村裡無法出去。聽說至少要等個兩天，聯外橋梁才有可能恢復通行。」

「長坪面中川里？」

「嗯。」

「那就好，還算是不幸中的大幸。」

「不幸中的大幸？」

崔順石和蕭捌喜一聽到「不幸中的大幸」這句話，便同時轉頭望向趙恩妃。

「昨晚在中川里的洞岩，也就是大家俗稱自殺岩的地方墜崖身亡的那個人，那起事件有點詭異，就是啊……警方原以為只是單純的自殺事件，所以把遺體直接送往青陽殯儀館，結果住在大田的家人急忙趕去確認，發現這具遺體竟然不是留下那封遺書——說想要徹底抹去曾經在世的所有痕跡，請幫我把遺體火化，並將骨灰撒入江河——便離家出走的那名兒子。」

「是喔？所以是不同人投崖自盡？」

「不是啦，這不是重點，重點是在洞岩下方發現的那具遺體身上竟然有著被車撞過以及被車輪輾過的痕跡。」

「什麼？所以不是自殺，是他殺？」

一邊偷聽一邊擦拭地板的蕭捌喜，突然聽見趙恩妃說出「他殺」兩個字時，全身僵硬，暫停了所有動作。

「當然是他殺！一看就知道有發生車禍，然後再被人從洞岩上推下去，偽裝成自殺的，不然也有可能是蓄意謀殺，然後再佯裝成自殺的殺人案，誰知道呢。」

「殺人案！」趙恩妃再度用激動的嗓音說著。

「青陽警察局現在被這件事情搞得人仰馬翻，大家為了查出死者是誰而緊急進行了指紋鑑識，聽說還打算將遺體送往大田進行驗屍，然後再解剖。」

「已經成立搜查本部了嗎？」

「還沒，可能要等專家來相驗完以後才有辦法擬定偵查方向。要是一旦認為有他殺的嫌疑，應該就會立刻成立搜查本部。」

「那應該也會有刑警來這裡嘍？」

「應該是吧。」

「可是這裡因為水庫放水，目前車輛無法通行，怎麼辦？難道會搭直升機過來？太好了！那我到時候要跟著他們一起出去。」

「喂！青陽警察局哪有什麼直升機，妳會不會想太多。」

「如果是殺人案的話，應該會受到忠清南道地方警察廳或本廳支援吧？」

「是啊，但是現在連搜查本部都還沒成立。」

「哎唷！所以我還是只能被困在這裡兩天嘍？要是下面那個颱風沒往日本去，而是轉向跑來這裡的話，我看我應該這輩子都出不去了。」

「喂，少在那裡碎碎念，要是能去洞岩一趟的話就去拍幾張照回來，或者找幾位村民採訪一下也好，假如真的是殺人事件，我們《青陽新聞》就真的發了！應該可以靠著這起殺人事件做個特報，持續追蹤一個星期，不，一個月都沒問題。妳想想看，過去什麼時候發生過青陽人會關心的殺人案了？如果真的是殺人案，絕對會是報紙銷量暴增的絕佳機會。我可以承諾一個月不催妳去找訃告，所以好好把握機會寫一篇獨家報導回來，明白我的意思吧？」

「洞岩就是自殺岩啊，光聽名字就夠令人發毛了……」

「原來妳也有害怕的啊？我以為妳只怕水。」

「這個村現在四周都是水，而且還淹水。總之，我知道了，叔叔，先掛了喔！」

趙恩妃掛上電話以後，整個人宛如中樂透般，一邊傻笑一邊走回檐廊邊，與崔順石比鄰而坐。

「怎麼了？有什麼有趣的事嗎？」

蕭捌喜拿著抹布從房間裡走出來問道。

「這可不是什麼有趣的事，是很可怕的事情喔！」

蕭捌喜的表情因不祥預感而更顯僵硬。

「什麼意思……？」

「在告訴您之前，我需要先和崔刑警達成一項協議。」

崔順石用充滿困惑的眼神注視著趙恩妃。

「其實我也不是很想和崔刑警進行協商，不過一個人夠不夠專業，就是從能否公私分明這點見真章，聽完我說的話以後，崔刑警應該也會和我有志一同。崔刑警，你現在是任職於洪城警察局對吧？」

「什麼……？」

蕭捌喜睜大雙眼反問。

「喔，當初是我害他降級的，還被貶職到鄉下。從大田調到洪城警察局也一年多了，窩在天下太平的鄉下角落這麼長時間，現在自然是覺得閒得發慌，對吧？以前可能不喜歡有大事發生，現在則是引頸期盼著最好能有大事發生，這樣才能親自處理、立下大功，有亮點重返大田。可惜隔壁村洪城郡和這裡青陽郡一樣，盡是些零犯罪村，所以能有什麼大事件呢，不是嗎？呵呵呵。」

趙恩妃似乎覺得很有趣，獨自對著神情凝重的兩人咯咯大笑。黃恩肇還跟著趙恩妃呵呵笑了幾聲。

「所以言歸正傳，我現在掌握到一份最新情報，崔刑警想不想知道？就算管轄範圍不同，只要崔刑警能幫忙解決，我猜應該對升官轉調都會很有幫助喔！」

然而，崔順石依舊擺出一副沒興趣的漠然表情。

「所以到底內容是什麼呢？我好好奇喔，趕快說說看吧。」蕭捌喜不停催促。

「崔刑警，不如這樣吧，我把這最新情報告訴你，然後你把接下來調查出來的內容告訴我，讓我們報社拿到第一手調查進度，寫成新聞，你有辦法做出承諾嗎？」

「我沒事承諾妳這種事幹嘛？要是我真的好奇到底有什麼內幕，打電話給青陽警察局不就好了？」

「喂！你偷聽我講電話？」

「我哪有偷聽，我可是正大光明用我的耳朵全盤接收妳講電話的內容而已。」

「可惡……」

「到底是怎樣啦？」

眼看趙恩妃已經明顯不耐，這次換黃恩肇用大人的口氣質問。

「請問洞岩在哪裡呢？」

趙恩妃向蕭捌喜問道。

「洞岩？」

「對，昨晚一名男子從洞岩墜落身亡，警方原以為他就是那位留下遺書便離家出走的大田男子，但是後來發現竟然不是同一人，該名死者身上還有被車或某樣工具撞死的痕跡，而且聽說身上還有一個很明顯的胎痕，很可能是殺人案。」

「啊？」

蕭捌喜發出了近似於尖叫的聲音。

「是不是很嚇人？我剛才也嚇了一跳，在如此純樸的鄉下地方竟然會發生殺人事件……，假如兇手沒有離開這個村，而是藏身在這周遭的話怎麼辦？最糟的情況是，說不定兇手正是村民之一，這也不無可能，不是嗎？」

蕭捌喜那隻拿抹布的手出現了細微顫抖。

「很可怕吧？我聽到當下也覺得可怕，現在還因為封橋而出不去。不過，值得慶幸的是，在大田以擅長抓兇手聞名的重案組資深刑警正好就在這裡，假如兇手還在這個村裡，就是甕中之鱉、釜中之魚，不是嗎？崔刑警。」

面對趙恩妃的發言，崔順石以皺眉代替了回答。因為趙恩妃說的這番話極具諷刺意味，然而，不曉得崔順石過去有過哪些豐功偉業的蕭捌喜，反而把趙恩妃說的話照單全收，信以為真。

「還……還真是不幸中的大幸。」

蕭捌喜在她那既尷尬又不自然的表情上硬是擠出了一抹微笑，獨自呢喃。

崔順石和趙恩妃接到了里長打來告知午餐已備妥的電話，於是由黃恩肇帶路，一同前往于泰雨里長家用餐。

于泰雨里長家位於中川里將者谷西側，處於地勢不高也不低的中間位置，住宅後方有一間養乳牛的畜舍，牛糞味特別濃。

家門口有著一片遼闊的院子，院子下方原本是一片坡田，田裡種著地瓜，但部分的地瓜根部明顯受損，看起來像是被人蹂躪導致；然後再下方有一棵V字型柿子樹，一邊的樹幹塗著黃橘色的黃土。從黃土未乾來看，應該是才剛塗沒多久。

于泰雨里長站在大門口迎接兩人到來時，看見崔順石在觀察他們家的地瓜田，於是連忙開口解釋。

「又不是找不到食物的季節，那些山豬竟然跑來村裡找吃的，把我們家地瓜田搞成了那副德行，只為了偷地瓜吃，不僅把地瓜根踩得稀巴爛，還用犬齒把柿子樹的皮都磨掉了。」

「看來這個村也因山豬而損失慘重，是嗎？」

趙恩妃問里長。

「是啊，其他地方應該也半斤八兩吧，畢竟山豬數量越來越多，要是像以前那樣吃不起肉的年代，大家早就設一堆陷阱把牠們抓來吃了……」

「我先走啦！」

黃恩肇像是有急事似的直接打斷了里長的發言。

「喂！喵喵！怎麼不順便進來吃頓飯再走啊？」

「唉呀，不了！我要回家。」

黃恩肇從院子走進來時就一直注視著地瓜田，她的樣子有點像落荒而逃，急忙掉頭走回家。

「那個丫頭怎麼了？」

趙恩妃覺得黃恩肇的行為舉止有些怪異，不禁向于泰雨里長問道。

「不知道欸，平時可是個絕對不會錯過吃免費的孩子，可能是趕著回家拉屎吧。」

趙恩妃和崔順石為了逃避只剩他們兩人的尷尬氣氛，刻意抬頭張望掛在于泰雨臥房牆上的家族合照，于泰雨和妻子韓頓淑這時也正好一人一邊端出了擺滿餐點的飯桌。

「兒子現在是大田牧園大學的大學生，女兒是忠南女高的高中生。」

韓頓淑放下餐桌，解釋了一下照片中的兒女。

餐桌上擺有米飯、辣炒豬肉、生菜、香菇大醬湯、一些涼拌蔬菜、涼拌香菇、醬醃紫蘇葉、醃蒜頭等，盡是些光看就很有食慾的菜色。神奇的是，桌上沒看見水杯，取而代之的是幾碗裝著牛奶的小碗。

「這是剛擠出來的新鮮牛奶，已經煮開過了，也是因為剛好我們家有養乳牛，不然你們應該也很少有機會能喝到這麼新鮮的牛奶，就當作是體驗農村生活喝喝看吧。準備的菜不多，你們盡量多吃一點啊。」

「不不，已經很豐盛了，這些菇好好吃，放在大醬湯裡的應該是香菇，對吧？這又是什麼菇呢？」

趙恩妃用筷子夾起了用辣椒醬涼拌的菇問道。

「那是叢枝瑚菌，幾天前孩子他爸親自摘回來的。」

「其實還不到生長的季節就已經長了出來，這種菇在鄉下很常見，但在都市裡應該是很稀有的東西，有時候不知道的人還會和粉紅枝瑚菌、黃枝瑚菌搞混，誤食下肚而中毒身亡。」

「那要很小心呢。」

「是啊，呵呵呵，光想就覺得很好笑。」

韓頓淑像想到甚麼事，突然用手遮住塞滿食物的嘴巴笑了出來。

「呵呵呵，去年，在零犯罪村贈匾儀式慶功宴上，這人竟然誤把狂笑菇當成可食用的菇，順手採了回來，結果我把它放進湯裡一起煮，那天真的差點沒害死所有人，幸好我沒放很多……呵呵呵。」

「狂笑菇？」

「對啊，就像它名字上說的一樣，吃下肚以後會開始變得瘋狂，有人像嗑了藥的歡樂，有人就開始瘋狂傻笑，還有人會產生幻覺，也有人嚷嚷著自己突然眼睛瞎掉看不見，或者行為舉止突然像喝醉酒的人一樣發酒瘋，各式各樣的反應都有。有人還拿著鐮刀不停揮舞，吵著要把外星人統統趕盡殺絕，也有人不停呼喊著被去世的奶奶掐住他的脖子……呵呵呵。這個不知道能不能說，但是每次想到都很想笑，住最高處的那個女人甚至還脫光了衣服，活像個酒店小姐大鬧現場，哈哈哈，看起來真的很像豁出去的酒店小姐。」

「豁出去的酒店小姐？」

「哎呀，怎麼能怪我呢？還不都是因為池塘戶楊式連說什麼吃了會對男人身體好，所以才摘回來想讓其他男人也見識見識啊。」

「總之那次實在太有趣，不過也是因為已經事過境遷了，所以才能像現在這樣笑著回憶當初。」

「是啊，的確是滿有趣的回憶，住最高處的那個女人，不僅長得不錯，身材還出乎意外地好得不得了，呵呵呵，那個肌膚真是……」

「里長！」

趙恩妃突然喊了一聲，瞥了于泰雨一眼，示意要他停止。韓頓淑看了一下趙恩妃的臉色，急忙補了一句。

「是啊，管好你那張嘴，要是被其他人聽見怎麼辦？這可是性騷擾喔！」

「哎唷，知道了！這樣也算性騷擾，真是的，我又沒說什麼，反正只要聊到那個女人妳就會變得特別敏感，還是因為她長得比妳漂亮所以吃醋啊？」

「吃醋？誰？我嗎？我看你這人根本是眼睛有問題，你去青陽市集上走一趟看看，她那種貨色滿街都是！還是因為你這輩子都只有住在鄉下，所以從來沒見過什麼叫漂亮的女人？我看你是根本分不清漂亮和年輕吧！至少要像這邊這位女記者這樣才稱得上漂亮，是不是啊，刑警大人？」

然而，崔順石只有瞥了趙恩妃一眼，沒發表任何評論。

「哈哈哈，我看阿姨年輕時一定才是真正的大美女。」

趙恩妃客氣地附和著。

「是吧？我也是在妳這個年紀的時候聽過太多人說我漂亮，可惜後來在太陽底下農村活幹多了，皮膚才會變成這樣。」

「好啦好啦，這個鎮上妳最美，所以妳才會嫁給這裡面最帥的我啊！」

「哼，算了，還是別提了。不過話說回來，不曉得今年還能不能順利舉辦零犯罪村慶功宴呢……」

「妳說這話什麼意思？」

因為妻子的一句話，原本還有說有笑的于泰雨里長突然變得神色凝重。

「啊，沒有啦，你這里長對這種話還真敏感，我是因為看到雨下這麼大、淹水這麼嚴重才會這麼說啊，畢竟要等水都退了、橋也開放通行，外地人才能進來不是嗎？你不是說今年是零犯罪村新紀錄，所以警察局長、檢察長和道知事都會來嗎？」

「少在那裡烏鴉嘴，小心一語成讖，衰鬼纏身！而且不是新紀錄，是平紀錄，和江原道的某個零犯罪村領到的匾額數一樣，要是到明年都還能保持零犯罪村紀錄，那才真的是新紀錄。要是申漢國那年沒犯罪，我們今年早就創下新紀錄了。」

「唉，吃飯幹嘛講到已經過世的人啊。」

「啊，抱歉。對了，今年應該要拜託一下那些高官，與其發獎金不如好好蓋一座像樣的橋梁，你們看這什麼爛橋，每逢下雨必淹，哪裡都去不了。也不知道蓋一座橋要花多少錢。」

此時，趙恩妃的手機鈴聲突然響起，打斷了于泰雨里長的發言。

叮鈴鈴──叮鈴鈴──叮鈴鈴──

趙恩妃從相機背包裡拿出手機，走到了房門外的檐廊上，接起電話。

「什麼？在洞岩下發現的那個人和大田那位不是同一人，是中川里的申漢國？是不是哪裡搞錯了？這裡的申漢國是在家裡被火燒死的啊！」

趙恩妃的說話聲使所有人同時停止了用餐動作，每個人都在專注聆聽門外傳來的手機對話聲。由於是在寧靜的鄉下，手機通話音量也調到了最大聲，所以包括電話那頭的說話內容都能聽得一清二楚。

「指紋鑑識結果就是這樣顯示的啊！」

「到底怎麼回事？那在申漢國的住處找到的燒焦白骨是什麼？難道是動物的骨頭？」

「這我就不知道了，他們好像打算把那些骨頭拿去國立科學搜查研究院做基因檢測，但是應該不容易查出結果，畢竟是在高溫長時間下燻烤過的骨頭，可能都已經驗不出基因了，至少要能驗出基因才有辦法確認是動物還是人骨，以及骨頭的主人。總之，我只能確定一定會有大事發生，絕對是我們這二十年傳統《青陽新聞》史上前所未見的詭譎事件。妳會被困在那裡絕對不是偶然，是必然，是神給了妳東山再起的機會，妳要好好把握，趁洪水退去、大批刑警抵達之前最好先找出一些線索。」

「是要我找什麼啦，嚇都嚇死了。解剖結果如何？」

「遺體確定不是大田那名離家自殺的男子，所以應該很快就會聲請搜索票展開調查。」

「那相驗呢？」

「相驗的話，就算沒有搜索票和死者家屬在場也能進行，所以妳覺得警察局裡的人會坐以待斃嗎？就算是蒙古大夫應該也會馬上被找去做相驗吧？不對，還是說會移交到國立科學搜查研究院進行？這樣的話可能就會花比較長的時間。」

「好吧，那我知道了。我也有預感應該會有大事發生，不過好險我現在和一名洪城警察局內卑鄙幼稚、脾氣差的刑警一起困在這裡，所以我再試著拉攏他看看，先找出一些蛛絲馬跡再說。叔叔，如果有其他消息，一定要第一時間通知我喔！」

也許是為了避免房間裡的人聽見她說話，趙恩妃在講最後一句話時，刻意壓低了音量。然而，就連最後那句話在房間裡也都能清晰可聞。

「到底怎麼回事？」

趙恩妃一掛上電話，房間裡的三個人便立刻敞開房門衝了出去。

「喔，申漢國先生的遺體現在被放在青陽殯儀館的安置中心，原來他不是被火燒死，而是從自殺岩上墜落身亡的。」

「什麼？」

于泰雨與韓頓淑同時發出了近似於尖叫的聲音。

「確定是申漢國嗎？」

「既然都已經比對過指紋，應該不會有錯吧。」

「怎麼會有這種事？」

于泰雨與韓頓淑滿臉吃驚，露出了不可置信的表情。

「難道他有雙胞胎兄弟？」

于泰雨雙眼發愣地看著韓頓淑說道。他還是想不通怎麼可能會有這種事情。

「不對啊，就算是雙胞胎指紋也會不一樣，對不對，崔刑警？」

趙恩妃向崔順石問道。崔順石不發一語，默默點了點頭。

「那申漢國怎麼會……？」

「請問申漢國是有什麼隱情不能從懸崖上墜落而死嗎？」

趙恩妃看著反應過度的兩人覺得事有蹊蹺，或許有什麼隱瞞也不一定。

「沒……沒有啦！誰說農村人就只能喝農藥自盡呢，是不是，也沒有人規定鄉下人就不能從公寓一樣高的懸崖上跳下來尋短啊。」

「可是聽說自殺的機率很低，接下來馬上就會有專家進行相驗了，到時候應該可以知道更詳細的內容。從死者身上被車撞過的痕跡來看……」

「什麼？被車撞過的痕跡？」

「對，聽說有這樣的痕跡。」

「相驗是什麼？」

「就是由法醫或檢驗員將遺體身上的衣物統統脫去，再用肉眼仔細檢驗有無外傷，看看有沒有哪裡受傷、瘀血等。至於解剖的話，則是剖開身體檢查死者體內臟器等，進而推論出死亡原因，我說的沒錯吧，崔刑警？」

崔順石看著面露驚恐的于泰雨與韓頓淑，點了一下頭。

趙恩妃則是一臉撿到頭條新聞的表情，難掩喜悅。

「這感覺會是一起比我想像中還要大的事件，申漢國先生的死，不論是不是自殺，最終都是從自殺岩上摔落致死的，然後再被警方找到，被救護車送往醫院，他的住處才開始起火燃燒，對吧？所以表示那棟房子並非因申漢國先生人為縱火或不小心失火而燃燒。究竟為何會起火呢？難道是為了湮滅證據……？」

然而，有別於格外激動的趙恩妃，崔順石則是一臉「我怎麼知道」的表情，稍微歪了頭一下而已。

「啊！還有，在申漢國先生家裡撿到的人骨，燒焦的那些骨頭，又是怎麼回事呢？」

「誰知道啊？」

崔順石依然擺出一副不感興趣的表情，重回房間坐到餐桌前。

「唉，算了，問他也只是白搭。」

# Zippo打火機

兩人在于泰雨里長家用餐完畢，便走到院子裡。崔順石停下腳步，掏出香菸和 Zippo 打火機，向趙恩妃說道，「妳先回去吧，我抽根菸再走。」

趙恩妃沒有多作回應，默默走出了里長家的院子。

崔順石站在院子裡，乍看之下彷彿只是在抽飯後菸，但其實他的視線一直緊盯著被山豬攻擊過的那片地瓜田，以及在地瓜田邊塗抹著橘黃色黃土的那棵柿子樹。

崔順石花了好長一段時間才抽完那根菸，他走出于泰雨里長家，朝一百公尺外燒成焦黑的中漢國住處走去。

趙恩妃先到一步，她正在用相機認真地拍攝現場每個角落。

崔順石查看完房屋周遭以後，拾起一根樹枝，翻動著燒成焦黑的梁柱木炭。

崔順石四處翻找，彷彿在尋找寶物似的手沒停過，後來他在一堆木炭裡挖出了一支打火機，但是因為長時間暴露在高溫環境下，表面鍍層已經變色脫落，所幸那是一支鐵盒打火機，所以形體仍完好如初。

「是一支打火機耶，這不是 Zippo 打火機嗎？」

趙恩妃小碎步跑來，目不轉睛地盯著打火機看。

崔順石徒手撿起打火機，張嘴吹掉打火機上的灰燼，用上衣擦拭乾淨，然後以拇指推開了Zippo打火機的蓋子。哐啷！隨著清脆響亮的金屬摩擦聲，打火機的蓋子彈了開來，棉芯和燧石早已被火燒盡。

「這是正版嗎？如果是的話，應該滿貴的喔！」

崔順石仔細檢查打火機的底部等各個角落，然後再從口袋裡掏出了另一支Zippo打火機，將兩個放在一起做比對。

「兩個都是正版嗎？」

「不，我的是用兩千韓元在路邊攤買的山寨版，這個才是正版。」

崔順石從口袋裡再取出一根香菸，用中國製山寨版Zippo打火機點燃菸頭，不喜歡菸味的趙恩妃連忙向後退，對著崔順石按下了相機快門。

咔嚓！

崔順石一手遮臉，香菸的煙霧似乎燻進了他的眼睛裡，害他皺起面孔。

「哎喲！我怎麼可能拍你！我是在拍那個被火燒過的Zippo打火機啦！你看它大概要花多少錢才能買到？」

崔順石重新看了一下打火機上的字。

「一九九三年，哈雷機車九十周年紀念版，應該接近十萬韓元吧。」

「一名農夫用十萬韓元的打火機……？」

趙恩妃歪頭表示狐疑。

崔順石重新拾起剛才放在地上的樹枝，繼續翻找各個角落的木炭堆。後來他翻出了一個不銹鋼碗，接著又找出了幾顆扁平的小石子。

他用樹枝敲打那些扁平石頭，試圖將灰燼和異物拍掉，後來他發現原來那些東西並不是小石子，而是熔化的玻璃碎片，看起來像是從玻璃瓶上熔化的，有些泛著藍綠色的色澤，有兩塊則是呈深褐色，也許是燒酒瓶和啤酒瓶也不一定。

趙恩妃推測，假如這些碎片真的來自燒酒瓶和啤酒瓶，那麼就表示申漢國死前很可能不是獨自飲酒，因為通常一個人喝酒都只會選擇一種自己喜歡的酒來喝，很少會混入各式各樣的酒。

其實只要找出酒瓶周遭的筷子或湯匙有幾副，就可以知道申漢國生前最後一刻到底是獨自飲酒還是與人共飲，但這也要由專家來查才知道，一般人或刑警不可能查得出來。

「這些玻璃碎片，是不是看起來很像燒酒瓶和啤酒瓶熔化的？」

趙恩妃基於想要確認自己的推理是否正確的心態，主動向崔順石搭話。然而，正在用樹枝不停翻找木炭堆的崔順石不發一語，只有歪一下頭。

（歪頭是指他也不曉得？還是認為這些碎片並不是燒酒和啤酒瓶啊？）

崔順石後來在推測應該是廚房的地方又陸陸續續找出了被火燒焦的瓦斯爐、菜刀、湯匙、筷子、白瓷碗等物品，隨後，他離開了木炭堆，朝沒有著火的廁所方向走去。

「那隻喜歡到處吠的狗怎麼不見了，印象中好像是叫阿呆吧？主人不在，應該也沒有人餵牠吃飯。」

「那就看誰先把沒有主人的狗抓來吃，那個人就是主人啦！」

「你說什麼？」

趙恩妃停下腳步，一臉荒謬地怒視崔順石的背影。

獨立在正屋外的小建築物是用水泥磚建成的，沒有受到火勢影響；建築物上有兩扇門，一扇門進去是廁所，另一扇門進去則是倉庫。

崔順石打開倉庫門，第一眼就看見散落一地的鐮子和十字鎬等務農工具，還有電鋸、割草機、農藥噴灑機。

他站在門外看了內部一會兒，走進倉庫，打開割草機的汽油桶蓋，再用鼻子嗅了一下氣味。很快地，趙恩妃也聞到了濃濃的汽油味。

「你在做什麼？」

崔順石沒有吭聲，只有蹲坐在割草機旁，用接近趴在地板上的姿勢觀察著水泥地上的痕跡——從周遭灰塵累積出來的痕跡來看，本來應該是有長期放著一個四方型桶子在那裡。

「你是不是覺得需要用到汽油的機器總共有三台，這裡卻沒看到任何汽油桶很不尋常？如果是人為縱火，根據現場沒有發現任何鐵桶來看，桶子的材質應該是塑膠的可能性較大。」

崔順石依然保持沉默，繼續觀察固定在牆上的層板，層板上放著幾瓶深褐色的農藥瓶，除草劑、殺蟲劑、殺菌劑……。

「喔？農藥瓶和啤酒瓶一樣是深褐色的。所以我們在推測是臥房的地方發現的那些深褐色玻璃碎片，也有可能不是啤酒瓶嘍？」

「妳覺得和燒酒瓶放在一起的是啤酒瓶的機率比較高？還是農藥瓶？」

「喔，但還是要用開放的態度去設想所有的可能性嘛。」

「總之，原本放在這裡的兩瓶農藥似乎也是在最近不見的，但也因為正值農忙時節……」

崔順石用手指向擺放多瓶農藥的層板中央空缺處，然後再指了沒有灰塵的圓形瓶底痕跡。趙恩妃連忙按下相機快門。

當兩人從廁所旁的倉庫走出來時，看見幾名村民宛如集體出來散步般悠悠走來，似乎是想看看兩名外地人在火災現場到底在做什麼。

「蒼蠅們又來湊熱鬧了。」

崔順石將那根沾有黑色木炭和灰燼的樹枝隨手往地上扔，一副該檢查的地方都已經檢查完畢的樣子，拍了拍手，甩掉手上的灰塵。

「那個……要不要和我一起去一趟自殺岩？」

「他們不是說那裡陰氣重，男人去的話容易衝動自殺嗎？想去的話妳自己去吧，我要回去睡午覺了。」

「可是我連自殺岩在哪裡都不清楚……」

「管他什麼自殺岩還是洞岩的，我也一樣不清楚。那邊那些正在走過來的人，應該都是一些無所事事的人，不然妳也可以問問他們。」

「我才不要，誰知道會不會是殺人案。」

「所以妳認為鎮上的居民當中有人是殺人犯？」

「也不一定啦。你難道對這起事件不感興趣嗎？都不會為了想要破案而想到渾身發癢、坐立難安嗎？」

「完全不會。」

崔順石斬釘截鐵地說完，便朝蕭捌喜她們家走去。他邊走邊拿著火災現場發現的那支打火機把玩，不停將蓋子開開闔闔。

哐啷，哐啷，哐啷……！

「既然那是在火災現場發現的，應該屬於重要線索吧？像你這樣徒手把玩證據是可以的嗎？」

崔順石這次完全沒有理會趙恩妃。

兩人一走進蕭捌喜家的大門，原本在吃飯的混種珍島犬便抬起頭對他們低吼咆哮。那是申漢國生前養的狗——阿呆。

「喂！阿呆！噓！」

黃恩肇一兇牠，牠便乖乖垂下尾巴，停止低吼。

「沒事啦，他們不是壞人，是客人。快吃飯吧。」

混種珍島犬一邊偷瞄著兩位陌生人，一邊低頭繼續吃飯。牠吃的不是飼料，而是泡著開水的白飯。

結果崔順石並沒有睡午覺，反而是坐在檐廊上，面無表情地一邊看著和阿呆嬉鬧的黃恩肇，一邊把玩那支從木炭堆裡找到的打火機，將蓋子開開闔闔，發出清脆的哐啷聲響，也許他是看黃恩肇從小被不是親生父母的阿姨一手帶大，卻依舊無憂無慮、天真浪漫，想起自己的童年往事也不一定。

蕭捌喜從廚房裡走了出來，默默移動到趙恩妃身旁。

「幾天後就要舉行零犯罪村慶功宴了，我需要去一趟村鎮會館，今天剛好有會議要參加，恩肇能否短暫託妳顧一下，她這孩子坐不住，實在不方便帶她去開會。」

「好啊，沒問題。」

「恩肇，不要調皮，乖乖在這裡和阿呆一起玩喔！」

蕭捌喜一走出大門，崔順石便起身去找黃恩肇搭話。

「喂，喵喵！」

原本在和阿呆一起玩的黃恩肇抬頭瞪了崔順石一眼。

「我都說我不是喵喵了！連別人名字都記不住的笨蛋！」

「哈，抱歉啦，沒大沒小的黃恩肇。妳昨天白天或晚上有見到申漢國叔叔嗎？」

「有啊。」

「在哪裡？」

「白天在鎮上的市集裡，然後晚上也有看到他。」

「是喔？可不可以再說得仔細一點？」

「不要。」

「為什麼？」

「因為你叫我喵喵啊！」

「這孩子還真會記仇，那這樣吧，妳要是能再說得仔細一點，我就給妳一千韓元。」

崔順石從皮夾裡掏出一張一千韓元，拿著鈔票作勢搖了一下。

「天啊，你這樣教小孩是對的嗎？凡事都是用這種方法處理嗎？」

趙恩妃在一旁不停叨念，但崔順石根本沒聽進耳裡。

「好喔！」

黃恩肇咧嘴笑了，她一把搶走崔順石手中的千元鈔，並拿起來仔細端詳，彷彿在辨別紙鈔真偽似的。

「來吧，既然都收下了鉅額賄款，好該向我透露一些資訊了。」

「昨天我們有用車子載金順去市場，把牠賣了。」

「金順？」

「金順是我們家養的黃牛，大門旁那間就是金順的家。」

黃恩肇用手指向整潔乾淨、空無一物的牛舍。

～～～

把家畜賣掉終究不是什麼令人愉悅的事情。

當蕭捌喜因為急需用錢而打算將苦心飼養了三年的金順載去市場賣掉時，黃恩肇把裝著數十個十元和百元硬幣的小豬撲滿遞給了阿姨。阿姨會心一笑，默默將恩肇擁入懷中。

和黃恩肇一同前往洪城牛市場準備把牛賣掉的路上，以及成功賣出後回來的路上，蕭捌喜的表情都不帶一絲笑容，因為是自己親手把已經有了感情的牛置於死地，也許過幾天，才剛滿三歲的黃牛金順就會面臨任人宰割的命運。

蕭捌喜和恩肇搭著前往牛市場時乘坐的牛隻運送小貨車回到青陽鎮上。

當她們一抵達青陽五日市場，蕭捌喜便問恩肇想不想吃點東西。恩肇的神情頓時開朗，她沒有顧及到阿姨的心情，天真地說著想吃炸雞。

「其實像今天這種日子，實在不想再殺生……」

然而，看著嬌小身軀還在發育的黃恩肇，也不得不給她吃一些肉補一補，而且還是難得來鎮上一趟……。

蕭捌喜牽著恩肇的手走向市場裡的炸雞店，附近雖然還有其他炸雞店，但是份量都比較少，價格也略貴一些。

「請問有事先已經宰殺好的雞嗎？」

蕭捌喜一邊偷瞄籠子裡的雞，一邊問炸雞店老闆。老闆搖搖頭說：

「現在客人都只吃新鮮現宰的健康雞，怎麼了？」

蕭捌喜不得已，只好從籠子裡的雞裡面選了一隻。

等她領到現宰現炸的整隻全雞以後，便與恩肇一起走進了一間位於市場裡的大型超市。

「歡迎光臨！」

蕭捌喜和黃恩肇把裝著酒、零食、飲料等物品的購物籃放於結帳櫃檯上，當她正準備要結帳時，突然聽見後方有人主動問好，原來是申漢國，他看上去已經小酌了幾杯，眼神也有點渙散，說話時口中還飄著濃濃酒氣。

申漢國左手提著裝滿燒酒的購物籃，右手則提著一打六瓶的一點五公升可樂。

先結完帳的蕭捌喜站在結帳櫃檯旁，刻意留下來等待申漢國結帳完畢。

「今晚開獎的那款新彩券，上個月才剛推出、頭獎三億韓元的那款，啊，對！世足賽運動彩券，現在還有賣嗎？」

申漢國趁結帳時順便問收銀員。

「有的。請問要幾張？」

「先給我十張吧。黃恩肇，妳也要一張嗎？」

「算了吧，小朋友玩什麼彩券⋯⋯」

雖然蕭捌喜有出面制止，但申漢國還是多買了一張彩券，遞給了黃恩肇。恩肇一臉茫然地接過彩券心想，又不是現金，拿這個要做什麼？

「妳要搭這班公車嗎？」

「要，不然錯過這班就要再等兩個鐘頭了⋯⋯」

三人在公車站牌前等了三十分鐘左右才搭上公車，當天是趕集日，幸虧有提早排隊等公車，三人才得以並肩坐在最後一排的位子。

然而，接下來馬上就有一名陌生老翁走了過來，正當蕭捌喜準備起身讓座時，申漢國說道。

「黃恩肇，把位子讓給爺爺坐，妳坐我腿上吧，好不好？」

恩肇從位子上起身讓座，申漢國一把抱起恩肇，將她放在自己的膝蓋上。恩肇坐得並不會不舒服，但是由於申漢國身上的酒氣太重，很難不皺起面孔。

認識申漢國的人通常遇見他都只是形式上的問好，不會主動搭話，唯一會向他搭話、交談的人，只有幾年前從外地搬來這裡的蕭捌喜。有些村民甚至會看見蕭捌喜想要主動上前搭話，卻因她身旁有申漢國而折返回頭。

「妳今天怎麼會來這裡？」

申漢國問道。

「我去了洪城牛市場一趟，把我們家的牛賣了。」

「有談到好價格嗎？」

「哪有什麼好價格，只拿到了三百萬韓元，扣掉當初買小牛的費用、飼料費，感覺一毛都沒賺。就為了這區區幾毛錢，竟然把已經有感情的家畜送去屠宰場，心裡還是滿難受的，害我動了是不是應該去城市裡找間餐廳端茶送水的念頭。」

「人生都是如此，都在為錢所困，只要有錢就能比較少看到一些不堪入目的東西。」

「那你為什麼要買這麼多可樂？」

「打算靠它少喝點酒。妳要一瓶嗎？」

「不，沒關係。」

這段對話結束後，兩人維持了一段靜默。

當恩肇在申漢國懷裡開始打瞌睡時，原本在看窗外景色的蕭捌喜說要告訴恩肇一個可怕的故事。然而，蕭捌喜講的故事對於年幼的恩肇來說還太難理解，也許是故意要說給申漢國聽的，抑或是講給自己聽的也不一定。

「從前從前，村裡來了一位剛結婚的新娘，但是才來沒多久，她的老公就過世了。她的婆婆一口咬定兒子一定是被媳婦害死的，所以不再給她吃東西，但是會按時餵食物給他們家養的小狗，因為如果想要把狗養大以後宰來吃，就不得不餵牠吃飯，於是媳婦為了活命，只能靠著偷狗食來延續生命。某天，長期讓飯給媳婦吃的狗說：『今天是三伏天，一直以來，我都是用自己的飯把妳養這麼大的，所以我今天要吃掉妳。』話一說完，這隻狗就把媳婦給吃下肚了。」

聽完這段故事的恩肇感到氣憤難平，過去不論是在電視上看到的卡通還是阿姨念給她聽的童話故事，都是善有善報、惡有惡報的勸善懲惡故事，然而，這隻夠居然不是抓惡毒的婆婆來吃，反而是把可憐的媳婦吃下肚……。

蕭捌喜看著黃恩肇露出忿忿不平的表情，繼續說道。

「恩肇，妳覺得這個故事怎麼樣？婆婆比較壞，還是媳婦比較壞？」

「婆婆。」

「那如果妳是那隻狗，妳會覺得誰比較壞呢？」

「應該是……搶牠食物吃的媳婦吧。」

「那麼，妳認同那隻狗因為把自己的食物都分給媳婦吃，沒讓她餓死，所以可以吃掉媳婦嗎？」

「不行，這樣壞壞！」

「那麼，大家養狗、養牛，餵牠們吃東西，再把牠們殺掉抓來吃可以嗎？」

「不行，壞壞！」

「那如果是直接去山上、草原、江河、大海捉捕那些根本沒給牠飯吃也沒養牠的動物來吃的話呢？」

「那樣更壞！」

「哈！是啊，妳說的對。」

阿姨嘆了一口長氣，應該是因為剛才把金順載去市場賣的緣故。

「不過為了生存，本來就要靠吃其他生命才有辦法延續，怎麼還能有善惡之分呢。」

即便聽了那則可怕的故事，恩肇回到家照樣把打包的炸雞吃個精光。

雖然蕭捌喜有極力勸阻，說雞骨頭是不能給狗吃的，但恩肇還是偷裝了一袋雞骨頭，拎去了申漢國的住處。她一心只想把好吃的東西分享給平日很聽從她的阿呆。

恩肇推開申漢國他家的大門，走進屋內。申漢國激動的嗓音從播放收音機的隔間傳了出來。

「哎呀！來找我也沒用，我連想自殺買農藥的錢都沒有！」

申漢國獨自坐在房門徹底敞開的臥房內喝著燒酒，他正在和某人通話。他雖然透過敞開的房門瞥見了一聲不響就闖進他家的恩肇，但也只是用宛如見到隔壁鄰居的貓恰巧路過的眼神，瞥了恩肇一眼，沒有多作理會，可見那通電話一定是在談很嚴肅的事情。

被綁在廚房前的阿呆一看見恩肇，就不停搖尾巴原地旋轉。

「阿呆！吃吃看這好吃的炸雞，捌喜她今天賺了好多錢，特地買給我吃的，我為了拿給你吃，還故意把骨頭啃得不是很乾淨，多留了一些肉給你，是不是很感謝我啊？」

阿呆彷彿在向恩肇道謝似的，更奮力地搖晃起尾巴。

當恩肇將塑膠袋裡的雞骨頭統統倒進阿呆的飯碗裡時，阿呆直接衝上前，開始嘎吱嘎吱地啃起那些雞骨頭。

「幹，隨便啦！要殺要剮，要腎臟、眼珠都可以，統統拿去！」

申漢國嗆完對方以後，氣呼呼的聽對方說了好一陣子的話，最後終於忍不住啪的一聲用力掛上電話。

「跟寄生蟲沒兩樣的王八蛋！」

電話鈴聲再度響起，但是申漢國並沒有接，只有不停在自己的酒杯裡斟滿燒酒。

～～～

「沒別的了，差不多就是這樣啦！後來我看阿呆吃得津津有味，我就看得越來越想睡覺，就跑回家了。」

黃恩肇一邊摸著崔順石給她的千元紙鈔，一邊說道。

「那妳知道這個村裡有誰和申漢國叔叔關係最不好嗎？」

「關係不好？」

「對啊，比方說，最近他有沒有和誰吵架……？」

「吵架？這我就不知道了。」

黃恩肇一臉正經地回答了崔順石的提問。

「那妳知道誰最有可能殺害申漢國叔叔嗎？」

「殺害？」

「哎唷，真是的，你問孩子這種問題幹嘛啦。」

趙恩妃一臉無語，斜眼打量了一下崔順石。她走到黃恩肇面前蹲下，刻意保持一樣的視線高度。

「恩肇，昨天不是有個陌生人來向妳問路嗎？那個人是誰呢？」

「我不認識的人。」

「第一次見到那個人？」

「嗯。」

「那他長什麼樣子呢？」

「是個大人。」

「妳再說仔細一點嘛，什麼時候、在哪裡、是誰、做了什麼、怎麼做的？妳難道不知道要用這種方式回答嗎？」

黃恩肇一臉茫然，這次換崔順石用「妳也不遑多讓」的眼神打量了趙恩妃一番。

「好吧，對不起。那個人是男生還是女生呢？」

「男生。」

「大概是幾點問妳的？吃完晚餐以後，還是吃晚餐前？」

「吃晚餐前，他從我們在青陽鎮上的時候就一路跟著我們了。」

「是喔？」

「嗯，從我們搭上公車開始，到我們下公車，他一直都跟著我們。」

「那他是在哪裡向妳問路的？」

「在河邊。」

「河邊？」

「嗯。」

「他問什麼？」

「問我怎麼去洞岩。」

「然後？」

「然後我就告訴他啦，叫他往那個方向走，也有跟他說那邊陰氣比較重，很多男人都在那裡死掉了，所以去那裡要格外小心。」

「接下來，那個人就往洞岩方向走了嗎？」

「嗯，沒錯。」

「是喔？那這人到底跑去哪裡了？既然家屬都特地從大田跑來確認遺體了，應該表示沒有回家……」

趙恩妃自言自語，彷彿是在故意說給崔順石聽。

「昨天申漢國他家失火時，妳有看到大家在救火嗎？」

面對崔順石的提問，黃恩肇猶豫了幾秒鐘才回答。

「沒有，我什麼都沒看到。」

「妳當時在睡覺嗎？」

「嗯。」

「可是有消防車來來回回應該會蠻吵的吧？」

「但我還是沒看見，什麼都沒看見。」

「那妳有看見誰拿這種打火機嗎？昨天向妳問路的那位叔叔有沒有用這種打火機點菸來抽？」

崔順石伸出了被火燙到表面的Zippo打火機，黃恩肇瞥了打火機一眼。

「不知道耶。」

「妳再仔細瞧瞧，像這樣把打火機蓋子掀開，然後這樣點火，再這樣點菸。」

崔順石從口袋裡掏出自己的山寨版Zippo打火機和香菸，將一根菸叼在嘴上，點燃菸頭。

「嘖嘖嘖，你看看你這人，竟然在孩子面前示範抽菸，唉。」

黃恩肇用老奶奶的語氣說著，最後還長嘆了一口氣。

「喔不，這位叔叔再怎麼沒教養，也絕對不可能在孩子面前真抽菸，他只是想要示範給妳看如何用Zippo打火機點燃香菸而已。」

趙恩妃一邊解釋，一邊斜眼瞪崔順石，示意要他停止，於是崔順石急忙深吸了一大口菸，吸到雙頰都凹了進去，再將菸蒂扔在院子裡的地板上用腳踩滅。

「幹，這裡又沒地方可以買菸……」

接下來還有兩天要抽，可是現在的菸盒裡只剩不到十根菸。

「他媽的！啊，我可不是在罵妳，所以妳到底有沒有看到拿這種打火機的人？」

「有看到。」

「是嗎？誰？」

「朴光圭。」

「朴光圭？」

「和老爺爺一起住在那邊那戶的人，那位老爺爺就是朴光圭的爸爸。」

聽完黃恩肇這麼一說，崔順石馬上想到早上有看見一名年約七十五歲的老翁，一旁站著一名右手和右手臂都纏著繃帶的男子，年約四十歲上下。

「那支打火機，朴光圭有向我炫耀過，說是某人送他的禮物。」

「誰送給他的呢？」

「一開始他還說是祕密，後來又改口說是天使送給他的珍貴禮物。」

「天使？什麼時候的事？」

趙恩妃突然插進來問道。

「大概是十天前，不，再更久以前，一百天前。」

黃恩肇一邊用手指數數，一邊將千元鈔輪流換手拿。

「朴光圭先生的打火機……」

當趙恩妃正想要開口繼續提問時，蕭捌喜恰巧從村鎮會館回來，打開大門走了進來。

「你們在聊什麼呢？怎麼那麼嚴肅？」

「喔！這麼快就回來啦。」

趙恩妃一臉作賊心虛的表情，擠出了尷尬的笑容，不再繼續追問黃恩肇。

「怎麼會有鈔票？」

「那個人給我的。」

黃恩肇用手指向崔順石。

蕭捌喜用一臉「為什麼要給孩子錢？」的表情看著崔順石。

「我只是看她可愛，所以叫她用這個去買點糖吃。」

崔順石在狡辯，這明顯不是他的作風。

「妳們今天開會都討論了哪些事情呢？」

趙恩妃見縫插針，趕緊轉移蕭捌喜的注意力。

「也沒特別說什麼，就只是說一些大家要齊心協力共同把零犯罪村的贈匾活動和慶功宴準備好，諸如此類的話，至於孤苦伶仃沒半個親人的申漢國告別式，就等零犯罪村頒獎儀式結束後由村裡的人一起張羅主辦，大概就是這些事吧……。」

「中漢國先生連遠親都沒有嗎？」

崔順石好奇地問道。

「聽說是沒有。」

「那財產處裡怎麼辦？」

「他哪有什麼財產，房子和土地應該也都被銀行扣押了。」

崔順石滿臉失望地走回檐廊邊坐下，他望向遠山，拿出火災現場找到的那個打火機，有點像是習慣性地重複開闔打火機蓋。哐啷，哐啷，哐啷……。

「那是什麼？」

蕭捌喜走向崔順石，特別留意了一下被火吻過表面的 Zippo 打火機。

「這是在中漢國的住處發現的。」

崔順石伸出手裡的打火機給蕭捌喜看。

「您有沒有看過誰用這支打火機？」

「這……不知道欸，不，應該說我沒見過，畢竟這對於鄉下人來說是滿貴的打火機。」

「看來您還滿了解 Zippo 打火機的行情嘛。您也有在抽菸嗎？」

「沒有，我沒有抽菸，只是以前抽過……。在我老公被醫生宣判罹癌的那天，也是我老公下定決心戒菸的那一天，那天剛好是他的生日，我竟然不知道這些事，偏偏在那天送了他一支和這款類似的 Zippo 打火機……，當我把打火機交給他時，他露出了不知是笑還是哭的奇怪表情，告訴我那是他一直夢寐以求的打火機，但是緊接著下一句話就是告訴我，他得了癌症，從今以後不能再抽菸了……。」

「啊……」

趙恩妃微微張嘴，表現出深感同情的眼神，但崔順石的表情依舊冷漠。

「請問您現在還有留著那支打火機嗎？」

崔順石再次開闔著打火機蓋向蕭捌喜問道。

「沒……沒有了。那個打火機從來沒被我老公用過，是全新的，但是在他過世之後整理遺物時，應該就已經被我扔掉了。」

「您會扔掉如此貴重的打火機？」

「對於抽菸的人來說很貴重吧，但是對於不抽菸的人來說就只是一個破銅爛鐵而已。」

「所以當時您已經住在這個村子裡了，對吧？」

「是啊，但是我扔掉的打火機不可能是這支打火機，因為光從外表就長得很不一樣。這支打火機和申漢國家的火災有關連嗎？」

「難說，畢竟是在火災現場找到的，可能有關，也可能無關。」

蕭捌喜目不轉睛地看著正在睡午覺的黃恩肇，她將門開了個小縫，偷偷觀察外面的動靜。趙恩妃和崔順石不曉得是不是在房間裡睡午覺，兩個人都毫無動靜，就連原本在院子裡獨自玩耍的阿呆也不見蹤影。

蕭捌喜打開放在電視機旁的收音機，收音機裡傳來法國世界盃足球賽和IMF危機的新聞內容，如果是平日的她，光聽見IMF的I就會感到厭煩，急著轉換頻道，但是現在她最需要的就是這種某人在說話的聲音。蕭捌喜非常緩慢地轉動著收音機的音量鈕，一點一點提高音量。當恩肇因收音機聲響而翻動身體時，她又再度緩緩將音量調低一些。

蕭捌喜拿起放在電視機上的電話聽筒，鬼鬼祟祟地按下數字鍵，電話那頭馬上就有人接起了電話。

「喂？」

是朴光圭的聲音。

「是我。」

「捌喜小姐！」

朴光圭的嗓音充滿歡喜。

「我現在講話不能太大聲，你可能會聽見一些收音機的聲音，有點吵。」

「怎麼了……？」

朴光圭似乎查覺到蕭捌喜的不尋常，也跟著她竊竊私語。

「我幾個月前送你的 Zippo 打火機還在嗎？」

「那個……」

「不在了？」

「嗯。」

「弄丟了？」

「嗯。」

「在哪裡弄丟的？在申漢國家裡不見的嗎？」

「嗯，妳怎麼會知道……？」

從朴光圭回答的嗓音中可以感覺到他有些錯愕。

「那個申漢國家裡失火和那支打火機有關嗎？」

蕭捌喜一邊查看門外，一邊講著電話，她的嗓音變得更小了。

「嗯……算有吧。哎唷！現在住在我們家的刑警在火災現場發現了那支打火機，一直在問有誰看過打火機的主人啦，而且我們家恩肇還告訴他，有看過光圭叔叔拿過那個打火機。」

「什麼？真的嗎？」

「刑警到時候一定會去找你，要求出示你的打火機，該怎麼辦才好？」

「不……不知道啊。」

「你有沒有辦法先向誰借一下類似的打火機？」

「如果可以去到村外的話還比較有可能借到，但是現在我們都被困在村裡，要向誰借呢？」

「真是的，要是你拿不出打火機，那位刑警一定會懷疑你。不過話說回來，為什麼要放火燒掉申漢國的住處？」

「我也是不得已，當時的情況只能將汽油淋在申漢國哥的遺體和房子上，然後點火。」

「可是不是說那具燒焦的遺體是別人，不是申漢國嗎？我聽說申漢國的遺體是在洞岩下找到的，現在正躺在青陽殯儀館安置中心，不對，現在應該已經被送去國立科學搜查研究院了。」

「是啊，這消息我也有從里長那邊聽說，坦白說我也實在搞不清楚究竟是怎麼回事，真的是活見鬼了。現在刑警和記者人在哪裡呢？」

蕭捌喜將話筒拿離耳朵，偷偷查看了一下門外。

「在隔壁房……」

「詳細的內容等之後再聊吧。」

「好，我現在也不能聊太久，當務之急，你還是趕快先想想法子吧。」

「嗯，好，謝謝妳特地打這通電話給我，還為我擔心。其實昨晚大家在討論漢國哥的遺體處理時，我之所以會反對，就是因為擔心無辜的妳只因為在現場就受到無端牽連，結果還真的如我所料，最終還是像這樣給妳添麻煩了。要是我昨晚在火場裡沒有不小心把妳送給我的打火機搞丟，就不會讓妳操心了……實在很抱歉，捌喜小姐。」

「不不，絕對不需要對我感到抱歉，反正這是我們村的事，我也是這個村的一員，既然大多數的人都決定要這麼做，那就只能跟著大家照做。我們之後再見面吧。」

結束通話以後，蕭捌喜戰戰兢兢地放下話筒，再次查看門外動靜，並將收音機的音量緩緩調低。原本手持電話聽筒的那隻手，已經緊張到整個手心都是汗。

（明明殺人兇手就是我，光圭先生卻對我說抱歉……）

還真諷刺。

不過，話說回來，真的是活見鬼了。難道是像阿娘傳說中的阿娘一樣，因為冤死而導致遺體不會腐化，申漢國也成了冤魂？失手打死的男人突然離奇消失，過了好一陣子又出現在里長家被小貨車撞，然後明明已經被火燒焦的遺體，竟然又完好地躺在殯儀館安置中心裡……。

（難道是村裡的人集體聯合起來在耍我？不，不可能，他們絕對不是這麼壞的人。）

蕭捌喜奮力搖晃頭部，彷彿是在甩掉頭上的昆蟲似的，想要心中拋開對村民的懷疑。

假如申漢國的住處失火時，他的遺體被火徹底燒毀，殺人的所有證據應該就會蕩然無存，可惜結果卻是事與願違。申漢國的遺體一旦被國立科學搜查研究院解剖，就會馬上查出死因並非車禍的真相，也會發現遺體到處有著被棍棒毆打、頭部被鐵門撞擊等，不同於車禍的其他外傷。畢竟死前與死後留下的傷痕截然不同，被車撞擊的傷痕是在他死後才搞出來的，頭部的致命外傷與全身上下的棍棒毆打痕跡則是在他生前被蕭捌喜打的，也是導致申漢國死亡的傷痕。

（要是我進了監獄，恩肇怎麼辦？）

要是她進了監獄，恩肇能去的地方就只剩下孤兒院了。可憐的恩肇……

蕭捌喜凝視著像天使一樣無憂無慮睡著午覺的黃恩肇，不禁紅了眼眶。

（我怎麼會失手殺人？而且對方還是平時關係滿要好的鄰居……）

蕭捌喜暗自心想，自己死後一定會下地獄，但是就算之後要下地獄，只要有需要照顧黃恩肇的一天，就絕對不能去坐牢。雖然她很想大哭一場，但是畢竟自己帶回來的記者和刑警就在隔壁房間，她不敢輕易流淚。

（好吧，如果要守護恩肇，就必須打起精神來，重新振作才行。我應該把所有相關證據銷毀。來想想看哪些是與殺人有關、足以成為鐵證的東西？鐵門和棍棒，還有搬運遺體時用的手推車……）

鐵門和手推車已經用自來水清洗擦拭過很多次，棍棒則已經被火燒毀，原本沾有血跡的大門口前地面也灑過多次水，甚至還下過雨。

然而，這樣做真的就能抹去所有血跡嗎？蕭捌喜不禁開始擔心起門縫間要是有血跡沒清理乾淨的話該怎麼辦。

（要是能把整片鐵門拆下來銷毀的話該有多好。）

不過這只是個不切實際的想法，根本不可能這麼做。

（好吧，那就先來想想可以做哪些事好了。）

把載過遺體的手推車扔掉不是什麼困難事，到時候就看有沒有機會，把它推進都是泥沙的滾滾河水裡，將其徹底毀屍滅跡即可。

（啊！對了，沾有申漢國血跡的那堆鈔票！）

賣掉牛之後拿到的那疊明顯印有血手印的鈔票，都還原封不動地收在衣櫥裡，那才是百口莫辯的關鍵證據。

「你要出去喔？」

蕭捌喜聽見崔順石從房間裡走出來的聲響，急忙從臥房快步走到檐廊上追問。

「太悶了，想出去走走，您找我有什麼事嗎？」

「啊？沒……沒有！」

耳聞兩人對話的趙恩妃突然敞開房門，探頭出來張望。她剛剛似乎是睡了午覺，一頭短髮看上去有些凌亂。

「崔刑警，等等！等我一下！」

趙恩妃輪流看向蕭捌喜和崔順石，突然拿起相機包從房間裡急急忙忙跑了出來。

「妳也要去散步嗎？」

蕭捌喜問記者。

「嗯，呵呵。」

「那個……口水在嘴角……」

趙恩妃用手背擦拭了一下嘴角，便急忙跟著已經走出大門的崔順石追了上去。

蕭捌喜也緊跟在他們身後。她跑到大門外，看著兩人已走遠的背影，於是連忙重新回到屋內，用手不停敲打生鏽已久、難以上鎖的大門門鎖，試圖將大門鎖上。

「捌喜，為什麼要鎖門？」

黃恩肇睡眼惺忪地走出房間問蕭捌喜，因為她從未見過阿姨將大門上鎖。

「恩肇！來，妳站在檐廊上，幫我看著那位刑警叔叔和記者阿姨有沒有回來，知道嗎？」

「為什麼？」

「沒那麼多為什麼。阿姨先去洗衣服，總之，妳幫我看好了，要是他們一回來就馬上告訴我，好嗎？」

蕭捌喜連黃恩肇的回答都沒聽完就直奔臥房。她打開衣櫥，連忙將那疊用被單包裹、藏在棉被之間的鈔票拿了出來，白色被單都已經沾上了紅褐色的血跡。

她將被單再緊緊捲了一圈，抱在懷裡，往院子裡的接水區走去。

她觀察周遭，小心翼翼地攤開了那張被單，鈔票上到處沾著手指和手掌的血手印，雜亂無章地被包裹在被單裡。雖然總額是三百二十萬韓元，但是因為混雜著五千元鈔，所以總共加起來有將近五百張的鈔票。看來要趁家裡沒有人的時候，一張一張用肥皂和自來水清洗乾淨是有難度的。

蕭捌喜家的洗衣機就設在接水區旁不會淋到雨的地方，她將洗衣機蓋板打開，把被單裡的所有鈔票統統都放進了洗衣機裡，接著，她拿起洗衣粉，直接倒入比平時還要多三匙的量，共五匙洗衣粉，最後還覺得不夠，又再多放了兩匙才按下啟動鍵。

馬達抽取上來的地下水彷彿成了可以洗淨罪過的聖水般，開始朝血跡斑斑的紙鈔上傾瀉而下。

蕭捌喜蓋上洗衣機，重新將暫放在洗衣機旁沾滿血跡的被單捲成一團，抱著它快步奔向廚房，塞進燒柴式鍋爐的灶爐底下，推進深處，然後再重新走出廚房奔回洗衣機那裡。

「捌喜，為什麼要把錢放進洗衣機裡？」

「呃，因……因為錢很髒啊，我是為了讓錢變乾淨所以洗它。」

「喔！洗錢！」

恩肇曾在電視新聞裡聽過「洗錢」這個單字。

「沒……沒錯！就是在洗錢。」

蕭捌喜緊挨著洗衣機，頻頻望向大門，並掀開洗衣機蓋板確認洗錢進度。

這時，趴在院子一隅的阿呆突然站了起來，奔向大門朝門外不停吼叫。

「捌喜！有人來了。」

黃恩肇話才剛說完，就有人在轉動大門的把手，但是因為大門已經上鎖，自然是打不開的。

「這門是壞了嗎？」

是于泰雨里長的聲音。

于泰雨里長彎下身子，從大門下方縫隙窺探房子內部，卻什麼也看不見，於是他又踮起腳尖，從大門上方窺探屋內，還恰巧與黃恩肇四目相交。

「喂！喵喵！妳們家大門壞啦？」

既然都已經被發現黃恩肇在家裡了，蕭捌喜只好上前幫忙開門。她走去大門前，使勁地搖晃著已經生鏽的門閂，開啟大門。

阿呆齜牙咧嘴，對著于泰雨發出了低吼聲。

「這該死的臭狗！滾開！」

于泰雨作勢要踹阿呆，試圖威脅牠讓牠離開。

「阿呆！安靜！」

黃恩肇喊了一聲，阿呆馬上跑回來，鑽進黃恩肇站著的檐廊下。

「妳們打算收養申漢國的狗嗎？」

「沒辦法啊，餵牠吃飯的主人都不在了。」

「要是覺得養牠有負擔的話，要不要考慮在零犯罪村慶功宴時幫牠抹點大醬？[4]」

「不行！抹大醬會很臭！[5]」

黃恩肇站在檐廊上喊道。

「好啦好啦，我只是開個玩笑而已，玩笑話啦！不過，妳們大白天的為什麼要把大門鎖上啊？」

「洗……洗澡！我本來打算洗澡。」

蕭捌喜一邊偷瞄著發出嗒嗒聲響的洗衣機，一邊回答。

4 韓國鄉下人的隱喻說法，意思是把狗宰來吃，因為在煮狗肉時一定會塗抹大醬去腥。

5 此句顯現恩肇其實還是個孩子，她並不了解抹大醬是什麼意思。

于泰雨里長的目光也隨著嗒嗒聲轉向了洗衣機的方向。洗衣機蓋板縫隙間已經冒出了大量的泡泡，這都是因為蕭捌喜剛才放入過多的洗衣粉導致。

「妳們家洗衣機發生了什麼事？故障了嗎？」

「啊？」

于泰雨準備去查看洗衣機，卻被蕭捌喜搶先一步跑向洗衣機，阻擋于泰雨靠近。

「怎麼了？」

「內衣，我在洗內衣……所以不太方便……。」

「喔，我還打算幫妳檢查看看是不是機器故障了，那就下次再看吧。」

這時，洗衣機滾筒正好停止旋轉，從排水管裡排出了粉紅色的肥皂水，往院子裡的接水區流了出來。

「您來我們家有什麼事嗎？」

「沒什麼，只是想來打聽看看那兩位有沒有什麼動靜。」

「他們剛才往之川方向走了過去。」

「嗯，我有看到，他們是去朴光圭那裡，不是去之川，所以我就趕緊先跑了過來。如何？他們有發現什麼嗎？」

「他們在申漢國的住處發現了朴光圭先生使用過的打火機。」

「這件事我剛才有從朴光圭那裡聽說了，我叫他不論如何都要矢口否認，唉，當初為什麼會把打火機遺落在那裡，真是的……哦？那是什麼？怎麼會有萬元鈔在那裡？」

一張萬元鈔從洗衣機排水口流出，卡在接水區的排水孔，被排水孔濾網擋住，使粉紅色肥皂水無法順利流入排水孔。

于泰雨大步走向接水區，把手直接伸進肥皂水裡，撿起那張萬元鈔。

「看來妳是忘記衣服裡有鈔票就直接洗了。欸？可是不對啊，怎麼會直接從洗衣機裡流出來？難道是哪邊有破洞？」

蕭捌喜還來不及阻攔，于泰雨就已經伸手將洗衣機蓋板掀了開來。洗衣機底部滿是被水浸濕的五千元和萬元鈔。

「這是怎麼回事？為什麼要洗鈔票？」

「這個嘛……」

「那是捌喜在洗錢！」

站在檐廊上的黃恩肇喊道。

「因為錢上沾到血，所以在洗錢！」

「什麼？血？」

「恩肇！大人在說話，不許插嘴！」

蕭捌喜已經緊張到臉色發白，她趁黃恩肇還沒說出更多驚人之語前，急忙用怒吼來制止。

「昨晚恩肇這孩子又流鼻血，不小心沾到了鈔票。」

恩肇看著蕭捌喜驚慌失措的樣子，意識到自己一定說錯話，於是露出了難過自責的表情。

「就算這樣也不能把錢放洗衣機裡洗啊，很容易毀損耶……」

「但是有沾染到血的紙鈔也無法使用，收錢的人應該會很介意，說不定還會產生不必要的誤會。」

「也是，不過我聽說沾到血的鈔票就算用肥皂清洗，血跡也不會完全消失，要查還是查得出來。」

「啊？」

蕭捌喜的聲音有點激動。

「沒事，沒什麼。可能是我最近看《警察廳人們》看太多的關係……」

這次換于泰雨里長話說得吞吞吐吐。在那瞬間，蕭捌喜不禁懷疑于泰雨是不是知道一些實情，怎麼會說得一副彷彿知道真正目的似的直搗核心？難道剛才有偷看我把那些沾著血手印的紙鈔放進洗衣機裡？還是只是偶然……？

「請問您有什麼話想對我說嗎？」

蕭捌喜小心翼翼地問道。

「沒有啦，我只是……上個星期在電視節目《警察廳人們》裡面有看到，殺人兇手很認真的清洗了沾有血漬的鈔票，但是專家最後還是從洗過的鈔票組織裡發現細微的殘留血跡，並進行比對分析，最後檢查結果就成了逮捕嫌犯的鐵證。我是看妳在洗錢，所以想起了那個橋段……。」

「喔，原來……。」

「唉，申漢國那傢伙為什麼要死掉，害這個村招惹這麼多麻煩，真是的……。」

蕭捌喜再次強烈感受到于泰雨里長一定是知道什麼內幕，她告訴自己，愈是這種時候就愈要表現得沉著冷靜。

蕭捌喜認為，就算于泰雨里長知道她的祕密也無所謂，只要故意再拿他的弱點來強調一下，就能讓他轉移注意力。

「話說回來，您那輛闖下死亡車禍的小貨車打算怎麼處理呢？」

「死亡車禍？」

「不是因為煞車失靈導致車子失控衝撞上申漢國的嗎？車頭都出現了嚴重凹陷。」

「是沒錯啦……」

就在那時，躲在檐廊下的阿呆突然朝大門方向衝了過去，不停咆哮，也因此打斷了蕭捌喜和里長之間的談話。

「阿呆！小聲一點！」

黃恩肇一喊完，池塘戶老闆楊式連正好打開大門走了進來。

「哥，原來你在這裡啊。」

「怎麼？是來找我的嗎？」

「不是啦，就只是剛好路過聽見哥的聲音，所以進來看看。你們在聊什麼那麼嚴肅呢？」

「沒有啦，也沒特別聊什麼。」

「該不會是……專屬於兩人的小祕密……？」

楊式連開著兩人的玩笑。

「才……才沒有！您說什麼啦……」

蕭捌喜急忙搖晃雙手，誇張地矢口否人。

「那你們到底在聊什麼？」

「其實剛才是在討論我那輛發生車禍的小貨車該如何處理。」

「對了，那輛車要趕快處理才行，你現在是把它停放在哪裡？要是被記者和刑警看見，可就真的沒戲唱了！」

「我有把它藏在畜舍裡了，用布帳蓋住，再用稻草層層覆蓋。」

「可是如果是以那樣的狀態被人發現，豈不是更欲蓋彌彰。假如看見藏匿的小貨車車頭還有凹陷，便覺事有蹊蹺，要是展開調查的話，就會被查出沾有申漢國的血跡……」

「我也是每天都提心吊膽的，所以才要隨時隨地監視崔刑警和趙記者的一舉一動啊。」

「要是被刑警發現那輛小貨車，就真的百口莫辯了。更何況現在還封橋，也無法出去買零件回來修理，或者拖去村外處理掉，真的是無計可施。現在到處都在淹水，要不乾脆直接把它推進河裡？就說是開車技術不夠純熟，發生落水意外，隨便糊弄一下含糊帶過不就好了？至於車頭凹陷的地方，就說是車子掉入水中時撞到了石頭，反正現在連拖吊車都開不進來，不就正好可以讓車子泡在泥水裡久一點，說不定連隱藏在縫隙裡的血跡都能被沖洗乾淨，不是嗎？」

「可是這樣的話，那輛小貨車就要報廢處理了，我只有買強制險，連甲式車體險都沒買……絕對不能報廢！」

「都已經在這個節骨眼了，哥，你還在意那區區一輛小貨車啊？等你進監獄裡睡一個晚上，在冰涼的地板上吃幾頓牢飯，我看你還會不會說這種話。」

「是啊，與其被關進監獄裡，不如報廢一輛小貨車就好，不是嗎？」

「假如真要把車子扔進水裡，最好要盡可能選擇水深較深的地方，但也不能就只是純粹把車開進水裡，一定要做得確實才行。不如這樣吧，趁刑警和記者在遠處張望時，在他們面前上演一段車子落水的戲碼，還要演得逼真一點，否則刑警會認為我們是為了湮滅證據而做，我想的這個點子如何？不過那輛小貨車還能開嗎？要是已經故障不能開的話，就要從河邊的坡頂上滾下去才行……」

「我看引擎是還能發動的，那我呢？我又要如何從掉進水裡的車子中脫困？」

「連我這沒駕照的人都知道要怎麼做，難道還要我一一指導嗎？到時候哥你就自己看著辦啊，可以事先解開安全帶、把門先開好一點縫，等車子一掉進水裡，你就趕快逃出車外啊，都沒看過電影怎麼演的嗎？」

「你還沒考到駕照喔？」

「唉，哥也真是……這樣我很丟臉欸。」

楊式連偷瞄了蕭捌喜一眼。

「要是有考到駕照我早就在鎮上到處拉布條大肆宣傳了。我呢，光筆試就考了六次，六次全部落榜，我這輩子還真沒考過那麼難的考試，再怎麼說我也是青陽農高優秀成績畢業的校友，只考五十分是什麼鬼，我真的不適合考駕照，根本是和駕照八字不合。」

「所以你到現在都沒抓過方向盤？」

「是啊，明知道幹嘛還要問？」

「那妳會開車嗎？」

于泰雨里長問蕭捌喜。她被問得有點突如其然。

「我也不會開車，從未想過要考駕照。」

「真的嗎？完全不會？很多人沒駕照卻還是會開車。」

「我是真的從來沒開過。不過，您為何要這樣質問我……？」

「沒有啦，就只是純粹好奇所以問問。」

「哥！你該不會是懷疑有人故意開那輛小貨車去……？」

楊式連睜大眼睛，原本想說些什麼卻又突然作罷。

「去……什麼？」

「算了，我也只是隨口說說……。言歸正傳，打算什麼時候把小貨車扔進河裡？反正遲早都要做的事，不如愈早處理愈好，這樣才能安心睡好覺吧。被那輛小貨車害得我整天提心吊膽的，到底什麼時候要處理？我可以幫你抓好時間帶刑警和女記者到現場，你就準備準備，時間一到去發動就好。哎呀，擇日不如撞日，現在立刻執行好了！」

「不行不行！我怎麼想都覺得讓整輛車泡水報廢不妥，萬一之後還要養點牲畜，一定會需要用到那輛小貨車。」

「再買一輛新的不就好了！」

「在這種景氣最差的時候哪有什麼錢買新車？我看還是拉倒吧，只要告訴刑警我的車是撞到石頭或牆壁就好，了解嗎？這樣我們只要想辦法把前方車頭撞到人的痕跡弄乾淨就可以了，是不是？」

「哎呀，哥，你也真是……怎麼這麼死腦筋呢，你有沒有聽過『貪牛失豬』這句老話啊？為了守住一頭牛，最後連豬也都沒能保住，要是這件事情出了差錯，最頭疼的人可是你啊，不僅開車撞死人，還棄屍、焚屍……都快跟殺人罪的量刑差不多重了。」

「不行，總之我絕對不允許把小貨車扔進水裡，就當作是撞到時車頭凹進去的，知道了吧？說好了喔！」

于泰雨里長和池塘戶老闆楊式連一來一往地爭論了好幾回以後，便各自返家了。蕭捌喜按下洗衣機停止鍵，看著滾筒裡那堆已經被沖洗、脫水過的潔淨紙鈔。

「就算清洗過也還是能找得到血跡？」

都怪自己沒有考慮周全，這不是單靠洗錢就能解決的問題，要是能將時間倒轉，剛才應該將那些沾有血跡的紙鈔單獨挑出來燒毀，如今已經覆水難收，用肉眼也難以判斷哪一張是沾過血的紙鈔，因為所有紙鈔都攪和在一起了。

「我是蠢蛋！蠢死了！本來還能保住一半的……」

蕭捌喜垂頭喪氣地嘀咕著。她的眼眶裡瞬間積滿了淚水，對他來說那疊三百二十萬韓元就如同其他人的三千兩百萬韓元一樣，是一筆很大的數目。

（這可是我的金順、養了三年和家人沒兩樣的金順送去屠宰場換來的錢，跟命根子一樣重要的錢……）

# 嫌疑人的自白

朴光圭的住處位於將者谷西側，他與朴達秀老翁同住，是一棟老舊的韓屋，到處有著近期修補過的痕跡。

他們家一個人都沒有，只剩一隻狗在看門。

正當崔順石和趙恩妃打算調頭離開時，原本出門在外的朴姓老翁突然慌慌張張地出現在門口，看起來像是有人向他通風報信，告訴他有刑警和記者要登門拜訪，於是急匆匆趕來的樣子。

「兩位有什麼事嗎？怎麼會來我們家？」

朴達秀老翁一見到兩人，便用憂心忡忡的神情問道。

「沒什麼事，我們只是有點事情想問問您兒子。」

「光圭現在應該在枸杞田裡，你們問我吧，要是我能幫忙回答就盡量配合。」

崔順石猶豫了一會兒，從口袋裡掏出被火吻過表面的打火機，伸手遞給了老翁。朴姓老翁接過打火機，眨了眨眼，仔細端詳。他好像視力不怎麼好。

「這是哪裡來的打火機？」

「我們在失火的申漢國家中發現的，我聽村子裡的人說這支打火機是朴光圭先生的。」

「村裡的人……？」

朴姓老翁露出了不可置信的表情。

「我的確有看光圭拿過一款和這支相似的打火機，可是完全不是長這樣。」

「是嗎？那您的兒子是在哪一片田裡工作呢？我親自去找他問問看就知道了。」

「你們跟我來吧，我帶路。」

「沒關係，我看您行動不便，只要幫我們指個方向就好，我們可以自己過去。」

老翁拄著拐杖，執意要和他們一同前往。崔順石為了拉開與老翁之間的距離，刻意加快腳步，趙恩妃也向老翁點了個頭，便快步追上崔順石。

當他們逐漸遠離村鎮，出現一片梯田時，便看見一名男子正在其中一片田裡工作，畫面看起來一片祥和。

趙恩妃停下腳步，環顧了一下四周，向崔順石說道。

「卓別林說過一句話，『人生遠看是喜劇，近看是悲劇。』感覺鄉下農村也是如此，像這樣從遠處看過去，綠油油的稻田隨風搖擺，翻著銀白色的陣陣浪花，還有一名看起來無憂無慮的農夫在田裡工作，畫面看似一切美好，然而近看就會發現原來農夫早已汗如雨下，臉上也布滿皺紋，側彎的腰椎光看就覺得疼痛不已，手上的指甲早已磨到變形，粗糙到分不清是手還是腳。不論是農村還是漁村景色，在遠處觀望的旅人眼中都是無限美好，但是仔細近看卻又不是這麼回事。這座零犯罪村也是，一旦近距離去觀察，就會發現未必如我們所想得那樣天下太平，不是嗎？」

「當妳保持一段距離觀看他人的人生時，真的會覺得對方看起來很幸福、畫面很和諧嗎？如果真是如此，那就表示妳本身也是個幸福之人。因為像我的話，不論近看遠看，都不會覺得他人的人生幸福和諧，就算從極其遙遠的地方觀望，也只會看見對方焦眉皺眼的表情與飽經風霜的人生。」

「真的嗎？」

趙恩妃露出了難以理解的表情。

「人會因生長背景不同而有不同的想法和先入為主的觀念，如果妳認為其他人都和妳一樣，可就誤會大了。」

「那你倒是說說看，你是在多麼特殊的環境下長大的，才讓你有如此負面的人生觀？」

趙恩妃語帶調侃地問道。

「我呢，從小就是個孤兒，一出生就被我媽那賤女人丟在雪地裡，差點沒把我活活凍死。」

「什麼？」

趙恩妃驚愕不已。

「抱歉，我不是有意要掀開你的傷疤……」

「這件事不僅不是傷疤，也不是妳需要感到抱歉的事情。如果真有人需要為此感到抱歉，那也應該是把親骨肉丟在雪地裡的那個賤女人，還有為了爽那一時連套子都不戴就跟那賤女人上床的傢伙，不過要是當初這對狗男女有對我感到一絲抱歉，也就不會發生棄嬰這種事了。喔對，還有把我從雪地裡救出來的那個人可能也要對我感到抱歉，不如讓我在年幼無知的時候直接活活凍死，就不會見識到這麼醜陋的世界了。」

趙恩妃不知道該回什麼。

「不過，為什麼要對我說這些……？」

「因為妳看起來好傻好天真，彷彿根本不知道這世間有多險惡，也很容易相信人，所以才會給妳一些忠告。我不相信任何人，只相信我自己，要是相信人，這輩子應該早就餓死或凍死好幾回了。」

「……」

兩人維持了一段沉默，就像吵過架的情侶，不發一語地走在鄉間小路上。

趙恩妃與崔順石走到了枸杞田田埂上，正在拔雜草的朴光圭一見到他們，便像是有備而來似的上前迎接，朴光圭的右手和右手臂依舊纏著用衣服布料撕下來做成的繃帶。

「有什麼事嗎？兩位怎麼特地跑來這裡找我？」

崔順石將放於手心的 Zippo 打火機伸到了朴光圭的面前，但那個打火機是他平時使用的中國製山寨版，不是在火災現場找到的證物。

「你知道這個打火機吧？」

朴光圭伸出左手，打算去拿打火機，但是崔順石並沒有想要讓他拿的意思，只有不停將打火機翻面給他看。

「因為是火災現場找到的證物，要是沾染到其他人的指紋會滿麻煩……。」

原本神情緊張的朴光圭，在看到打火機以後馬上就露出了如釋重負的表情，因為那個打火機明顯不是他的。

「我聽其他人說這個打火機是你的？」

「不是，這不是我的打火機，我那款有一對翅膀，中間還寫著數字九十。」

「你確定？」

「對啊，雖然不曉得是誰說我用過這款打火機，但是那個人難道都沒有描述一下我用的打火機長什麼樣子嗎？」

「喔！抱歉，我拿錯打火機了，應該是這個才對。」

崔順石從口袋裡掏出被火吻過表面的 Zippo 打火機，瞬間，朴光圭臉上的笑意頓時全消。

「一九九三年，哈雷機車九十周年紀念款，對吧？」

「啊？不……不是，的確跟我那支長得滿像，但不是這款……。我的早在幾個月前就扔進河裡丟掉了，因為我下定決心要戒菸，不過到現在還沒戒成功就是了。」

「你丟在哪裡？」

「那邊下方……」

「你必須說出一個明確的地點才行，如果我們動用潛水員和水中金屬探測器找出那個打火機，你就能全身而退，但要是沒找到的話，你就會有麻煩。朴光圭先生，你知道自己是殺人及縱火案的主要嫌疑人嗎？」

「什麼？」

「所以你到底把打火機丟到了哪裡？」

「不是啦，沒有丟掉……是弄不見了。其……其實，我是去山上摘藥草的時候弄不見的……也不曉得確切遺落在哪個地點。我說的句句屬實！」

「真的？」

「對，千真萬確。」

「那如果找不出那支打火機的話，在縱火殺人案現場發現的這支打火機，就會變成是朴光圭先生你持有的。你應該知道吧？縱火殺人案的刑期通常比殺人還要重，所以大部分都會被判無期徒刑，如果不想被判死刑或無期徒刑，我勸你最好現在就說清楚一點，要是進了警局，他們還會用測謊機測你的回答真偽，假如被測出是謊言，到時候就真的難辭其咎了喔！」

朴光圭聽聞崔順石這麼一說，被繃帶纏繞的那隻燒燙傷的手臂開始微微顫抖。

「啊，對了，忘了宣讀米蘭達警告，本警將依刑事訴訟法第二一二條將嫌疑人以縱火殺人罪嫌進行逮捕，你可以保持沉默自行聘請律師，亦可申請無令狀逮捕合法性再審，如有需辯駁的地方請發言。以上。」

「要以縱火殺人罪逮捕我？可是我沒有犯任何罪啊……。」

「現在因路段封閉，無法移交警察局，所以暫時不採以拘禁，但是等路段開放通行以後，朴光圭先生就會直接被關進拘留所，開始接受警方調查。如果有什麼想說的，最好趁現在從實招來，要是等警方查完移送至檢方的話，就會再進一步展開調查，到時候就會徹夜進行審問了。主審強盜、縱火、強姦殺人犯等重罪犯的那些刑警可沒這麼好糊弄，不管你說什麼他們都不容易採信，更何況若還留有說謊紀錄就更不可能信你說的了。那裡關著一堆前科累累、把監獄當自家後花園進出的重罪犯和連環殺人魔，就算是沒犯的罪也能叫你背、叫你自首，這點你應該也很清楚吧？」

「可、可是我沒有犯任何罪……」

「既然在火災現場都發現了你的打火機，誰還會相信你說的話呢？如果主張無罪的話，就麻煩證明自己的清白，而不是只有空口說自己無罪。你要是現在願意把實情說出來，我就以自首處理。被逮捕和自首的量刑可是天差地別，在接受刑警和檢察官審問時待遇也會大不同，就看你是要被全身綑綁徹夜被棍棒毆打逼供呢，還是要喝著雪濃湯、抽著香菸舒舒服服地寫陳述書。」

「是啊，您還是直接告訴我們吧，把所有實情都吐露出來，您的心裡也會舒坦許多。」

趙恩妃用充滿憐憫的語氣順著崔順石的話想勸動朴光圭。

崔順石拿出了所剩無幾的香菸，取出一根菸點燃，並遞給了朴光圭。朴光圭用顫抖的左手接過去，深吸了一口。他的眼眶開始泛淚，很快就流下了斗大的淚珠。

就在這時，朴姓老翁正好趕到，走到了崔刑警與朴光圭的中間。

「不是這樣的！光圭他是無辜的。」

「爸……」

「事情是這樣的，不是什麼殺人事件，就只是一場事故意外。」

「爸，算了，別說了……」

「沒關係，您請說。」

「昨晚我去院子上廁所，聽見外頭有動靜，所以就從廁所裡走了出來，和我兒子一起去里長家一探究竟，結果看見停放在他們家院子裡的小貨車竟然不慎滑落撞死了申漢國，唉。」

崔順石和趙恩妃趕緊攙扶一臉就快暈過去的朴姓老翁到樹蔭下休息，朴光圭眼看父親已經自首，自己也無法再狡辯下去，只好將事件經過的來龍去脈一五一十地告訴刑警。

「我和我爸抵達里長家時，我們看見里長夫人嚇得花容失色，全身不停發抖地喊著鬼啊！有鬼！而且當我們抵達時，早有其他村民也在現場。大家馬上認出被小貨車撞上的人是漢國哥，他被卡在小貨車和柿子樹的中間，被大家合力拉了出來，可惜早已失去生命跡象。當時我和我爸是主張直接報警處理，但是在場的其他人都認為就算只是單純的事故意外，也會害里長被關進監獄裡，這樣無辜的里長實在太可憐，所以最後就變成了隱匿這起車禍事故……。而且大家還說再過幾天就要舉行零犯罪村頒獎儀式，要是這起事件曝了光，我們就領不到獎也無法創下平紀錄了。」

「你說在場的村民全都主張應該要隱匿這起事件？」

趙恩妃百思不解地插話問道。

「對，當時在場的所有人都同意這麼做。」

「為什麼？這件事除了與里長夫婦有關，其餘的人都毫無關連啊，到底為什麼主張不要報警而是選擇隱匿？要是家人以外的人協助隱匿案件或協助棄屍，都會被認定成共犯，反而會加重刑責，究竟是為什麼……？請問于泰雨里長在這個村裡是非常具有影響力的人物嗎？」

「雖然不可否認里長的確有些影響力，但也不至於讓村民如此自動自發地服從於里長。」

「那大家為何要這麼做呢？」

「可能因為零犯罪村的獎金還滿優渥吧，不然就是被所謂的義氣、大家都是一家人等等，當下的氣氛給煽動了，所以才會一窩蜂地決議這麼做……。雖然我也不太能理解，但總之事實就是和這起事件無關的村民主動提議要這麼做的。」

「是誰第一個提議要隱匿事件的呢？」

「這個嘛……我有點忘了。」

朴光圭歪著頭咕噥著，也有點像是想要隱瞞什麼的樣子。

「是蕭捌喜第一個提議的。」

朴姓老翁急忙回答。

「蕭捌喜小姐？」

趙恩妃對此感到十分意外，不能理解。

「所以後來是怎麼處理的？」

「既然都已經被車撞死了，大家最後決定將漢國哥的遺體用耕耘機載到車水馬龍的道路邊，也就是從青陽通往公州的那條大馬路上，放在那裡佯裝成有人肇事逃逸，餐館老闆周榮哥雖然反對，但也提不出其他更好的方法，所以最後還是照這個決議進行。」

朴光圭不停眨眼，仔細描述著當時的情形。

～～～～～

「有誰可以去幫忙把申漢國家裡的耕耘機開過來？」

楊式連話一說完，兒子楊東男與朴光圭便朝申漢國的住處走去。從于泰雨里長家到申漢國的住處大約相隔一百公尺。

于泰雨、楊式連、王周榮三人為了讓申漢國的遺體方便搬運至耕耘機上，事先從地瓜田裡抬出了遺體，挪放到里長家的外院。

「等一下！」

原本朝申漢國住處走去的朴光圭突然停下了腳步，楊東男也跟著他停了下來。

「怎麼了？」

「忘記要有鑰匙才能發動耕耘機，說不定鑰匙在他口袋裡。」

兩人重新走回于泰雨里長家。

楊東男皺著臉，把手伸進滿是鮮血的申漢國褲子口袋裡，翻找著耕耘機鑰匙，結果兩個口袋當中一邊沒有東西，另一邊則有著一顆紅色的可樂瓶蓋。

「這是什麼？」

楊東男從申漢國的褲子口袋裡掏出了紅色可樂瓶蓋，拿起來仔細觀察了一會兒，便隨手扔到了院子的角落。

「口袋裡沒有鑰匙。」

就在此時，夜空中突然閃過一道巨大的閃電，緊接著，雷聲轟隆作響，斗大的雨滴開始淅瀝嘩啦地從天而降。

「抓緊時間吧！」

朴光圭和楊東男再度朝申漢國的住處跑去。

申漢國平日生活低調，就算不會特別鎖上大門，也會緊緊帶上，然而，那天不同於以往，他家的大門是敞開的，檐廊上的鎢絲燈也是亮著的。

兩人一走進申漢國的家裡，廚房前用繩索拴著的混種珍島犬阿呆就開始不停吼叫。

「臭狗！閉嘴！」

楊東男作勢要用腳踹阿呆，牠才停止吼叫，發出了哼哼唧唧的低吟聲。

耕耘機就停放在院子裡，那是一輛老舊的耕耘機，需要靠鑰匙才能發動，所以當務之急，兩人必須盡快找出鑰匙才行。

朴光圭拉開收音機和燈都沒關的臥室房門，一瞬間，混雜在酒氣裡的怪異惡臭味直接撲鼻而來，房間裡不僅臭氣熏天還凌亂不堪，似乎是因為單身老光棍獨居、平日疏於打掃所致，但是眼前的景象已經超越了髒亂的程度，反而比較像是家中遭小偷弄亂的樣子，簡直亂七八糟。

房間炕頭處鋪著棉被，棉被周遭則有一堆待洗衣物散落一地，還有好幾瓶喝光的燒酒瓶，以及沒有蓋上蓋子的一點五公升可樂空瓶滾落四處，可樂瓶裡的可樂已經灑滿一地，棉被和地板也早已徹底被可樂浸濕。除此之外，還有一個小碟子飄散著濃濃酸掉的泡菜味，吃剩的零食也撒得到處都是，地上還有幾個零食包裝袋，裡面裝著吃到快要見底的魷魚絲和花生，發霉的草莓也掉落在地。然後有幾張樂透散布在這凌亂不堪的房間內。

房間的髒亂程度令人根本不想打赤腳走進去，看來脫掉鞋子站上檐廊簡直是失策，應該要直接穿鞋踩上去的。

（到底該如何從這堆垃圾堆裡找出耕耘機的鑰匙？）

感覺即便是比鑰匙還要大的東西，都未必能從這間臥房裡找到。

「找到鑰匙了！」

朴光圭正打算走進臥房的那一剎那，楊東男在他身後喊道。原來耕耘機鑰匙就掛在檐廊牆上的釘子上。

朴光圭開著耕耘機，抵達于泰雨里長家的外院。

大夥人在滂沱大雨中把耕耘機的拖車底部鋪上了幾片麻袋，然後把申漢國的遺體搬運至拖車上，最後再用一片黑色布帳包覆遮掩。

朴光圭再次負責駕駛耕耘機，後方的拖車坐著池塘戶的楊式連、楊東男，還有于泰雨里長、餐館老闆王周榮，還載著申漢國的遺體。蕭捌喜、黃恩肇以及楊式連的妻子田秀芝已經各自返家，朴光圭的父親和于泰雨的妻子韓頓淑則留守在現場，沒有和大家一起坐上耕耘機。

雨下得愈來愈猛，朴光圭只能淋著雨，仰賴唯一一盞前頭燈，駕駛那輛耕耘機。這可不是普通的累人。他必須盡可能的駛向遠處，不得不加快速度，於是他直接將排檔推到三檔，用最快的速度在雨中奔馳。坐在拖車裡的人也都被雨淋濕，慘成一群落湯雞。

耕耘機好不容易駛離村鎮，正打算朝洞岩方向開去，但是才剛過一個轉角，就看見了一道非常刺眼的亮光。

「啊！」

朴光圭緊急轉動方向盤，並用力踩煞車。當耕耘機的前輪掉進道路旁的排水溝裡，車頭砰一聲撞上圍牆的那一瞬間，刺眼的亮光也驚險萬分地從耕耘機旁擦身而過，然而，又一道光線緊接著繞過轉角，朝耕耘機直撲而來。

「啊——！」

跟隨在警車後方的救護車司機是到後來才看見耕耘機，急忙踩下煞車並將方向盤轉向，無奈閃避不及，救護車的輪胎因路面上的雨水而失控打滑撞上耕耘機的拖車，轉了半圈宛如車底快要朝天般搖搖晃晃，最後再撞到耕耘機的對面排水溝，砰一聲卡在那裡動彈不得。

經歷完兩次驚險萬分的瞬間以後，正當朴光圭雙手緊握方向盤，暗自慶幸所有人毫髮無傷而轉頭查看時，發現拖車裡的人竟然都掉了出去，四散在馬路上。

「這怎麼回事……！」

朴光圭急忙跳下耕耘機，跑去查看其他人，所幸每個人都能自行起身，但是于泰雨扶著後頸、表情痛苦；楊式連則是用手撐著向前彎的腰桿，難以挺直；王周榮似乎是膝蓋受了傷，一跛一跛地走回耕耘機旁。

耕耘機後方，四名身穿雨衣的警察從剛才就停等在旁的警車下車，朝朴光圭一行人跑來。輪胎掉進耕耘機對面排水溝、車身傾斜的救護車上，也有三名包含司機在內的救難人員好不容易從副駕駛座逃了出來，因為駕駛座的門已經卡進排水溝裡，無法打開。

「請問有人受傷嗎？都這麼晚了，各位冒著危險是要去哪裡呢？」

正當警察逐步靠近耕耘機時，這下才有危機感的朴光圭連忙轉身確認拖車內部。啊！原本放在拖車裡的申漢國遺體竟然不見了！朴光圭立刻左右張望，查看了一下周遭，由於救護車車頭燈只照射著道路的一側，所以耕耘機後方的排水溝顯得更黑暗，彷彿有個黑色的物體掉落在那裡，絕對是申漢國的遺體。朴光圭突然一陣暈眩。

他用小跑步的方式跑向前，擋住了警察的去路，並主動向員警鞠躬問好。

「您好，天氣實在糟透了，對吧？」

「哦？那是什麼？」

一名員警用手指向朴光圭的旁邊。

道路上散落著移送患者用的擔架。

「那……那裡，是不是一具遺體？」

其他員警也看向了救護車後方並喊道。

救護車後門已經呈敞開狀態，一具遺體直接橫躺在救護車後方的排水溝裡。

「我的天啊！」

救難隊員連忙將掉落在路面上的擔架搬移至遺體旁，然後將遺體搬上擔架，再用一條沾著明顯血跡的白布從頭到腳覆蓋住。

「經過的路人應該會以為是我們撞死人了。」

趁著救難隊員和警察在忙著移送那具遺體的時候，于泰雨、楊式連、楊東男、王周榮就站在一旁阻擋著他們的視野，朴光圭假裝檢查耕耘機，實則去把拖車裡的黑色布帳順手扯到排水溝裡，把橫躺在水溝裡的申漢國遺體遮住，佯裝成一袋廢棄的垃圾。

「真是的！至少要能看得見東西才有辦法閃躲啊。」

救護車司機完成搬運遺體作業後，輪流看著救護車與耕耘機，嘴裡念念有詞。

「像這種情況，要如何釐清事故責任呢？」

救護車司機對著一名員警問道。

「我不是交通科的，所以不是很清楚，耕耘機事故可能要和我們的警車來釐清肇事責任比例，至於救護車事故的話，因為是撞上已經發生事故而停在路邊的耕耘機，所以應該……」

于泰雨里長在一旁默默聆聽他們之間的交談，聽到這裡，他立刻加入了談話。

「我是中川里的里長于泰雨，我們就當作是小災化大難，以雙方過失來處理，各自回去修理各自的車吧，就算是救護車的過失比例較大，也都是為了做善事而不小心出事的，至於耕耘機反正有一些刮痕或毀損也無所謂，只要能開就不影響工作使用，所以就這樣處理唄。」

「那就這麼說定了喔！」

救護車司機露出了慶幸的表情。

十二名男子合力將耕耘機的車頭推出排水溝，再用耕耘機把救護車從排水溝裡拖了出來。雖然耕耘機的右前方有撞到圍牆，後方拖車也有撞到救護車，兩處都有凹陷，但還是可以正常運行。

救護車也是前保險桿有嚴重毀損，右邊車頭燈碎裂，駕駛座的車門被耕耘機的拖車撞到出現裂痕，但同樣不影響行駛。

救護車隨即就離開了，警車還停留在現場，遲遲沒有離開。

「您是中川里的里長，那其他人也都是中川里的村民嗎？想請問一下，在天氣如此惡劣的傍晚，每個人都淋著滂沱大雨，到底是要前往哪裡呢？」

「沒……沒有啦，我們沒有要去哪裡，我們是從長谷里那邊參加完朋友的六十大壽回來的路上，去的時候還沒下雨呢……」

「可是長谷里是在那邊，不在這裡欸？」

「喔！因為這個人說他把皮夾遺忘在壽星家裡，所以我們正打算重新回去拿皮夾。」

「您是喝多了嗎？」

員警看著王周榮下半身穿外出服、上半身穿黃土色汗衫，不禁好奇地問道。

「沒……沒有啊，我沒喝很多，只有小酌幾杯，駕駛耕耘機的朴光圭是一滴酒都沒碰。」

「那您的上衣為什麼……？」

「喔！因為有沾到東西，我就把它給脫了。剛才不小心跌倒，沾到牛糞……」

「有血……」

警察指著王周榮的側腰。汗衫的一角沾染著鮮紅色的血漬。

「這是……這應該是剛才從耕耘機上摔下來的時候擦撞到磨破皮了。」

「我看你血流不少，把衣服撩起來讓我看看吧。」

「不不不，沒關係，不嚴重。」

「我幫你確認一下吧。」

在員警的催促下，王周榮只能先用手蓋住沾有血跡的側腰，正當他面有難色時，于泰雨對著他大聲喊道。

「皮夾等下次再去找吧！都出車禍了，今天就還是先回家吧！快上車！」

「好啦！來了！」

王周榮一跛一跛地奔向了耕耘機。

「那個，耕耘機拖車是絕對不能載人的，即使發生車禍也得不到理賠。」

「知道了，畢竟在鄉下，交通不是很方便，以後絕對不會再載人了，麻煩您這次就通融一下吧。」

于泰雨里長向員警求情。

「您放心，我不是要開單，是基於安全宣導盡到提醒告知的義務，回去路上請多加小心。」

警車終於出發了。

等警車警示燈消失在遠處之後，五個人重新將掉落在排水溝裡的申漢國遺體，以及覆蓋在遺體上的黑色布帳捲好，放回耕耘機拖車上。

「接下來怎麼辦？」

在員警面前已經將耕耘機掉頭的朴光圭向其他人問道。

「唉，嚇出我一身冷汗，全身上下沒有一處是不痛的，不能再去了。」

王周榮搖著頭回答。

「我也是心臟都差點跳了出來，但是怎麼能就此放棄呢？遺體該怎麼處理？難道要偷偷載去山上埋了？」

「爸，就算把遺體埋起來，這件事也不會圓滿落幕，會變成一起失蹤案。您想想看，要是在鄉下發生失蹤案，通常都會動員多名警力，甚至出動警犬搜遍整個村子和周遭山林，不是嗎？要是在這樣的過程中，被他們發現申漢國的遺體……」

楊東男的話尚未說完，王周榮就緊接著開口說道。

「是啊，不然就乾脆放火燒了吧，當作是他家不慎起火沒能順利脫困而被活活燒死的，要是遺體被火燒毀，那麼他身上的大小傷也就能徹底消失，所有與犯罪有關的傷痕都會統統不見……。」

面對王周榮的最新提議，所有人互看彼此。

「怎麼辦？為什麼都不說話？」

于泰雨里長沒有表明自己的態度，反而先問大家的看法。

「還能怎麼辦，有更好的方法嗎？」

「要是沒有其他方案，就只能這麼辦了。」

朴光圭表示同意。

「是啊，感覺燒毀比放在馬路邊好。」

楊式連也表示贊同。

最終，耕耘機載著申漢國的遺體，開始往申漢國的住處出發。

當耕耘機準備駛進村鎮時，他們走走停停，只為了準備事前作業。

為了避免在他們自行撥打電話給消防隊之前，就有其他村民先通報消防局，使消防車太早抵達，他們找來了大大小小的石頭，堆放在村鎮入口，偽裝成是從山坡上被雨水沖刷下來的石頭；除此之外，他們還拿斧頭劈砍路旁的大樹，佯裝成是被雷劈到或被強風吹倒的，將其橫躺在路中央，然後他們還將申漢國的耕耘機停放在家門口的道路上，而不是停在他家，藉此拖延消防車開進來救援的時間。

五個人在一片漆黑的夜晚將申漢國的遺體從耕耘機搬移至申漢國的家中。

當他們賣力地搬運著申漢國遺體走進大門時，被繩索栓在廚房前的阿呆對著他們拚命吼叫，但是沒有任何人對牠多作理會。

一群人抬著沉重的遺體，穿著鞋踩上檐廊，通過窄門，走進了簡直跟垃圾場沒兩樣的臥房，走路時還會踢到燒酒瓶、可樂瓶、飯菜小碟、收音機，以及發著吵雜聲響到處滾動的不知名物品。

閃！

轟隆！

閃電剛好打落在村鎮的附近，還傳出轟聲巨響。

大家彷彿害怕閃電會打落在自己頭上似的，直接把申漢國的遺體在尚未拆掉黑色布帳的狀態下，用近似於丟包的方式直接扔在凌亂的棉被上，並爭先恐後地奪門而出。

最後一個跑出房間的楊式連還從散落在房間地板上的運動彩券中隨意撿了一張，拿到外頭檐廊上的鎢絲燈底下查看。

「今天開彩……」

然而，在彩券上已經打著一個大大的黑色叉叉。

于泰雨走到廁所旁的倉庫裡，提著一桶塑膠桶裝的汽油，走到臥房門前，站在門檻上朝房間內胡亂潑灑汽油，直到汽油全部倒完為止。最後剩下的空塑膠桶也被于泰雨直接一把扔進了臥房。

「誰有打火機？」

楊式連從口袋裡掏出了一次性打火機遞給于泰雨，但是因為有被雨淋濕，所以不管怎麼點都點不出火來。

朴光圭掏出了 Zippo 打火機，掀開蓋子嘗試點火，結果一下子就點燃了。

「來，快來放火，動作快啊！」

然而，朴光圭那隻拿著打火機的手不停顫抖，遲遲不敢朝房間內放火。

「喂！快一點啊！」

于泰雨里長拍了一下朴光圭的手，提醒他別再發愣，趕緊回神，但是就在那一瞬間，朴光圭手中的打火機不慎滑落，不偏不倚地掉落在已經潑灑過汽油的門檻上，火勢像爆炸般以迅雷不及掩耳的速度擴散蔓延，為了躲避火勢，于泰雨里長還向後跌了個狗吃屎。

「啊！我的打火機！」

朴光圭為了撿打火機而將手伸進了火場裡，那是蕭捌喜送給他、對他來說意義非凡的打火機。猛烈的火勢朝他的臉直撲過來，頭髮也被火燙到發出吱吱聲響。

「啊！好燙！」

礙於火場溫度實在太高，朴光圭趕緊把原本在火場中摸黑探尋的手伸了回來，急忙向後退，他的手因為沾到汽油而著火，他奮力地甩動著手部，卻不見一絲要熄滅的跡象。

「啊——！」

朴光圭一邊甩動那隻著火的手，一邊匆忙跑向戶外接水區，並把手泡進已經接有半桶水左右的橡膠桶裡。

即便手上的火被水熄滅了，朴光圭還是把燒傷的手浸泡在冰水裡一段時間。

（這是什麼？）

接水區同樣也是亂成一團，裝著洗碗精的桶子傾倒在地，裡面的洗潔精不斷流瀉而出，雖然有一部分已經被雨水沖淡，但是排水溝濾網處還卡著好幾坨彷彿是人的嘔吐物或消化未完的食物碎渣。

（這是肥皂水啊！）

當朴光圭意識到浸泡手的水桶裡的水有些怪異時，他連忙將沒有被火吻的左手也放入水桶中，再用食指與大拇指嘗試搓揉——滑滑的。接著，再用手繞圈攪拌了一下，馬上出現泡泡，是肥皂水沒有錯。雖然想著這桶水會不會是清洗完碗盤剩下的汙水，萬一燒燙傷的肌膚上再加上細菌感染的話，後果可是不堪設想，但是他也沒時間重新抽取地下水來清洗傷口，因為火勢一瞬間已經蔓延到臥房門外。

原本站在檐廊上的人為了躲避火勢早已全都跑去了院子裡。

這時，被栓綁在廚房前的混種珍島犬阿呆叫得更大聲了，還不停原地跳躍。

腿。

「喂！安靜！」

原本看見楊東男會乖乖退回去或迴避的阿呆吠這次突然衝向了楊東男，一口咬住了他的小腿。

「啊——！」

楊東男用手掌直接拍了一下阿呆的頭，急忙用手緊壓住自己的小腿，並向後退。

「這該死的臭狗！」

楊東男強忍著疼痛，重新朝阿呆的方向一拐一拐走去。

「喂，臭狗！你膽敢咬我！連準備要來救你的救命恩人都分辨不出來。」

楊東男一邊踢腳作勢威脅，以防阿呆再度靠近，一邊將栓在柱子上某根釘子的繩子拔掉，拉住牽繩並將阿呆制伏在地，再把繩子從頸圈上拆下。

「從今以後你也自由啦！既然我救了你一命，你可要知恩圖報啊！」

楊東男再度踢腳驅趕，混種珍島犬朝漆黑的雨中迅速奔逃。

〰〰〰

「這就是整件事情的來龍去脈。」

朴光圭代替父親交代了事件的緣由始末。語畢，他便從口袋裡掏出了香菸叼在嘴邊。

「爸，不好意思，我抽根菸。」

「也給我一根吧。」

崔順石為了省下自己已經所剩不多的香菸，伸手向朴光圭討了一根來抽。

「我爸他什麼事都沒做，當初也反對棄屍，所以拜託您了，不要把我爸也算進去。」

朴光圭把香菸遞給崔順石的時候順便替老父親求情。

「喔，那接下來的事情不用解釋也大概能兜得出來了。有人家裡失火了卻都沒人報案也說不過去，所以于泰雨里長就看準時機打電話到一一九消防局報案，當消防車準備開進村裡時，還要先越過各位設下的層層路障，包括佯裝成是從山坡上被雨水沖刷下來的石頭堆等，才有辦法進入村子裡展開救援，而且村民也都在那時上演幫忙救火的戲碼，但其實反而是在妨礙救援。」

趙恩妃推測著當時的情境。

「大致上是這樣沒錯。」

朴光圭長長地吐了一口煙，並點點頭。

「所以……耕耘機和救護車衝撞時，兩具遺體不小心被掉包了嗎？申漢國的遺體之所以會躺在青陽殯儀館安置中心，難道就是當時陰錯陽差？那麼，在火災現場發現的白骨應該就是從洞岩投崖自盡的男子，聽說他生前留了一封遺書，希望能徹底抹去曾經在世的所有痕跡，並要求家屬將他的遺體火葬，骨灰撒入江河；總之，除了部分的骨頭以外，其餘痕跡還真的是被徹底、完全地火葬掉了。」

「不過話說回來，一具遺體是掉落在耕耘機前方的排水溝裡，另一具則是掉落在發生車禍後卡在馬路對面水溝裡的救護車後門下方，明明距離遙遠，絕對不可能掉包才對啊，到底是怎麼一回事……？」

「如果不是在那時候掉包的，那會不會是打從一開始就因為某個失誤而錯認了兩具遺體呢？」

「……」

「遺體身上的胎痕說不定也是在那時候弄的吧？被救護車或耕耘機的輪胎輾壓到……，會不會是在和警車發生第一次擦撞時，遺體就已經從耕耘機拖車掉落，然後再被隨後跟著警車開過的救護車輪胎輾壓？」

趙恩妃說完自己的推理以後，觀察了一下崔順石的表情。然而，崔順石只有瞇著眼睛若有所思地抽著他的香菸，沒做任何回應。

「接下來該怎麼辦？」

趙恩妃再次向崔順石問道。

「什麼怎麼辦？」

「你要逮捕所有和這起事件有關的村民嗎？」

崔順石仍然不發一語。

「可是我還是想不透，到底為什麼每個人都如此積極，同意要隱匿這起偶發事件……」趙恩妃抬頭望著被遺忘下過雨才出現的蔚藍天空，獨自呢喃。

「那個什麼零犯罪村贈匾儀式還是頒獎儀式的，到底獎金是給多少？」

崔順石一邊問朴光圭，一邊把菸頭丟在地上踩滅。

「直到去年為止都是給一千萬韓元，但是因為今年創下平紀錄，所以聽說會有兩千萬韓元，明年要是創下新紀錄，聽說就不只有獎金，還會提供各種優惠方案，包括村民長年以來夢寐難求的心願，政府也會幫忙達成。不過我們這個村看來是沒機會了……。」

「所以你認為村民是為了獎金或那些優惠而選擇隱匿事件嗎？被錢迷惑？」

崔順石依舊沉默不語，只有呵呵兩聲，令人十分不悅。

（這人到底為什麼要惹我？）

崔順石在職場上一定是個被同事排擠的人，不會有錯，要不是一起被困在鄉下這陌生村鎮裡，狹路相逢，趙恩妃絕對不會想搭理他。

「沒有其他特別要說的了吧？」

崔順石聽完說明以後就沒再多說什麼，直接讓朴光圭和朴姓老翁返回他們的住處。

# 惡人與義士只有白紙一張之隔

趙恩妃與崔順石經過申漢國的住處時，池塘戶楊式連與兒子楊東男正在為某件事情爭執不休。

「不是啦！」

「是啦！」

「如果真的是隕石，那就值數十億韓元欸？」

「那如果不是從天而降，到底會從哪裡突然冒出來？」

「可能是埋在土裡昨晚被雨水沖刷滾出來的啊！」

楊式連爭執到一半看見了趙恩妃和崔順石，於是連忙用小跑步跑到兩人面前。

「兩位平時對石頭有沒有研究呢？」

「石頭？」

「在那條河邊有一顆看起來很像隕石的石頭，我怎麼看都像隕石，但這小子一直堅持說不是。」

「又不是每一顆長得像隕石的石頭都一定是隕石，如果隕石這麼隨處可見，就不會是天價了。」

「啊！我想到方法了，我有個好主意，記者小姐，妳去拍個照吧，把照片傳給專家看，就能辨別出是不是隕石了，對吧？」

楊式連一把奪走了趙恩妃的相機包，直接朝河邊方向跑了過去。

崔順石出於好奇，也跟上了趙恩妃的腳步。

「就是那顆石頭！」

河邊真的有一顆巨大的黑色石頭，目測約有兩顆籃球那麼大，由於形狀特殊，要是被專門蒐集石頭的藝術家看見，應該會想要帶回家裡私藏。

趙恩妃和崔順石仔細查看那顆黑色石頭，崔順石率先伸手觸摸，似乎想要估算石頭的重量，將其微微抬起又輕輕放下。

「滿重的，比一般的石頭好像再重一點。」

趙恩妃從相機包裡掏出了錄影機。

「雖然我不是隕石專家，但是在我看來，就只是一顆含鐵量較高的石頭而已，應該不是什麼隕石，光滑圓潤的表面看起來也不像是被高溫溶化所致，而是被河川長年沖蝕而成。總之，我會拍成影片傳給專家進行鑑定，比起照片，影片應該會更清楚才是。」

正當趙恩妃在用攝影機拍攝那顆石頭時，沿著河流蜿蜒曲折的道路上，一輛一噸重的小貨車朝她迎面行駛而來。小貨車前方明明沒有任何障礙物，司機卻急促地按著喇叭。

「難道是急著上廁所？為什麼要這麼急？」

崔順石看著迎面而來的小貨車喃喃自語。

叭叭——！叭叭叭！

這次是從右側而非左側出現了吵雜的喇叭聲。當大家把頭轉向右側時，發現一輛黑色轎車正從五百公尺外朝小貨車行駛而來。

「各自閃開不就好了，到底是誰這樣開車？」

趙恩妃叨念著。

就在這時，黑色轎車已經偏離車道，直接撞上了路旁的一顆大石頭。

「什麼鬼！」

楊式連嚇了一跳，不自覺地喊了一聲。

「天啊！發生車禍了！」

「那輛車看起來很像餐館老闆王周榮的現代 Grandeur 汽車，這個村裡有車的人就只有他。」

崔順石先朝車禍方向跑了過去，趙恩妃緊跟在後，邊跑邊用攝影機錄下車禍現場。

原本撞上石頭停下來的黑色轎車向後退了幾公尺，又再次衝撞向前方，砰地一聲撞上石頭，才完全停了下來。

「天啊！」

過了一會兒，王周榮扶著他的後頸從黑色轎車裡地走了下來。

「車子暴衝啦，暴衝！」

「有沒有受傷？」

「還好還好，沒受什麼傷，就是車子暴衝，整個不受控。」

然而，楊式連和兒子楊東男並沒有馬上朝黑色轎車方向移動，而是不停地四處張望。原本一直急促地按著喇叭行駛的那輛于泰雨里長的小貨車，在目擊王周榮的車子發生車禍後，放慢速度緩緩而行。

「幹，到底怎麼回事？」

楊式連皺著眉頭對楊東男碎念。

崔順石在查看那輛和石頭對撞的黑色轎車車頭。

「這撞得不輕呢，維修費應該會很可觀喔！」

「我就說是暴衝嘛，車子突然不聽使喚地直接撞上石頭，然後又向後退，再重新往前衝，所以才會連撞兩次啊，你也有看到吧？」

崔順石沒有回答，反而在觀察車子內部。

「這輛車是手排？最近在輿論上鬧得沸沸揚揚的汽車暴衝事故聽說都是因為自排的問題而……」

「是嗎？真是見鬼了，難道是我踩錯踏板，把油門誤當煞車踩了？」

就在那時，再度傳來了叭叭叭——急促喇叭聲，大家的目光同時轉向于泰雨里長的小貨車，原本已經放慢速度的小貨車突然脫離了車道。

「喔喔喔！那輛車又怎麼了？」

叭叭——叭叭叭！

汽車喇叭聲宛如求救訊號般按得張皇失措，最終，小貨車還是脫離了道路，車身側傾，沿著斜坡掉進了黃色泥水裡，整輛車卡在那裡動彈不得。

「哎呀，真是的，今天到底是怎麼了，為什麼都這麼倒楣？」

所有人重新衝向了小貨車，小貨車看起來情況比較危急，因為要是駕駛人沒能即時脫困，就很有可能溺死。

掉進泥水裡的小貨車大約沉到三分之二左右時就停止了，不，也不能說是完全停止，雖然有停止向前俯衝，卻被滾滾泥水推擠，已經開始朝水流方向移動，然後非常緩慢地沉入水中。

「喔喔喔！要趕快從車子裡逃出來！」

眼看情況已超出預期，楊式連不停揮手朝車子方向奔跑而去，這和他看見 **Grandeur** 汽車撞到石頭時的反應截然不同。

于泰雨里長一直在試圖打開駕駛座的車門，卻被不停湧入車內的水壓害得開不了車門，而且更慘的是，被泥水緩緩沖移的小貨車正在側傾，駕駛座逐漸陷入水中，簡直就是雪上加霜。

「哎唷！這可怎麼辦啊！里長！里長！快逃出來啊！」

率先抵達河邊的楊東男不知所措地呼喊著。

最終，在于泰雨里長尚未開啟車門前，車子就已經翻覆傾倒，現在要從駕駛座脫困明顯已經為時已晚了。

小貨車以側傾的狀態漸漸沉入湍急的河流裡，假使車子完全翻覆，就更不可能脫困了。

不久後，朝向天空的副駕駛座車門發出了有人在試圖拉扯車門把手以及砰砰砰的敲打聲，于泰雨里長似乎是移到了副駕駛座，試圖打開頭頂上的車門，但是不知為何，車門就是遲遲無法打開，說不定是車子墜入水中時，車門有受到擠壓的緣故。

從小貨車墜河的位置順水而下約一百公尺處有一個急流，那裡有許多大石頭，要是一旦陷入河床趨窄、水流加速的急流處，小貨車就會淪為洗衣機裡的玩具受河水任意擺布。

「幹！」

楊東男眼看再不搶救就來不及，只好就地脫掉鞋子，直接赤腳跳入黃色泥水裡。

「不可以！」

父親楊式連大聲喊道。但是兒子楊東男早已在湍急的河水裡拚命。

「哎唷，這小子真是……哎唷喂呀……」

楊東男被湍急的河水迅速沖走，看起來會順著水流直直而下，被泥水吞噬，根本觸及不到小貨車的車身。不過，值得慶幸的是，小貨車也在以同樣的速度和楊東男一起向下漂流。

「加油！加油啊！」

有恐水症的趙恩妃為了防止自己失足滑落水中，一直站在河邊遠處呼喊。

楊東男不停奮力快速地滑動著手腳，眼看小貨車就近在咫尺，他試圖伸手去抓小貨車，卻被逐漸加速的水流帶離，距離小貨車愈來愈遠。

「啊——！不行！」

父親楊式連再度發出了近似於尖叫的聲音。

正當大家認為楊東男已經不可能觸碰到小貨車，甚至連生存的可能性也微乎其微時，楊東男進入了小貨車正下方的窩流，開始朝小貨車的位置向上游。小貨車剛好卡住了水流，正下方不停旋轉的窩流也和水流呈反方向，楊東男見狀立刻一把抓住了小貨車的車廂。

「哇！好棒！太棒了！」

趙恩妃就像在場邊幫球員打氣加油的女粉絲，邊拍手邊跳腳地大聲歡呼。

楊東男緊抓著小貨車的車廂，不停往旁邊移動，然後從水裡浮出水面，爬到副駕駛座的車頂。楊東男氣喘吁吁，不停拉扯副駕駛座的車門手把，但是車門一點縫隙都打不開，楊東男站起身，用腳後跟踹了車門幾下，再重新用力拉扯把手，這時，車門朝天空方向瞬間敞開，與此同時，在車內已經被水浸濕的一隻手也跟著車門向外伸出，楊東男為了不讓車門再度關閉，他用屁股擋住車門，並抓住從車內伸出的那隻手，費盡千辛萬苦終於將于泰雨里長從車子裡拉了出來。

于泰雨里長好不容易從小貨車裡脫困，他一邊咳嗽，一邊吐著嗆到的水。

暫時能喘口氣的于泰雨朝河邊的人揮手，表示自己沒事，叫大家別擔心，然而，他們尚未完全脫離險境，小貨車持續被水沖著走，距離河床也愈來愈遠。由於水勢太過猛烈，要從小貨車上跳下來游泳上岸也不太可能，但要是繼續待在小貨車上，感覺再過不久就會被沖到下方急流處，最後可能連人帶車一起捲入水中，消失得無影無蹤，所以不論如何都要趁小貨車尚未漂到急流處之前，把握時間脫困才行。

在河邊上的楊式連、崔順石，以及因剛才那起爆衝車禍導致跛腳的王周榮，三人正在到處尋找看有沒有什麼東西可以拋給于泰雨和楊東男，讓他們抓住爬上岸；然而，尋遍周遭都沒有看到任何能充當繩子的東西，大家找著找著，距離河邊愈來愈遠，卻也沒有足夠的時間去附近住戶家裡借繩索過來救人。

楊東男坐在小貨車上，忐忑萬分地看著河邊的人不停倉皇徘徊，於是他再度潛入水中，攀著小貨車欄杆往車尾方向移動，不一會兒，他把綁在車尾處的一綑粗繩解開，掛在自己的脖子上，重返于泰雨里長所在的方向。

回到小貨車副駕駛座上方的楊東男，將粗繩捲成一團，奮力地朝河邊拋去，一部分的繩索好不容易勾到了河床上，然而，那附近卻四下無人，只有趙恩妃站在遠處觀望。

「有繩索！這裡有繩索！」

趙恩妃對著其他在埋頭找繩索的人大聲吆喝，但是要他們跑回河邊去抓住那條繩索距離實在太遠，僅剩短短幾秒鐘的時間可以去抓住那條拋出的繩索。勾到河床上的部分繩索正因河水滾滾流淌而逐漸被捲回水中，要是沒有把握這次機會，即使收回繩索重新拋擲，也很可能丟不到河床上。

「抓住它！快點抓住那條繩索！」

「記者小姐快去抓啊！動作快！」

站在小貨車上的楊東男和于泰雨里長不停催促趙恩妃，但是趙恩妃礙於自己小時候經歷過一場生死交關的事故，導致留下了恐水症的陰影，所以整個人站在那裡不知所措，遲遲提不起腳步往斜坡下方河床走去。

「趙記者！快點，來不及了！」

「妳快點去抓住啊！」

趙恩妃輪流看著正在快速奔跑而來的崔順石，以及逐漸被水捲走的繩索，不停原地踏步，苦苦掙扎徘徊。然而，等崔順石趕到應該也沒機會抓住那條繩索了。

「幹！」

最終，趙恩妃選擇衝下斜坡，朝河床方向奔去。當她抵達河邊時，她停下了腳步，伸手準備去抓住那條緩緩被水捲走的繩索，然而，就在這時，濕滑的泥沙害她不慎滑倒，身體撲通掉進了水裡。雖然她急忙想要站起身，但是她發現自己的腳踩不到地面。她不諳水性，開始不停擺動雙手雙腳，在水中掙扎。她的頭部沉到了水裡，想要呼叫救命，泥水卻不斷灌入她的口中。她感受到臉部被某樣東西重重撞擊，一陣頭暈，想起了小時候差點溺死的恐怖記憶。

「噗！噗！」

小時候不慎掉入家門口工地裡的一處水坑，而且是在生死交關的一秒內被救起，自此之後，她就再也沒有靠近過有水的地方，甚至連游泳池的水都沒泡過，儘管努力嘗試過要克服，最後都還是以失敗收場。

到底哪裡是天，哪裡是地，哪裡是水？

世界彷彿在旋轉。

「噗！噗！」

泥水不停朝她想要求救的嘴巴灌入，她迫切需要換氣，然而，就在呼吸的那一瞬間，泥水流進了她的氣管，肺部吸入幾口水之後，就連精神都開始陷入昏迷。

她被湍急的水流帶走，一下沉入泥水裡，一下又浮出水面，就這樣反反覆覆了好幾回。她的視線愈漸模糊，眼前也變得愈來愈漆黑，這時，她感受到自己的短髮被某個東西牢牢抓住，正當她失去方向、不停揮動的手終於抓到某樣東西時，她抱著最後一線希望使出吃奶的力氣緊緊抱住那根像浮木一樣的東西。

「放開！快放開我的手！還想活命的話現在就給我放手！」

然而，她根本不可能聽得進這句話，一旦鬆手就會直接走上黃泉路了，怎麼可能要她放開好不容易抓到的浮木？而且還是叫一名有嚴重恐水症的人鬆手。

啪！她突然感受到太陽穴的位置一陣劇痛，也因為如此，大量的泥水瞬間灌進了她的氣管、肺和食道，這時她又再次感受到頭部受到更猛烈的撞擊，砰！

胸口一直有疼痛感，宛如被石頭重壓著。不對，這不只是純粹疼痛而已，是被某種強烈的壓力反覆按壓，感覺肋骨都要被壓斷了。

一股熱氣不停朝口中、喉嚨裡推擠進來，肺部像氣球一樣被撐大，胸部也跟著緩緩上升，再緩緩下沉。

「咳，咳咳咳！」

趙恩妃吐了一大口從肺裡出來的水以及胃裡出來的嘔吐物。

「醒醒啊！」

「咳咳，咳咳咳！」

趙恩妃一邊咳嗽，一邊把身體轉向側邊，咳個不停。

「咳咳，咳咳咳……」

「哎唷，終於醒了，真是好險。」

當趙恩妃微微張開眼睛時，王周榮跛著腳在她身邊徘徊，用難掩歡喜的嗓音喊道。

雖然已經醒了過來，但她全身無力，頭昏腦脹的，她緩緩別開目光，看見崔順石上半身打著赤膊、像隻落水的老鼠般在一旁俯瞰著她，再過去一點的道路上，則仰躺著同樣淪為落水老鼠的楊東男和于泰雨里長，兩人氣喘吁吁地在調整呼吸。

趙恩妃重新平躺在道路上，仰望著湛藍的天空，同樣在調整呼吸節奏，儘管都已經在這個節骨眼上了，有件事情還是令她不太放心，所以她緩緩將手放到了胸前，確認了一下自己的胸部，所幸胸罩還沒離開那對平坦的乳房，有乖乖待在它該在的位子。

「今天怎麼每個人的運氣都這麼背，唉，一不小心就要連辦好幾場喪事了。」

楊式連一邊重拾濕掉的繩索，將其重新捲好，一邊嘟囔著。

不久後，趙恩妃坐起身，望向了河流。小貨車似乎已經沉入急流區，消失無蹤。

趙恩妃的相機包和攝影機完好地放在道路旁。

崔順石彷彿這下才想起甚麼似的從褲子後方的口袋掏出了已經浸濕的手機，甩了甩手機上的水滴，打開查看。然而，手機早已故障。

「這到底是怎麼回事？難道是崔刑警把我救出來的？」

「可不是嘛，崔刑警為了救妳差點連自己的命都沒了。」

王周榮代替崔刑警回答。

「謝謝。不過我的頭有點……」

「應該是被崔刑警揍了幾拳的關係。」

「什麼？」

「喔，因為妳在水中活像個水鬼一樣緊抓崔刑警不放啊，所以不得已只好出拳揍人吧，不想一起死就只好先把妳敲暈。」

楊式連走到崔順石旁邊，嘻皮笑臉地瞥了他赤裸的上半身幾眼，他似乎是因為兒子楊東男有順利從水中脫困而心情輕鬆許多。

「崔刑警，應該有滿多花蝴蝶糾纏過你吧？呵呵呵，二頭肌、三頭肌，這身材還真不錯啊！不過，自古以來不是都有流傳這麼一句話嗎，『會動手打女人的男人，連正眼都不需要瞧他一眼……』」

楊式連捉狹目光輪流盯著崔順石和趙恩妃，調皮地笑著。

崔順石這時才發現自己原來沒穿上衣，連忙站起身走到河床上，抖了抖沾著泥沙的T恤重新穿上，然後再撿了一雙鞋回來。

「謝謝。」

趙恩妃紅著臉，對崔順石莞爾。

「哎呀，好痛啊，應該是瘀血了，怎麼能對一名弱女子拳腳相向呢？就算情況多麼危急也不能這樣吧，好歹也手下留情一點嘛……。」

走過鬼門關一回的趙恩妃不停用手搓揉著頭部，語帶玩笑地抱怨著。撿回一條命之後，看待這世界的角度好像也變得有些不同。

于泰雨里長的妻子韓頓淑和楊式連的妻子田秀芝，兩人正提著竹簍從村子走來，當她們看見所有人橫躺在路上時，都急忙加緊腳步前來查看，還有垂頭喪氣的朴光圭緊跟在兩人身後。

「天啊，這是發生了什麼事？為什麼每個人都成了落湯雞？」

于泰雨里長的妻子韓頓淑一臉不可置信地問道。

「餐館老闆他們家的 Grendizer[6] 怎麼會卡在那裡？明明才剛買不久……又出事啦？」楊式連的妻子田秀芝看著王周榮又看向衝撞到石頭的黑色轎車問道。

「又？哪來的又？妳什麼時候看過我開車出事了？」

王周榮跛著腳，對「又出事」這句話極為敏感。

「沒……沒有，從來沒有，我說那句話並不是因為有看到什麼……」

「這是我第一次開車出事，這輩子第一次！」

「那你又在這裡幹嘛呢？開出門的小貨車呢？」

韓頓淑偷偷觀察崔順石和趙恩妃的表情變化，向臉色依舊慘白的于泰雨問道。

「不小心掉進水裡了。」

6 作者刻意安排田秀芝把現代 Grandeur 汽車誤念成 Grendizer，顯示鄉土味，並非筆誤。

「什麼？」

「小貨車掉進河裡，完全被沖走了。」

「什麼？完全……被沖走？」

「泰雨哥，話說回來，你那輛小貨車剛才是怎麼回事？為什麼會突然衝進水裡？」

王周榮時不時窺探崔順石的表情，向于泰雨里長問道。

「絕對是車子暴衝，因為車子引擎突然發出奇怪的聲音，然後就開始失控往前衝了出去，不管我怎麼踩煞車都沒用。」

「哥，所以你的車也是暴衝？」

王周榮滿臉錯愕地問道。

「難道你的車子也暴衝？唉，看來國產車真的不能買啊！」

「就是啊……。」

朴光圭躲在兩名女子身後，用不安的神情觀望著這一切，他欲言又止，不停錯過開口時機。崔順石見狀，對著朴光圭比了個手勢。

「那邊！朴光圭先生，麻煩出來一下。我想您應該有話要說，別再猶豫了，我看現在開口正是時候。多虧里長故意把小貨車開進水中，差點讓四個人變成水鬼。」

「什麼？」

「故……故意？」

被崔順石這麼一說，所有人頓時都呈現出竊賊被識破的表情，尷尬扭曲。

「什……什麼事？你想說什麼？快說說看。」

于泰雨一臉像是吃到蟲的表情，催促著朴光圭。

「抱歉……，我剛才，已經把實情全部告訴刑警和記者了。」

朴光圭語帶哽咽地說著。

「實情？」

「他們都已經知道整起事件的來龍去脈才來這裡追查的，我也實在是沒辦法，只好把里長的小貨車衝撞到漢國哥致死的事實全盤托出，包括後來大家為了隱匿事件而不得不把漢國哥的住處放火燒毀也是……。剛才我一直在撥打電話給里長，想要先跟您說，但是因為您遲遲沒接，所以才來不及說……。嗚嗚，真的，真的非常抱歉……。」

「哈！還真是丟零犯罪村的臉啊，這個村的人實在是……，到底是無知？膽子大？還是太單純？」

趙恩妃在前往蕭捌喜的住處時，感嘆著這一切實在太荒謬。她不停用手揉著太陽穴附近，因為在水中被崔順石狠狠揍了一拳，導致那個部位一直在隱隱作痛。

「你有學過拳擊嗎？」

面對趙恩妃的提問，崔順石不發一語，默默低頭看了一下握拳的手。

「不過，這次真的是巧合嗎？里長的小貨車絕對是設計過的劇情，也是一連串的自導自演……但是你不覺得餐館老闆王周榮的 Grandeur 汽車有點奇怪嗎？暴衝？怎麼聽起來很像在胡謅……。」

「假如那些人都已經套好招要湮滅證據的話，只要不是笨蛋，就不會選在同一個地方、同一個時間點故意上演兩起一模一樣的戲碼吧？」

「是這樣說沒錯，但也有可能他們不知道彼此的計畫啊！」

「的確不排除有這樣的可能。」

「對了，我們，還能繼續在于泰雨里長家用餐嗎？他馬上就會被以犯罪嫌疑人身分檢舉，你身為刑警卻在犯罪嫌疑人家裡白吃白喝，這樣真的可以嗎？」

「難道妳要從今晚開始餓肚子嗎？我都已經餓了。」

「不是啦，我也沒有說要挨餓，至少可以改去其他人的家裡解決吃飯問題吧？」

「誰家？現在就連提供我們住宿的蕭捌喜小姐也有參與隱匿犯罪……，就算我們各自回各自的車上睡覺好了，妳有把握能從今晚開始都不吃飯，撐到最後離開這裡嗎？」

「我又沒說從今以後都不吃，我只是在想，是不是應該避嫌一下，至少不要在犯罪證據確鑿的人家裡欠人家人情嘛……。」

「……」

「總之，剛才真的謝謝你，不過，也有點意外你竟然會出手相救。」

「……」

「沒有啦，我也沒有要說什麼，雖然這種事情不該再提，但是我以為你是個冷漠的人，畢竟嬰兒時期就被生母拋棄在雪地裡，你看起來也像是為了極度厭惡這個世界而努力不懈的人，坦白說，我壓根沒想到你會為了救人而不顧一切跳進水裡。」

「呵呵，那種事就不用放在心上了，而且你可能也誤會了我的舉動，我之所以會跳下去救妳，是因為我一點也不稀罕自己這條命，就是一條毫無價值可言的爛命，所以才會覺得無所謂。」

「真的嗎？但是這句話聽在我耳裡反而有另外一層意涵，既然是因為自己的命並不珍貴所以才會去救人，那就表示你認為其他人的命比自己的命還要珍貴，把其他人的命當成是自己的命一樣珍貴，大概是諸如此類的感覺吧……」

「我是屬於聽這種廢話肚子會不舒服的體質。」

「你該不會是喝太多泥水，要拉肚子了吧？我是剛才都已經吐乾淨了……」

崔順石為了上廁所而加快腳步。

趙恩妃停下腳步，目不轉睛地盯著崔順石穿著溼透的褲子小跑步的背影。她從相機包裡掏出了手機撥打電話。

「喂？」

「嗯，是我。」

「哦？姊！妳怎麼會突然打來？今天吹的是什麼風啊？每次打來準沒好事，害我只要看到是妳來電，心都會先涼一大半，該不會是家裡出了什麼事吧？」

「臭小子！你還好意思說這種話，平時連一通問候的電話都沒有，逢年過節也都不回來家裡……」

「所以到底找我什麼事？」

「你可能要幫我調查一件事。」

「什麼事？我可是個大忙人，妳以為檢察官是用來幫鄉下小報記者跑腿的啊？」

「這是一件重要的事，快，拿出紙筆來，抄一下我說的。姓名，崔順石，寫下來了嗎？和我同年，出生月日不詳，一年前左右，原本在大田西部警察局擔任刑警，後來被派到洪城警察局，總之，你幫我查一下這個人的資料，包括身家背景，不，從這個人出生開始，所有資料都幫我查清楚，對，尤其是出生的部分，十分重要……」

「出生？」

「聽說是孤兒，一出生就被母親扔在雪地裡，讓他自生自滅，但我想知道究竟這是不是真的？他的母親是誰？是否還在世？如果已經過世，確切過世時間等也都幫我確認一下，要是能找到生父是誰也順便一起附上資料，或者有沒有爺爺和親戚等。小時候待過的孤兒院是哪一間？學校生活過得如何？怎麼會當上警察？總之，諸如此類的資料都麻煩你詳細地、正確無誤地打聽清楚再告訴我。」

「拜託，我哪有那個美國時間啊？要是這麼重要，花錢請代辦處理不就好了，要查到這麼多資料最起碼也要一個月，更何況最近要打探一個人的個資多麼受限啊，妳還以為現在和以前那個年代一樣嗎？」

「我可不是鬧著玩的，你要是不聽我的話，我就透過民眾投訴單位投訴你是個卑鄙檢察官！這件事情對我來說至關重要，所以盡快幫我打聽看看吧。不論是動員你們的特殊部檢察官，還是威脅利誘那些知名代辦中心也好，你自己看著辦！對了，做人還是要禮尚往來，假如你找到的資料能令我滿意，那我就答應你幫你實現一個願望。」

「真的嗎？就算我的願望是希望妳可以趕快嫁人也可以嗎？」

「這就有點困難了。總之，這件事要盡可能快點處理，了解了嗎？」

「OK！」

崔順石急忙衝進了蕭捌喜家的鐵門，瞥了正屋方向一眼，便直接走進位於大門旁的旱廁。躲在檐廊下探頭爬出來的阿呆已經不再對崔順石吼叫，但也不至於會熱烈歡迎地搖著尾巴衝向他。

崔順石焦急地跑進旱廁裡，連忙把濕掉的內褲和褲子一起拉了下來，他才剛蹲下，就開始腹瀉。然而，就在此時，裏屋（內舍）廚房處傳來了有人在啜泣的聲音，崔順石聽著這樣的哭聲，原本和忍耐已久的腹瀉同時排出的擔憂，彷彿又再度捲土重來，心情五味雜陳。

這哭聲似乎是從裏屋傳來，聽起來像是寡婦蕭捌喜的聲音，不過，她究竟為何而哭呢？有人在刻意壓低音量默默哭泣時，最好要假裝沒看見……。

然而，好奇心驅使他不能就此選擇視而不見。

上完廁所的崔順石躡手躡腳地走到了廚房，蕭捌喜正蹲坐在燒柴式鍋爐前生火。

當時正值六月初夏，怎麼會在夏天想要用鍋爐生火？就算是雨下太多濕氣重，應該也不至於需要用到暖房設施，難道是想洗個熱水澡？

（啊！）

崔順石嚇了一跳，因為他看見蹲坐在地上背對著他的蕭捌喜身旁，放著一個比較淺的橡膠桶，她竟然在橡膠桶裡拿出一把又一把的萬元和五千元紙鈔，朝燒柴式鍋爐的爐灶裡扔去。不知是否因為紙鈔有被水浸濕的關係，儘管扔進熊熊烈火中，紙鈔的形體依舊會維持一段時間，等被火勢團團包圍時，才會漸漸化成灰燼。

（我的天啊，這人是瘋了嗎？幹嘛燒錢啊？）

崔順石直奔廚房，再也無法選擇袖手旁觀。

「您這是在做什麼呢？為什麼要把錢燒掉？」

蕭捌喜看見崔順石衝進廚房，立刻起身拿起橡膠桶，把剩餘的紙鈔統統扔進了鍋爐裡。

崔順石一把將蕭捌喜往旁邊推開，再將手伸進火堆裡，抓了一把尚未著火的紙鈔往廚房地上扔，所幸被水浸濕的紙鈔沒那麼快著火。

崔順石還想再次朝鍋爐內伸手去撿鈔票，卻被蕭捌喜一把推開。

「拜託別好管閒事了！」

面對蕭捌喜斬釘截鐵的吶喊聲，崔順石頓時停下了動作。

「這可是錢啊，錢！我看應該也有個幾百萬，到底為什麼要燒掉！」

「我也知道這是錢！是我用養了三年跟家人沒兩樣的金順去換來的錢！也是我的血汗錢！」

蕭捌喜激動地喊道。

「那為什麼要燒掉？」

「嗚嗚嗚……昨晚夢見了已逝的老公，他出現在我夢裡，不停折磨我，叫我要吐錢出來，明明他生前不是這種人，竟然在夢裡對我咆哮謾罵，說他好冷又好餓，叫我要快點把錢燒給他。」

聽完蕭捌喜這番話，崔順石頓時語塞。

「但也不能這樣吧……」

「什麼不能這樣，要是您的父親或母親托夢給您，然後是以餓了三年的乞丐模樣跟您說他們好冷好餓，求您燒點錢給他們的話，您會怎麼做呢？有辦法置之不理嗎？」

蕭捌喜把崔順石從火堆裡撿出來的錢重新扔進了燒柴式鍋爐裡。

「我也是非常需要錢的人，根本連死的本錢都沒有，但現實情況就是如此，我能怎麼辦呢，嗚嗚嗚……」

蕭捌喜一邊用撥火棍撥弄著被火包圍的紙鈔，一邊用手背頻頻拭淚。

# 第二名嫌疑人

崔順石將濕掉的褲子洗淨晾曬以後，穿了一條向蕭捌喜借來的花褲，將其穿成了七分褲，並走出蕭捌喜的住宅。趙恩妃則是穿了一條同樣向蕭捌喜借來的運動服，拎著相機包便緊跟在崔順石身後走了出去。兩人的目的地都是衝撞河床上的石頭而停在那裡無法發動的 Grandeur 汽車。

崔順石仔細查看過車頭凹陷毀損的地方後，直接仰躺在地上，把頭伸進汽車底部檢查了好長一段時間；除此之外，他也沒有放過四顆汽車輪胎內側，進行了一番全面性的檢查。

崔順石用手指著汽車各處，趙恩妃即用相機和攝影機將崔順石手指過的地方一一近距離拍攝存證。喀嚓！喀嚓！喀嚓！

胎紋也被相機拍了下來。

接著，兩人前往的下一個目的地是王周榮的住家。

王周榮在十年前村子遭遇大洪水時失去了妻子，目前是一個人獨自生活，但他人不在家中。

「他去了哪裡呢？會不會在村鎮會館裡？」

趙恩妃準備掉頭折返。

「不必特地去找他，只要坐在那張平床上等一下就好了。」

「什麼？你又不知道他什麼時候會回來。」

「很快就會回來了。」

「你怎麼知道？」

兩人才剛坐在王周榮他家院子裡的平床上，屁股都還沒坐熱，便看見王周榮滿臉焦慮地走進大門。他似乎是躲在某處看到兩人在仔細查看他的車輛，並朝他的住處方向走去，深怕屋內會被任意翻找便急忙跟著回來的樣子。

「兩位有什麼事嗎？怎麼會跑來我家……？」

「您別站在那裡，來這裡坐吧。」

崔順石指著平床的內側，示意要王周榮過來坐。王周榮畏畏縮縮地走到了指定位置坐了下來。

「您應該知道為什麼我們要來找您吧？」

「什麼？」

「鑰匙在您那裡吧？」

「啊？」

「發生車禍的 Grandeur 車鑰匙。」

「嗯。」

「給我看看吧。」

王周榮猶豫了一會兒，從口袋裡掏出了車鑰匙，遞給崔順石。

「不只這把吧，應該還有一把才對，把那把鑰匙也交出來吧。」

王周榮摸不著任何頭緒地走進了房間，將另外一把車鑰匙拿了出來。

崔順石拿到兩把車鑰匙以後，端詳了一下，便放進他身穿的花褲口袋裡。

「為什麼要拿走我的車鑰匙……？」

「從現在起，這兩把鑰匙要被我沒收。」

「沒收？」

「王周榮先生！您不是一直認為害死您妻子的人就是申漢國嗎？」

「不是的，那就只是一場天災而已，怎麼可能會有這種念頭……」

「那您為什麼要殺死申漢國？」

「啊？」

王周榮錯愕不已。

「您剛才刻意安排的汽車事故，難道不是為了湮滅昨晚撞死申漢國的痕跡？不對喔，應該說既然沒有人能徹底湮滅事故痕跡，所以乾脆靠另一場事故痕跡來掩飾……。」

「什麼？不是這樣的，真的是因為車子突然暴衝……。」

「嘖！都已經證據確鑿了，您還想狡辯！不論您多麼極力否認，終究也還是敵不過科學搜查。現在光是握在我手中的證據就一籮筐，您以為這樣狡辯就能脫罪嗎？少在刑警、檢察官面前睜眼說瞎話了，最後只會吃不完兜著走！原本十年的刑期也會加重成二十年，了解嗎？剛剛我仔細查看了一下您的車，都還留有撞人的痕跡，零件之間的縫隙都還留有血跡。等橋梁一恢復通行，您那輛車就會直接被拖到國立科學搜查研究院進行調查，難道等檢驗出申漢國的血跡和基因時，你也要像現在這樣繼續狡辯嗎？」

「哎唷，真的不是啦……」

王周榮一副快哭出來的樣子，都到了這個節骨眼，他的腦袋應該早已一片空白，什麼事都記不得了。

「您當初是不是有協助將遺體裝進後車廂裡，然後載到于泰雨里長家？要是由專家來展開調查，應該會在遮蓋備用輪胎的板子上以及那附近找到無數個血跡和頭髮等證據，他們的工作和專長就是尋找這些證據，您覺得有可能那麼輕易躲過他們的法眼嗎？更何況死者申漢國身上有著明顯胎痕，這件事你應該也有聽說吧？那正是您的Grandeur汽車胎痕！這樣還想要繼續裝蒜嗎？又不是三歲小孩了，掩耳盜鈴有用嗎？殺死申漢國的兇手就是您本人！」

「我才不是殺人兇手，你胡說……」

王周榮直接從位子上站起身，一臉冤枉地極力否認。然而，他的說話聲愈漸含糊，彷彿要說的話到嘴邊又重新縮回喉嚨裡。

「喔，對了！我忘了在逮捕殺人犯、重罪犯之前要先宣讀米蘭達警告了。王周榮先生，本警將依刑事訴訟法第二一二條，將嫌疑人以殺人、棄屍、毀屍罪嫌進行逮捕，嫌疑人可自行聘請律師，亦可申請無令狀逮捕合法性再審，如有要辯駁的地方請發言。您要是現在選擇說實話的話，我就能依法認定您為自首，但是一旦被警方掌握您的身分和證物，自那一刻起便不再承認自首，以上。」

「你要以殺人、棄屍、毀屍罪嫌將我逮捕？我……我真的沒做這些事啊……」

「王周榮先生，您是基於想要對過去害您妻子被水沖走淹死的申漢國展開報復，所以用汽車將他衝撞致死，然後再搬運遺體，佯裝成一起被別人的小貨車撞死的事故，釀下了蓄意殺人、毀屍罪，甚至還包括縱火罪，明明各項證據和殺人動機都如此明確，竟還想狡辯？」

崔順石語帶恐嚇。

「真的不是我……」

「不僅如此，據說村裡人對於申漢國的死因深信不疑是被于泰雨里長家的小貨車撞死的，所以當大家提議要將遺體挪移至大馬路上，偽裝成是被外地人的車輛撞死並肇事逃逸時，唯一持反對意見的人正是王周榮先生，是嗎？這應該是因為您的車上還留有撞死申漢國的痕跡，要是警方展開調查，就很可能被發現撞死申漢國的真凶是自己，所以才會極力反對，不是嗎？」

「才……才不是！我都說不是了！唉，那就只是一場意外而已。在那人煙稀少又烏漆墨黑的夜裡，誰有辦法面對一名突然衝到馬路上的瘋子做出即時反應？真的不是什麼蓄意殺人，只是純屬意外，就是一場意外事故！」

「別再說謊了，既然是純屬意外，那又何必把事情搞得那麼複雜，還試圖隱匿案情？只要有投保綜合保險、沒做錯任何事，應該也不會構成任何問題才對啊……」

「我也都是因為不得已……」

「是啊，這絕對是一場意外，像大叔您這麼好的人怎麼可能殺人呢？還是如實將全部經過告訴我們吧，說出來您的心裡也會舒坦一些。」

趙恩妃又用了當初引誘朴光圭說出實情的伎倆，語帶同情地在崔順石身旁幫腔附和。

崔順石從上衣T恤口袋裡掏出了寥寥無幾的香菸，取出一根咬在嘴上，點好菸便遞給了王周榮。

「我不抽菸。」

崔順石把遞出去的菸收了回來，叼在自己嘴上。

「來，說說看吧。」

「雖然我不確定確切時間是幾點，但應該是夜晚十一點多左右的時候。」

～～～

砰！

從河堤上無預警闖入的黑影，與汽車衝撞發出了強烈的撞擊聲，王周榮踩下了緊急煞車。然而，他明顯感受到車子前輪有輾壓過某個黑色物體，才終於停止，他的直覺是撞上了某種巨型動物。

王周榮連忙下車查看車頭處以及車底部。

一開始他以為自己撞上了山豬，但是躺在他車底下的竟然是身穿衣服、有一對長手長腳的人，從對方的頸部扭曲、頭部歪斜來看，一眼就能斷定這個人已經身亡，根本不用多做查看。

「幹！」

在這種漆黑夜裡，從河堤上跳下來直闖車道的人，絕對是鐵了心要尋短，不然就是瘋子。王周榮像見了鬼似的，當下只有一個念頭就是想逃離現場。然而，他不能這麼做。

他抓住遺體的腳，試圖從車底緩緩拖出。那具遺體全身都溼透了，宛如剛從水裡爬出來的水鬼。王周榮確認了一下死者的容顏，卻看見了他不想看到的面孔。

「啊！申……申漢國！」

原來死者正是住在同一個村子裡的酒鬼申漢國。

王周榮確認了死者身分以後，把手放在申漢國的頸部，果然如他所料，早已失去脈搏。申漢國的手腳任意扭曲、頭部也有破裂，就算實施心肺復甦術應該也無力回天。

該如何是好？眼下情況讓王周榮不得不感到猶豫，到底該載著遺體前往醫院，還是去警察局？要是如實告知是申漢國自己闖進車道的，大家會信嗎？畢竟過去和他還有過一段孽緣……幹！

王周榮當時是處於有飲酒的狀態，而且喝得還不少，要是進行酒測，絕對是直接吊銷駕照處分，因為是在酒醉的情況下駕駛車輛的。

正當他打算先把遺體放進後座，再看是要送往醫院還是警察局時，他猶豫了一會兒，因為假如直接把渾身是血的遺體放入車內，昂貴的後座皮革一定會被染上血跡，這可是剛用分期付款買下的新車，才開沒幾個月而已，也是王周榮十分珍惜的愛車。

「唉！都撞死人了還在擔心自己的車子……」

王周榮對於自己都已經闖下大禍還在惦記著愛車皮革感到無語，他嘆了一口氣，決定還是把遺體搬上汽車後座。接著，他又再度停下了動作。

（到底誰有辦法面對大半夜突然闖進偏僻車道裡的人做出即時反應啊……）

好冤，不，是好怒。這其實就是一場意外事故，和凌晨開山路突然撞上誤闖車道的野豬沒兩樣，明明自己沒錯，是不可逆的情況而發生的事故，自己卻要承擔起責任，王周榮一想到這一點，就深感法律不公，他甚至認為自己反而才是受害者，應該要向誤闖車道的申漢國索賠撞凹的前保險桿和車頭燈維修費才對。

「該死的傢伙！十年前把村子搞得大淹水，害我失去老婆，現在連我也不放過，真是到最後一刻都只會給人添麻煩。」

這時，喝到爛醉的他突然在腦海裡閃過零犯罪村贈匾儀式，這下可好，零犯罪村要因他酒駕撞死人而毀於一旦了。他開始想起每一位村民憤怒怨恨的表情，感覺以後的自己再也沒有容身之地了。死者申漢國為什麼會在過去十年間遭受村民排擠、活得那麼辛苦，不就是因為他當年中斷了零犯罪村的紀錄嗎。

王周榮一邊胡思亂想，一邊從附近田裡找來了廢棄的塑膠帶，將其鋪在後車廂裡，再將遺體裝進後車箱內。

他決定還是把遺體丟放到車流量較多的大馬路上，偽裝成是有駕駛肇事逃逸。

然而，這樣真的行得通嗎？不，要是在丟包遺體之前就先被警方抽到要進行酒駕臨檢的話怎麼辦？

雖然這樣的情形十分罕見，但是他心知肚明，過了午夜，那條大馬路上偶爾還是會有員警突襲酒測，要是一旦被攔下來，警方一定會先看到撞凹的保險桿，在進行酒測前應該就會先盤問為什麼車子會有這些彷彿撞到人的痕跡了。就算當下靠著謊言蒙混過關，只有吊銷駕照，沒有被發現後車廂裡的遺體，等之後被人發現遺體橫躺在大馬路上疑似有人肇逃的話，也難逃被懷疑、逮捕的命運。

雖然大腦是酒醉的，他卻清楚知道，唯有嫌犯身分愈明確才愈能夠在這麼小的村子裡擺脫嫌疑人身分。然而，在這個村裡擁有汽車的人只有他和飼養乳牛的于泰雨里長。

（對了！不如當作是因為停放的小貨車煞車失靈，讓小貨車自行滑落所以撞死他，而不是被我酒駕撞死，這樣應該能毫無破綻地蒙混過關。而且汽車管理不當所發生的車禍，也可以受到綜合險保障。更何況申漢國連個會來追究死因的家屬都沒有，所以事情一定能簡單落幕。假如需要和解金或聘請辯護律師等費用，我就裝作好心借里長一筆錢也可以，再說了，這樣就不同於酒駕撞死人，是因運氣不好而發生的偶發意外，就算零犯罪村的記錄難以延續，村民應該也不至於對里長多加苛責，況且里長的威望比我好，也不用像我一樣擔心被村民排擠、住不下去等問題。）

他一下定完決心，便開著載有遺體的汽車往中川里將者谷方向緩緩行駛而去。

隨著距離村鎮愈來愈近，王周榮刻意關掉車頭燈，摸黑行駛在車道上。

王周榮把車停在不容易引人注目的偏僻處，並將申漢國的遺體從後車廂內抬出，再用肩膀撐起遺體。

他扛著沉重的遺體，步履蹣跚地好不容易抵達于泰雨里長家門口，他將申漢國的遺體直接跨坐在里長家地瓜田裡的V字型柿子樹的樹幹間，然後再脫去他腳上的襪子，套在雙手上，使出了吃奶的力氣推了一下于泰雨里長家的小貨車，然而，小貨車不為所動，排檔不僅掛在停車檔，就連手煞車都有拉起。

看來是要打開車門才有辦法解決，但這又需要鑰匙或工具才有辦法執行。

王周榮像一隻小野貓偷偷潛入了于泰雨里長的住處，儘管夜已深，臥房仍舊燈火通明，推測應該是開著燈在睡覺。

王周榮躡手躡腳走到了廚房，再用跪爬的姿勢爬過臥房門口，然而就在此時，臥房裡突然傳來于泰雨里長的說話聲。

「是……是誰？」

王周榮趕緊躲進檐廊底下，正當他倉皇爬進去的時候，手部不慎壓到檐廊底下的某個尖銳物品，與此同時，他的臉部也被某樣東西砸個正著。他感受到鼻子一陣酸，眼冒金星，但是一聲都不敢吭。

緊接著，臥房門徹底敞開，室內的燈光照亮了整個院子。

有人從臥房裡走了出來，發出走在檐廊上的腳步聲以及壓在檐廊地板的唧唧聲，站在檐廊上的那個人是背對電燈的，所以院子裡可以清楚看見其身影。走到院子裡的人是一名男子，手拿某種長形類似棒球棍或桿麵棍之類的東西。

「老公……外面有人嗎？」

屋內傳來了韓頓淑的聲音，聽起來小心翼翼，不，應該說是戒慎恐懼。走在檐廊上發著唧唧聲響的腳步到了王周榮的頭頂處就突然停了下來。難道被發現了？

就在此時，另一處檐廊下閃爍著一對藍綠色的光，隨後，這對藍綠色的光就突然衝到了院子。

喵！

「哎唷喂呀！嚇我一跳！該死的臭貓！」

過不久，手拿棍棒的于泰雨便走回臥房，關上房門，院子也重新變得黯淡無光。

「差點沒被那隻野貓給嚇死，簡直折我十年壽，以後不要再餵牠吃東西了。」

臥房傳來韓頓淑說話的聲音。

「別再胡思亂想了，趕緊睡吧，總不能熬夜啊。」

「也要有睡意才睡得著啊。嘖，把那根桿麵棍拿走開啦！」

隨著房內重新找回寧靜，王周榮開始試圖確認剛才砸在他臉上的東西究竟是什麼。他將套在右手的襪子脫掉，徒手觸摸檐廊下的地板。他摸到尖尖的東西，原來是一把草叉，看來剛才是不小心壓到草叉的尖爪，導致長長的木柄直接彈起，正好砸中臉部。他把手拿到鼻尖小心翼翼地聞了一下味道，慎怕草叉的尖爪上沾有牛糞，所幸聞起來是沒有牛糞味的。

（果然人衰的時候沒跌倒都能砸中鼻子，真是的，痛死我了！）

王周榮的鼻孔裡緩緩流出了濃稠的液體，是鼻血。

雖然不曉得原因為何，但是從于泰雨里長夫婦敏感緊張的狀態來看，似乎應該要在檐廊底下再躲一陣子比較保險，但是王周榮又心繫著放在外頭的遺體，使他不得不把握時間採取行動。他重新把襪子套在手上。

「哦？」

當王周榮摸黑從檐廊下爬出來的時候，摸到了一樣東西。他重新將套在右手上的襪子脫掉，小心翼翼地去觸摸，那是一把三十公分長的塑膠尺，推測是于泰雨里長家的兒子或女兒小時候不小心從檐廊縫隙間掉落在此的。

王周榮拿著那把塑膠尺，躡手躡腳地溜出了于泰雨里長的住處，並走向里長停放在外院的小貨車。他努力避免發出聲響，用那把尺塞進小貨車駕駛座的玻璃窗框下，到處戳刺。

喀啦！

過了好一會兒，貨車車門終於發出了清脆聲響，成功解鎖。

王周榮雙手套著襪子，打開車門，坐上小貨車。他放下手煞車，把排檔推到N檔，然後再轉動車子方向盤，準備好等車子開始滑動，朝向卡住申漢國遺體的柿子樹直衝。接著，他將車門反鎖，再靜靜地關上車門，因為發生事故的車輛其車門一定要是鎖著的，才能夠達成完美犯罪。

王周榮奮力推了一把沒入檔的小貨車，於是輪胎開始緩緩轉動。小貨車駛過院子，準備駛進傾斜的地瓜田時，速度變得愈來愈快，最後甚至根本不用推，就直接脫離了王周榮的手掌，朝申漢國的遺體直直衝去。

砰！

當小貨車撞上柿子樹的那一瞬間，王周榮就像是害怕被車撞死兩次的申漢國冤魂會來找他興師問罪一樣，朝小貨車反方向的黑暗中倉皇逃逸。

～～～

「總之，事情的經過就是如此，當時因為喝醉酒神智不清，無法分辨事理，所以才會做出這種決定，當時應該第一時間打一一九叫救護車的……」

王周榮雙手遮臉，像洗臉一樣上下搓揉，後悔萬分地說著。

「所以是那樣落荒而逃之後，其他人才開始紛紛聚集到于泰雨里長家的院子裡，然後您再假裝若無其事地重回現場，是嗎？您在那裡觀察其他人如何處理這起案件，也順便去重新確認自己有沒有犯下任何失誤，對嗎？」

趙恩妃說道。

「是，真的很抱歉。」

「這也是為什麼您當時的穿著是下半身西裝褲配皮鞋，上半身卻是汗衫嘍？」

「對，搬運遺體時上衣不慎沾到大片血跡，但也沒時間回家重新換衣服，所以……」

「您的褲子應該多少也有沾到血跡吧？」

崔順石追問。

「是啊，但是因為褲子在漆黑的夜晚看起來是黑色的，所以幾乎看不見血跡，畢竟也不可能只穿內褲跑去那裡……，所幸汗衫是黃土色的，就算村民看見我身上沾有血跡，也會認為是我在幫忙將申漢國的遺體從柿子樹上拖下來時沾到的，後來發生耕耘機車禍時，就只隨便想了個理由糊弄警方說我的腰部有磨破皮……」

聽完王周榮說的這番話以後，趙恩妃嘆了一口氣。

「我真的是犯了不該犯的死罪，不僅酒駕撞死村民，還嫁禍於親兄弟般的大哥。但我當時是有認真想過，假使泰雨哥需要花錢請律師，我絕對會全額贊助，因為要是被我個人酒駕釀成的死亡車禍，害這個村從零犯罪村當中除名的話，我肯定會被趕出這裡，再也沒有我的容身之地。唉，都怪自己幹嘛偏要酒駕……我已經下定決心，以後再也不喝酒了，也不曉得什麼時候才有機會讓我重拾喝酒的自由。」

「喔～那我現在終於明白了，所以是因為良心過意不去，才會在有人提議將申漢國的遺體偽裝成肇事逃逸時積極表示同意，對吧？」

趙恩妃一邊點頭，一邊展現出彷彿破了一道難題的表情。

「對，畢竟把殺人罪嫁禍給平日熟識的大哥，內心自然是過意不去，所以當有人提出能讓里長不受牽連的方式處理這件事情時，我當下真的是宛如在一片沙漠中遇見綠洲，假如能讓所有人都不受到這件事情的影響，能夠圓滿落幕的話，對我來說自然是再好不過的事，只不過最後還是變得像這樣一發不可收拾……」

「但是假如按照大家一開始的原先計畫，將申漢國的遺體扔在大馬路邊，偽裝成駕駛肇事逃逸的話，您的車子撞到人的痕跡還留在那裡，很容易被警方列為嫌疑對象，當時為什麼沒有極力反對這項提議呢？」

趙恩妃繼續追問。

「所……所以，在耕耘機和警車發生車禍後，第一個說太可怕、別去了，還是把遺體直接載回他家，提議放火燒毀的人正是我。」

從他如此肆無忌憚地說著對自己不利的陳述來看，王周榮是真心對這件事感到後悔莫及，衷心反省。

然而，崔順石面無表情，彷彿在聆聽不相干的事情般，一邊聽王周榮解釋，一邊取出香菸。他看著菸盒裡僅剩的六根菸，心想該省著點抽了。

「您說不小心開車撞上申漢國的時候，他全身是濕透的，對嗎？當時有下雨嗎？」

崔順石面無表情地問道。

「當時是還沒有下雨。」

「發生車禍的地點是河邊嗎？」

「的確是河邊，但是距離河水有點遠，如果翻過河堤或者沿著河堤一直走，會看見河流，但距離河水還是相當遠。我自己也想過這個問題很久，實在是想不通，申漢國大半夜的到底為什麼要從那種地方像一隻落湯雞一樣滾到車道上，除非是故意的，不然就是徹底發了瘋才會如此……」

「帶我們去一趟車禍現場吧。」

「可是走路過去有點遠……」

「有多遠呢？」

趙恩妃問道。

「不是啦，因為剛才那起假車禍，我有不小心弄傷腳，所以不太方便走路。」

「那就搭崔刑警的車過去吧？」

崔順石聽聞趙恩妃這句話，直接瞪了她一眼。

「趙記者不是也有車嗎？」

「我的車是輕型車，載著兩名壯男走鄉間小路會嘎啦嘎啦地響，那些大小石子都會像減速丘一樣使車子不停顛簸……」

雖然一聽就覺得這理由很牽強，但是崔順石還是勉為其難地走到了申漢國的住處門口，牽了他那輛老舊的吉普車。

隨即，吉普車開到王周榮撞死申漢國的地點停了下來。

「我當時就是從這裡一路開往村鎮，一邊哼著歌一邊開車，然後從那上面就突然有一個黑色不明物體衝了進來，就像滾進來的一樣，所以一開始我還以為是山豬之類的野生動物。」

「滾進來的？」

趙恩妃問道。

「對，就像動物一樣，放低身體向下俯衝，所以後照鏡和前擋風玻璃才沒有毀損，只有前保險桿和車頭燈有破損。」

崔順石走下車，彎腰查看路上的痕跡，儘管昨晚雨下很大，路面還留有前保險桿、車頭燈、方向燈的小碎片四散在各處。

「這裡還有一些細微的車禍痕跡，那些比較大的零件碎片都跑去哪裡了？」

「清掉了，早上我有重回這裡把一些比較明顯的碎片撿走……」

「那就請您把扔掉的那些碎片重新找回來，明日以前交給我。」

「好的，那……我這樣算自首嗎？」

面對王周榮的提問，崔順石不發一語，只以點頭回應。

趙恩妃在用相機拍下路面殘留的細微痕跡以及周遭環境，崔順石靜靜站在車道上，仰望著河堤。河堤上雜草叢生，但是一部分的草是臥倒的，形成了一條走道，那是有人從上方下來的痕跡，然而，那個痕跡顯然比一個人從上方跑下來的面積還要大許多，難道真的是躺著滾下來的？但是那個痕跡看起來也不單純，不太像是被人輾壓滾落而成。

「您早上來這裡整理現場時，是不是有從那裡爬上去？」

崔順石問王周榮。

「是，我有爬上爬下好幾回，主要是為了上去查看申漢國究竟為何要從那上面掉下來。」

正當崔順石打算沿著那條痕跡走上河堤時，趙恩妃伸出相機阻擋了他的去路。

「等等！你身為刑警，怎麼這麼不在乎現場證據被破壞？先讓我拍個照，免得這些痕跡被你破壞。」

趙恩妃對著河堤上的雜草痕跡按下相機快門。

「底片也要省著點用了，早知道就應該多帶幾卷的。」

崔順石看趙恩妃拍照的樣子看了許久，決定從雜草沒有臥倒的地方走上河堤，趙恩妃和王周榮也跟著他走了上去。

河堤上有著一條小路，約莫只能通過一輛耕耘機，再過去就是泛黃的河水在滔滔奔流。在這裡發生撞人事故時還沒有下雨，所以合理推測當時的河水應該距離河堤有七、八十公尺遠才對。

崔順石查看了一下河流附近的河堤斜坡上有無其他臥倒的雜草，卻沒找到任何痕跡。

趙恩妃似乎是因為有恐水症的關係，整個人離泛黃的河水非常遙遠，連靠近都不敢靠近。

（申漢國昨晚到底是在哪裡不慎落水的？）

後來他從河水轉往村子方向查看時，發現村子裡有一處直徑三十公尺左右的池塘，原來是楊式連他們家經營的淡水養殖場，被村民簡稱「池塘戶」。

三人搭上車重回村落。崔順石把王周榮載回家以後，便載著趙恩妃朝池塘戶的淡水養殖場行駛而去。

叮鈴鈴——

放在趙恩妃相機包裡的手機響起。

趙恩妃看了一下崔順石的臉色，接起電話。

「是我。」

「嗯，叔叔？」

「欸！那起事件真的太誇張，我們簡直挖到寶！」

「挖到寶」是叔叔的愛用語，意思是「撿到頭條新聞」。

「聽說那個村裡的申漢國事件，剛相驗完，還沒解剖，但超級誇張。」

「誇張？什麼事情誇張？」

「腹部有胎痕，側腰、大腿、雙腿都有被車撞過的痕跡，然後背部、肩膀、臀部，有被人用棍棒毒打的印記，頭部也有被銳利的鐵塊砸中出現撕裂傷，額頭則有被巨大鈍器擊中過的瘀血。背後有很深的刺傷，看起來像是被四爪草叉插到，口、鼻、耳孔裡都充滿著牛糞，肌膚上甚至還有電流通過的痕跡，對了！那還不是一般的過電，從他肌膚上的水波紋來看，推測應該是在水中過電的。是不是很誇張？聽說在相驗這個領域打滾多年的資深法醫看到遺體時，也表示從來沒見過如此殘忍凌虐致死的。」

「天啊……所以害他死亡的關鍵原因是什麼？」

「還不曉得，聽說要通過精密解剖才有辦法知道確切死因為何，但我猜應該就是外傷當中那幾個看起來最嚴重的傷吧，比方說被車撞的痕跡、頭部傷口、背上的草叉刺傷、過電的痕跡等，應該就是其中之一吧。」

「解剖報告什麼時候出來？」

「預計今天就會解剖完畢了，但是報告的話，我猜可能還會需要一些時間，畢竟死者的肌膚表面留有在水中過電的痕跡，解剖時應該會確認他究竟是不是溺死，假如有肺積水的話，解剖後也會去檢驗水的成分及浮游生物等微生物，而且口、鼻、耳孔裡的牛糞應該也會進一步做分析檢測，胃部和腸子裡的食物、血液等也都要做進一步的分析，得出最終綜合結果。總之，既然在相驗時就已經發現是一起殘忍又血腥的殺人案件，我猜解剖結果報告應該也會以第一順位優先發表吧。」

「叔叔，那等解剖結果出爐，記得也要第一時間通知我喔！」

「嗯，會的。妳在那裡都還好嗎？採訪固然重要，但也別忘了那個殘忍的殺人魔很可能就在妳身邊，自己千萬要小心啊！」

「殺人魔？不會吧……總之，我會多加小心的。」

趙恩妃掛上電話。

「唉，嚇得我手都在發抖。」

「到底是什麼事？」

崔順石用充滿好奇的表情問道。

趙恩妃把剛才從叔叔那裡聽到的消息告訴了崔順石。

「想知道更詳細的內容，可以打電話問青陽警察局。不過現在遺體正在忠南大學醫院進行解剖，應該暫時不會再有更新的消息。」

「刑警什麼時候會進來這個村子？」

「沒聽說，但現在橋梁也還無法通行，所以至少應該也要等明後天他們才能進來吧。」

「也是。」

「這真是一件好奇妙，不，是好詭異的事件，對吧？我剛才甚至一度認為開車撞死申漢國的王周榮說不定不是真兇。難道這不是一起意外事故，而是殺人案件？這個村裡真有如此瘋癲的殺人犯在活動？」

「我怎麼知道，妳相信我嗎？難道都沒想過說不定我就是那名殺人犯嗎？」

「什麼？」

趙恩妃大吃一驚。

「也有可能是我昨晚先到這個村裡將申漢國殺害之後，今天一早再假裝若無其事地出現在這裡，扮演刑警角色也不一定啊？」

「我的心臟已經跳得夠快了，你少在那邊開這麼恐怖的玩笑，如果是真的，你也不可能跳進急流裡救我一命吧？」

「其實在案發現場看人，天使與惡魔只是一張白紙之隔，平日的天使會因某些理由而突然變成惡魔，惡魔平時也很可能一直都戴著天使的面具活動。」

# 死亡養殖場

吉普車停在楊式連家門口的池塘邊。

崔順石和趙恩妃走下車，查看了一下池塘，在這座淡水養殖場池塘裡，似乎沒有養殖任何生物，只有幾條死掉的小魚和牛蛙漂浮在水面。

崔順石回去車上把吃剩的壓縮餅乾拿了下來，隨手抓一整把塞滿嘴巴，用力地咀嚼咬碎，再將其吐進池塘裡。然而，不見任何一條魚前來搶食。

崔順石撿起路邊的樹枝，把漂浮在池塘水面已經死掉的牛蛙撈出來查看，從牛蛙尚未腐爛的情況來看，死亡時間應該不超過一天。

當崔順石在仔細端詳牛蛙的屍體時，趙恩妃對著牛蛙按下了相機快門。

此時，楊式連的兒子楊東男突然從屋子裡跑了出來，滿臉不安地走到了兩人面前。

「請問有什麼事嗎？因為怕病菌傳染，目前這裡不允許外部人士靠近養殖場……」

「可是我看你們池塘裡一隻魚都沒有，是會感染給誰呢？」

崔順石用手中的樹枝一邊攪動養殖場裡的水，一邊說道。

「那是因為……都已經出貨了，幾天前才剛出的貨……」

「然後就在水裡灑農藥了嗎？」

「什麼？」

「因為我看水裡的生物都死光了，覺得滿奇怪，所以才會這樣問。」

「怎麼可能……，有些魚應該只躲在底下沒被你看見而已。」

「唉，肚子好餓，我已經沒力氣跟你拐彎抹角說話了，那我就直說嘍！剛才我們接獲國立科學搜查研究院的通知，他們正在幫申漢國的遺體進行解剖，發現死者肺部有積水，所以正在抽水化驗做精密分析，看是淡水、海水、河水還是養殖場水，透過水中成分及微生物檢測，很快就會有結果出爐。而且他們還有發現申漢國身上有電流通過的痕跡，據說從那個紋路來看，是在水中過電的。」

其實申漢國的遺體解剖是由忠南大學醫院負責進行，並非由國立科學搜查研究院首爾本院或西部分院進行，但是崔順石為了給楊東男施壓，刻意說成是「國科搜」在負責此案。不過崔順石的策略似乎奏效了，楊東男聽聞崔順石添加誇大不實的發言以後，臉色瞬間慘白。

「趙記者，妳有沒有空瓶子可以借我使用？」

「瓶子？要做什麼？」

「國立科學搜查研究院叫我幫忙取一點養殖場裡的水，這樣才能和申漢國肺裡的積水進行比對，看成分是否一致。楊東男先生，別太擔心，假如檢測結果發現一致，就等於證據確鑿，你也難辭其咎，但是假如檢測結果出現不一致，你也會馬上被排除在嫌遺人名單外。」

「喔！這個小罐子如何？」

趙恩妃早已看出崔順石的伎倆，她從相機包裡翻出了一個空的底片罐。

「這個密封效果也很好喔！」

「嗯，這個不錯。」

崔順石用空的底片罐舀了一些養殖場的水，再將蓋子封住，放進了口袋。

「有沒有塑膠袋？我還要把一些死掉的魚和牛蛙送去國立科學搜查研究院才行，這樣才能確認是否因過電致死。」

「我沒有那種東西耶。」

「楊東男先生，那你有塑膠袋嗎？不對，乾脆給我一個桶子來裝好了。有沒有類似保鮮盒或可以密封的塑膠桶，借我用幾天吧。」

「桶……桶子？」

「不要這麼愁眉苦臉的，我也實在不想把你的父親送進監獄裡，但這畢竟是我的工作，我也無可奈何。」

「我……我爸要進監獄？」

「都殺了人還能怎麼辦呢，究竟令父和申漢國是有什麼深仇大恨，需要對他痛下毒手呢？難道是因為十年前的冤仇？」

「是不是也應該要調查一下用電量？既然死者是在水中過電致死，那應該表示當下那一瞬間一定是突然放了許多電才對。」

趙恩妃在一旁幫腔。

「當然，等明後兩天就會有專家帶著裝備來親自檢查。電線是否藏在家中某處，他們叫我要把電線也找出來暫時沒收。楊東男先生，記得先跟母親說一聲，今明兩天多做一些好吃的給父親吃，要是一旦被查出是殺人兇手，將來少說也有個十年沒辦法好好孝敬他老人家了。」

「不，我爸是無辜的，他沒做任何事。」

楊東男哭喪著臉說道。

「我可以明白身為兒子一定會想要替父親辯護，但是目前找到的證據實在太多，我也很無奈。」

「不，我爸他沒殺死任何人，申漢國叔叔是被我殺死的，就是我本人，我才是真正的兇手，嗚嗚……」

楊東男突然雙膝跪地。

在那瞬間，趙恩妃轉頭看了崔順石一眼。她暗自心想，崔順石雖然是一名幼稚刑警，但是在犯罪搜查及辦案第六感方面，不得不承認還是有兩把刷子。

崔順石一臉早已預料到楊東男會有這種反應的表情，淡然自若地掏出菸盒，從中取了一根香菸點燃，遞給了他。

「要來一根嗎？」

楊東男接過香菸，深吸了一口，便開始咳嗽。他似乎不太會抽菸。

「如果不會抽就不要勉強。」

楊東男把香菸交還給崔順石，崔順石接過之後放到了自己的口中開始吞雲吐霧。

「大概說明一下整件事的來龍去脈吧。」

「幾天前，我們家養殖場裡的魚全都出貨了，正準備要放入一批新的魚苗，但是要先將那些會欺負或啃食魚苗的牛蛙或寄生蟲等徹底消滅才行，於是我決定拉一條電線放入水中，再用汽車電池放電，這樣就會像撈捕魚群時那樣將水中生物一口氣電死，再一併清除乾淨。實際上我在書中也有看過以放電方式取代藥水，來殺死淡水或海水養殖場裡的病毒及有害物質，但是當我向父親提議此作法時，父親是持反對意見的，他認為這麼做太危險，要是變壓器負荷過大，會害全村跳電，最糟的情況甚至還會引發過電事故，所以他才會堅決反對，然而，以我的科學常識來推斷應該是不會有太大問題，效果也會滿不錯，所以我就趁父親不注意，選了一個深夜準備偷偷進行……」

楊東男用手背擦拭了從眼角流出的淚水。

「我趁父母早已熟睡，選了一個家裡完全沒在用電的時間，先將電源總開關關掉，接上事先處理好的電線放進養殖場水中，再回去將電源總開關打開。當電流流進養殖場的水裡時，電表上的轉盤便開始旋轉，就這樣放了五分鐘左右的電以後，我再把電源總開關關掉，拔掉電線，走回養殖場。但是竟然就在這短短五分鐘內，有人擅闖養殖場，掉進池塘裡淹死了。我急忙將那個人打撈出來，發現是申漢國叔叔，立刻幫他做了人工呼吸，但為時已晚，他在抵達我們這裡的池塘前似乎就已經喝醉酒跌倒撞到頭部，我看他頭上有著滿大的傷口。雖然不曉得他到底為什麼要在那個時間點跳進我們家的池塘裡被活活電死，也不曉得是不是沒有下酒菜了，所以才想喝醉進池塘抓魚，幫自己加菜，但不論如何，我爸都有勸我絕對別這麼做了，我卻還是一意孤行，才會釀成這起悲劇。我擔心父母要是知道這件事會很傷心，也擔心即將到來的贈匾儀式萬一被取消，村裡的人一定不會原諒我們，到時候要是再向死者進行賠償、上法院等，還會散盡家財，假如我們一家人也像申漢國叔叔生前那樣被村民排擠、孤立，那接下來該如何生活下去？正當我腦海中浮現著各式各樣的想法時，突然想到了一個好點子，既然是溺死的，不如把遺體直接扔進河裡，偽裝成是在河裡溺死的，所以我趁父母不注意，偷偷背著遺體走到了位於家門口的之川，但是當我走到河堤下方的某處時，看見身後有一輛汽車開著大燈在逐漸靠近，感覺要是再不就地躲藏，事蹟就會敗露，所以我只好吃力地背著遺體急忙往河堤上方走去。當我已經快要爬上去時，為了防止下方經過的車輛駕駛注意到我，只好壓低身體，幾乎是用趴著的姿勢，不過就在那時，我的腳一個沒踩穩，在草地上滑了一跤，害得遺體從我身上滾落下去，直接撞上下方迎面行駛而來的 Grandeur 汽車，那輛車的車主恰巧是在鎮上經營餐館的王叔。我真的不是故意要嫁禍於他，一切都是偶然，嗚嗚，我父母和這件事情真的毫不相干，您抓我一個人就好，他們真的完全不知情，嗚嗚嗚……」

「唉——」

趙恩妃聽完這段緣由始末以後，不禁長嘆了一口氣。

當她看到楊東男不惜自身性命跳入滾滾河水裡去救于泰雨里長時，還認為他是一名重情重義的青年，沒想到竟然會因一時的判斷錯誤而做出如此愚昧的決定……。

「接下來打算怎麼做呢？」

趙恩妃問崔順石。崔順石看了楊東男一眼才回答。

「你先回家裡待著吧。」

「是啊，既然是不小心釀成的意外，應該會以緩刑處理的，先別想太多，回家裡待著吧。」

趙恩妃擔心楊東男會做傻事，所以有點語帶安慰地哄他先回家再說。

楊東男向兩人九十度彎腰鞠躬，彷彿是請兩位多關照的意思，垂頭喪氣地轉身走回了家中。

「真的是他一個人做的嗎？」

趙恩妃向崔順石問道。

「如果不是他一個人做的，那會是和誰一起做呢？」

「可能和他父親一起做的吧，也可能是他父親一個人幹的好事，他卻想要代父受罰，所以才會這樣往自己身上攬。剛才你提到盡孝道的時候，我看他整個人眼神都變了。將來應該少說也有個十年再也無法好好孝敬父親，叫他這幾天多給父親吃些好吃的，這些話都是為了刺激他、讓他自首而故意講給他聽的，對吧？」

然而，崔順石沒有回答趙恩妃的問題，只有面無表情地注視著村子裡其他房子。

「我說的沒錯吧？你是不是故意用激將法去刺激他？」

趙恩妃再次追問。

「對於一名無父無母、極度憎恨父母的孤兒來說，怎麼可能去扯孝道、孝敬父母有的沒有的呢。好啦，接下來要去哪裡呢？」

「什麼？」

「頭上的傷、全身上下被棍棒毆打的痕跡、口鼻和耳孔裡的牛糞、背上的草叉傷痕……」

「你是認為案情一定並非到此結束，所以不管楊東男他們家究竟誰才是真兇，都可以先暫時跳過嗎？」

「嗯，是這樣說沒錯，既然他們家已經有人自首了，剩下的事情就交由他們自己看著辦吧，應該會開個家庭會議決定派誰出來認罪，比方說，『你還有一片大好前途，就讓我代你去坐牢』或者『父親年事已高，難以承受牢獄之苦，還是由年輕健康的我來代父坐牢好了』大概就是上演這種戲碼吧，呵呵。」

「此話當真？還是在開玩笑？」

「聽起來像認真的？還是像玩笑話？」

「認真的。」

「開玩笑的。」

「所以接下來要去哪裡？」

「接下來換……蕭捌喜！」

「什麼？捌喜阿姨？」

「她白天有被我撞見在燒紙鈔，我猜應該是那些紙鈔沾有血跡，即便清洗過也會留下證據，所以才會選擇乾脆燒毀。她們家不是到昨天都還有養牛嗎？所以自然會和牛糞有關，家裡也會有草叉吧，前提是還沒被藏起來或丟掉的話啦。至於使申漢國頭部留下致命傷的兇器，說不定在她們家找一找也能找到……。」

「所以你的意思是，看起來那麼柔弱心善的捌喜阿姨，會把申漢國殺死之後拖來這裡，再扔進這座池塘裡嗎？不會吧……？」

「呵呵，如果光憑外表就能判斷出一個人的人性，那這世界就絕對不會有詐騙案了。朴光圭的父親不是有說過，當村民發現于泰雨里長的卡車撞死申漢國時，率先提議將遺體私下處理掉的人正是蕭捌喜嗎？我想，她之所以願意為我們慷慨解囊、同意讓我們借住在她家，一定也是居心叵測，別有意圖。」

「難道是為了方便近距離監視我們的一舉一動？」

「如果不是這個理由，為何要自願攬下如此勞煩的任務？」

「假如蕭捌喜真的是將申漢國的遺體扔進池塘戶養殖場的兇手，那麼在搬運遺體時，一定不可能徒手舉起或者扛起一名健壯的男子，所以應該會用到一些搬運工具才是，例如，耕耘機或手推車之類的，不過前提是假設沒有共犯的話啦。」

「共犯……？」

「如果把目前為止查出來的做一番整理，看來申漢國身上的致命傷當中，車禍撞死、溺死、電死都不是導致真正死亡的真正原因嘍？如今只剩下頭部以及背後的草叉刺傷可能是真正害死他的原因……」

當崔順石和趙恩妃兩人回到蕭捌喜的住處時，蕭捌喜似乎是在廚房裡忙著張羅晚餐，黃恩肇則是在檐廊上用色鉛筆在畫本上畫畫，阿呆看見兩人走進屋內，便從檐廊底下走了出來，與他們保持適當距離，輕搖著尾巴。

崔順石和趙恩妃看了蕭捌喜所在的廚房一眼，剛好四目相交，蕭捌喜露出了有些尷尬的笑容。

「你們去哪裡了啊？我正在煮剛採收的馬鈴薯，已經快熟透了，吃晚餐前先嘗嘗味道吧。啊，這個村子裡的人都稱這種馬鈴薯為夏至馬鈴薯呢！先在檐廊上坐一會兒吧。」

趙恩妃和崔順石走到黃恩肇身旁坐下。

「哇，妳畫得很好耶。這個四方形的東西是什麼？」

「洗衣機，我畫捌喜在洗東西。」

「她這是在洗什麼呢？」

「洗錢！」

黃恩肇一說完，崔順石和趙恩妃便互看了一眼。

「妳們家有兩輪車嗎？」

崔順石為了避免被廚房裡的蕭捌喜聽見，他刻意壓低嗓音問黃恩肇，然而，黃恩肇只有睜大眼睛看著兩人，滿臉猶豫，沒有做出任何回答。

「妳不知道什麼是兩輪車嗎？就是手推車啊，叔叔我想要借一輛手推車來用一下，所以問問看妳們家有沒有。」

「我知道兩輪車，但我們家沒有。」

「沒有？為什麼沒有？我覺得應該會有才對啊，在打掃牛舍的時候總會需要用到吧？」

「我不知道，沒有這種東西。」

黃恩肇一臉驚恐地不停輪流望向房子後方和大門。

「妳為什麼老是看房子後面呢？那裡有什麼東西嗎？」

崔順石用非常小的音量追問黃恩肇。

「沒……沒有東西，那裡什麼東西都沒有。」

「所以本來是有的嗎？到昨天為止都還有，對嗎？」

「不知道，我什麼都不知道。」

趙恩妃與崔順石彼此交換了眼神。

「那妳們家有草叉嗎？」

趙恩妃接著問道。

「草叉？有喔！」

「在哪裡？」

「那裡！」

黃恩肇用手指著大門旁的牛舍，崔順石看了廚房一眼，便走到牛舍去尋找草叉。雖然牆壁上的確掛有一把草叉，可惜卻是三爪草叉。崔順石望向坐在檐廊邊的趙恩妃，搖了搖頭。

不久後，崔順石走回黃恩肇身邊。

「妳們家只有那把草叉嗎？」

「嗯，怎麼了？」

「沒什麼，叔叔我的車子輪胎不小心掉進水溝裡了，所以需要四爪的那種草叉，妳們家沒有四爪草叉嗎？」

崔順石伸出四根手指，彎曲成四爪草叉的樣子，在黃恩肇面前比劃。

「沒有四爪的，用三爪的不行嗎？」

「不行。」

「捌喜！我們家有四爪草叉嗎？」

黃恩肇突然從位子上站起身，朝廚房方向一邊奔跑一邊喊道。

「啊，不用了，沒有就算了。」

崔順石急忙拉住了黃恩肇的手，吞吞吐吐地說道，但是蕭捌喜已經從廚房裡匆匆忙忙地走了出來。

「你們需要什麼嗎？」

「喔，沒什麼，我的車子輪胎在村子入口處不慎掉落水溝裡了，如果要把它抬出來，就需要一些挖土的工具。」

「我們家沒有四爪草叉嗎？」

黃恩肇再問了蕭捌喜一次。

「沒有四爪，只有三爪的。」

蕭捌喜望向了牛舍方向。

「喔！用那把就可以了。」

崔順石再次走到牛舍裡，將掛在牆上的那把三爪草叉取了下來。

「來，去拯救我的車吧！」

「啊？喔。」

「你們先吃點馬鈴薯再走吧。」

「沒關係，感覺還是要先去救車子，馬鈴薯就當宵夜好了。」

崔順石前腳才剛走出大門，趙恩妃就立刻緊跟在後。

崔順石在大門外停留了一會兒，仔細盯著大門各個角落查看，剛才在問黃恩肇關於手推車的事情時，她滿臉焦慮地來回看向了房屋後方以及大門。

那扇綠色的鐵製大門顯得異常乾淨，一般來說，不太會有人用抹布和肥皂水將大門清洗得如此潔淨無瑕，門上不僅沒有長年堆積的灰塵，甚至就連雨滴的痕跡都沒有，就如同淋過雨的汽車表面通常會有雨滴夾雜灰塵的圓點印記一樣，既然昨晚下過一場雨，照理來說如果沒有特別去做清理，應該會留下一些雨漬才對，但是蕭捌喜家的大門格外乾淨，反觀鐵門兩側的水泥牆則掛有多年積累的厚厚灰塵。

當崔順石打算仔細查看鐵門邊角時，正好聽見蕭捌喜走來，於是連忙遠離大門。

兩人按照剛才的說詞朝村子入口處走去。

「你不是說你很餓嗎？為什麼不吃完馬鈴薯再離開？人家都說是剛採收的馬鈴薯了，我本來很期待能嘗味道的。」

「有人剛才不是還在跟我爭論，該不該吃犯罪嫌疑人提供的食物嗎？」

「唉，算了，不跟你白費口舌了……」

當他們走到從蕭捌喜家也看不見兩人身影的地方時，崔順石停下了腳步。

「來吧，就在這裡觀察好了。」

「觀察什麼？」

「蕭捌喜一定會問黃恩肇都和我們說了些什麼，然後現在應該會把藏在屋子後方的手推車移到其他地方，也有可能推去某處丟棄。」

就在這時，池塘戶楊式連和田秀芝，以及緊跟在他們身後的楊東男慌慌張張地跑來。

「崔刑警！不是這樣的！我兒子是無辜的！申漢國是被我害死的，和我兒子無關，是我在養殖場裡放電的，拜託把我抓走吧。」

「不，不是的，崔刑警，我爸才是無辜的，整件事都是我一個人搞出來的，申漢國叔叔的遺體也是我丟棄的，千萬不要相信我爸說的話，拜託了！」

身為妻子也是母親的田秀芝，站在互相主張自己才是真兇的父子倆身旁，無奈地哽咽哭泣，因為她不管選擇幫誰說話都不是。

「哎唷！你們小聲一點啦！」

崔順石一邊盯著蕭捌喜她們家的方向看，一邊對池塘戶一家三口大聲咆哮。三個人被崔順石突如其來的吼叫聲嚇得停止了所有動作，眼睛眨呀眨地看著崔順石。

「唉，好啦，我會想辦法讓你們免除冠上過失致死罪或殺人罪等罪名，所以拜託小聲一點。」

「真……真的嗎？」

「詳細內容等之後再跟你們說，你們都先請回吧，回去商量決定一下由誰來背棄屍罪的罪名，入監服刑一、兩年再出來。」

「棄……棄屍罪？」

「要坐一、兩年的牢？」

「這還是因為扣除掉殺人罪或過失致死罪才讓你坐這麼短的牢，已經算很幸運嘍！啊，對了，還有一件事，從現在起，只要見到村子裡其他人或者有人問起，就告訴對方昨晚從遠處看見一名長得很像蕭捌喜的女子，推著載有東西的手推車往養殖場方向走去，見到蕭捌喜也要當面對她這麼說，你們要是能做到這一點，我就再想辦法幫你們減刑。」

「什麼？為什麼要這樣說？」

「詳細內容等之後再告訴你們，現在暫時就先別問，照我的話去做就對了，知道了嗎？」

「喔，好……。」

池塘戶一家三口滿臉疑問，但還是點頭答應了。

「好啦，都先請回吧，我們還有急事要去村子入口處一趟。」

崔順石和趙恩妃送走他們三人以後，便刻意不走村子裡的道路，選擇沿著田邊水溝重新走回蕭捌喜的住戶附近。

「唉，餓死我了，拜託快展開行動吧！」

「她會不會等深夜不容易引人注目時再將手推車丟棄呢？」

「她應該等不到那時候，聽完黃恩肇告訴她的對話內容以後，一定會很心急，深怕我們隨時去房屋後方翻找。」

過不久，位於村子後山的喇叭傳出了一段鄉下廣播音樂，「玩吧，玩吧，趁年輕趕快玩，老了就沒得玩了……」音樂一暫停，于泰雨里長的說話聲緊接而來。

「喂喂喂，麥克風測試，中川里里長于泰雨於中川里廣播室向各位報告，今晚七點，村鎮會館將舉行零犯罪村贈匾儀式農樂公演彩排，並備妥充足的五花肉和酒水，歡迎每一位村民前來盡情用餐。喂喂喂，中川里里長于泰雨於中川里廣播室向各位報告……」

「唉，毀了毀了，徹吧。」

廣播一結束，崔順石便將那把向蕭捌喜借來的三爪草叉倚放在田邊水溝，向趙恩妃說道。

「這麼快就要撤了？」

「剛才不是都廣播了嗎，蕭捌喜現在不會行動的，她一定是趁大家聚集在村鎮會館吃著烤肉、喝酒彩排時，才會偷溜出來處理手推車。」

「真的嗎？我看距離晚上七點還有一段時間，我們就算提早抵達村鎮會館，應該也只是在那裡和村民們乾瞪眼，不如慢慢散步過去，準時抵達吧。」

趙恩妃和崔順石開始漫無目的地緩緩步行。

「喔？那是什麼？」

遠山下方某棵樹上開滿著鮮紅色的花朵。

「啊！我知道那是什麼了！我們去摘一些來吃吧！」

原來那是一顆結滿紅色果實的牛奶子。

趙恩妃摘了幾粒已經熟成的牛奶子果實放入口中。

此時，山裡傳來狗叫聲，聽起來不像是看見陌生人而吠，比較像是在故意引人注意。

究竟是哪一隻狗在哪個地點吠，會不會遇到了什麼麻煩，趙恩妃伸長脖子，探頭往樹叢方向查看。

「喔？那隻狗，是不是阿呆？牠為什麼一直吠呢？」

趙恩妃歪頭不解，她沿著山路走向了阿呆所在的位置。

「你快來看！」

狗叫聲一停止，趙恩妃便立刻在樹叢裡叫住了崔順石。

崔順石沿著山路走了上去，才走一小段，便看見趙恩妃和阿呆，阿呆和趙恩妃維持著幾公尺的距離，正搖晃著牠的小尾巴。

「你看！」

趙恩妃手指的地方有一把草叉，還是一把四爪草叉，部分露在泥土外，是因為阿呆用腳挖土才露出來的，牠為了引人注意，所以才會不停吼叫。

崔順石走向前，將草叉從土裡整支拿出來仔細檢查。

「應該要先拍照存證才對，怎麼就這樣徒手去抓啦……」

趙恩妃只好急忙補拍幾張照片。

「將一把完好無缺的草叉特地埋在這裡，光從這點來看，就有預感一定是殺害申漢國的那把草叉！所以兇手是用這把草叉刺死申漢國，然後逃往山裡，將兇器埋藏在這裡……？」

趙恩妃一邊對著草叉按下快門，一邊說道。

「從沾在這上面的泥土來看，應該不是挖完土埋好以後才淋濕的，而是等雨停了之後才挖土掩埋。表示不是昨天埋的，是今天拿來這裡埋的，而且草叉上沒有沾到一絲一毫的牛糞。」

「看起來真的很像被徹底洗淨過才拿來掩埋的，那這樣的話不就表示，兇手犯下殺人案以後，並非在逃亡過程中將草叉直接拿來這裡掩埋，而是村民當中某人犯下殺人案以後，原本將這把草叉清洗乾淨留存在家中，但是今天趁人不注意，跑來這裡掩埋的意思嗎？村民當中的某人……。」

原本在推理案情的趙恩妃突然走向不停搖著尾巴的阿呆。

「欸，這把草叉是誰把它埋在這裡的？你認識嗎？還是從未見過的陌生人？」

然而，阿呆後退了幾步，只有默默搖著尾巴，一直和趙恩妃維持著幾公尺的距離。

「好吧，要是你能回答我的問題就不是狗了，是披著狗皮的人。算了，光是找出這把草叉你就已經是天才靈犬了，既然你立下了大功，那我就幫你特別跟恩肇說一下，叫她多買一些好吃的給你吃。」

「可是，萬一是恩肇的阿姨蕭捌喜將這把草叉埋在這裡的呢……？」

「什麼？那牠就不是什麼聰明的狗，是個超級大笨蛋啦，竟然把未來的主人犯罪的事實給抖出來，以後靠誰吃飯呢。不對喔，牠原本的主人是申漢國，所以這不叫洩密，應該是對主人有情有義才對。」

「這附近應該會有兇手前來掩埋草叉時留下來的腳印，但似乎已經被那隻狗到處挖土翻找弄不見了，要是能找到隱約看得出是腳印的痕跡也好，至少能用來分辨兇手是男是女。」

「還是說，將這把草叉拿去做指紋鑑識，這樣不就能查出兇手是誰了？」

「不一定喔，畢竟上面沾有濕土，要如何弄掉那些泥土應該是關鍵。」

「那我們就躲在這裡，說不定兇手會重回這裡，不是都說罪嫌一定會重回犯罪現場嗎？」

「就算真的會回到這裡好了，妳又怎麼知道對方什麼時候來？還是妳要在這裡嘗試埋伏？」

「哎唷，我又不是警察，這種事應該由警察來做。那你打算如何處理這把草叉？」

「其實拿著兇器在村子裡到處走動還滿奇怪的，可是把它重新埋回土裡好像也不是辦法……，不如隨便放在那附近吧，等之後再叫負責這起案件的刑警取走就好了。」

「什麼？你真的是刑警嗎？怎麼能把如此重要的證物隨意扔至在山裡？」

「不滿意的話就由妳來自己看著辦保管吧。啊～好餓啊，我要去村鎮會館吃烤肉了，殺人魔說不定就在山裡到處閒晃，妳可要當心啊。」

崔順石沿著山路大步走下去。

趙恩妃對崔順石有違常理的舉動感到錯愕不已，她思考了一會兒究竟該如何處理那把草叉，最後決定從相機包裡取出幾張衛生紙，包住草叉的木柄，然後再拎了起來。草叉比看起來輕盈許多，頂多約莫只有一公斤重。

「這男的怎麼這麼沒責任心，等等我啊！阿呆，你也跟我走，我給你吃幾片豬五花肉。」

然而，阿呆只有嗅了一下原本埋著草叉的泥坑，再度用腳挖起土來，不停埋首翻找。

# 落入圈套

中川里村鎮會館距離失火的申漢國住處約莫一公里左右，靠村子內側的位置，周遭只有農田，沒有住戶。

村鎮會館前有幾張在夾板上安裝了四隻腳的簡易型桌子，現場已經聚集了許多人，包括于泰雨里長夫婦也在場。有人在忙著張羅食物，一旁則有一群男人已經開始喝起小米酒，都還沒任何下酒菜。

幾名身穿藍色韓服的男子正在查看樂器，準備進行農樂公演彩排。

趙恩妃將阿呆找到的四爪草叉放到自己的輕型車上以後，走了大約一點五公里的路途，才抵達中川里村鎮會館。崔順石早已開著他那輛老舊吉普車提早到達，他獨自霸占著一張空無一人的桌子，沒有酒餚搭配，一杯接一杯地喝著燒酒。

趙恩妃拉出了崔順石身旁的椅子坐下，桌上擺著一臺小瓦斯爐和烤肉盤，還放著燒酒和啤酒各一瓶。

「既然都要開車過來，順便載我一程是會死喔?」

「妳不是有 Tico 車嗎?走路來的喔?」

「既然是要來喝酒的，幹嘛開車來？」

趙恩妃似乎是想要藉酒消氣，她打開啤酒瓶蓋，倒在紙杯裡大口暢飲。

「你們應該也餓了吧？」

楊式連的妻子田秀芝端著裝有五花肉和沾醬等各式小菜的托盤走了過來，從她先將食物送到這一桌的舉動來看，應該是很想要討好崔順石。

「這盤五花肉是里長說要請你們吃的，他們宰了一頭自己家飼養的母豬，你們多吃一點，要是有缺什麼再跟我說，別客氣啊。」

田秀芝將所有食物擺滿之後，用卑微的表情看了崔順石一眼，彷彿是在示意請他多多關照。

「好的，感謝招待。」

趙恩妃代替沉默不語的崔順石面帶笑容地向田秀芝道謝。

崔順石和趙恩妃一邊烤著五花肉，一邊觀察其他村民的一舉一動。

雖然王周榮、楊式連一家人、朴光圭和朴達秀老人都有來村鎮會館，但是他們的表情都顯得鬱鬱寡歡，與此同時，也都在暗地裡觀察其他人的臉色。他們不時偷瞄崔順石和趙恩妃的表情，同時也在觀察被他們無端嫁禍的對象；亦即，楊式連一家人在暗中觀察王周榮的表情，王周榮則是在不停觀察于泰雨里長與韓頓淑的表情。

從現場氣氛來看，應該還沒有人先向對方招認自己才是殺害申漢國的兇手。

而且弔詭的是，村民竟然對於昨晚逝世的申漢國隻字未提，明明應該是他們最關注的話題才對，就算是礙於兩名外地人在場不方便談論，也總覺得他們有點太刻意。大家只有聊著零犯罪村贈匾儀式、農事、法國世界盃足球賽賽事、昨晚的人氣連續劇等話題。

當村民們酒意漸濃、說話嗓音愈漸宏亮時，楊式連一邊看著崔順石的臉色，一邊走向正在和黃恩肇一起吃烤肉的蕭捌喜身旁，主動向她搭話。楊式連刻意扯高嗓音說話，他的說話聲足以穿過村民們的嘻笑喧嘩，清楚傳進崔順石和趙恩妃的耳裡。

「那個……昨晚深夜，我經過妳們家門口，看到妳推著手推車焦急地往前走，那麼晚的時間，妳一個人去哪裡呢？」

「什麼？您有看到我？」

蕭捌喜驚訝到筷子都不小心掉落在地。

「不是妳嗎？我看應該是妳沒有錯啊，還是我看錯？」

楊式連像是要在尋求演技認可似的，偷偷往崔順石和趙恩妃這邊瞄了一眼。

「您看錯了，我沒有理由要在三更半夜的時間推推車出門啊！」

語畢，蕭捌喜便立刻從位子上站起身。

「啊，肚子突然有點不舒服……恩肇，你和叔叔在這裡等我一下，我趕快去上個廁所，馬上回來。」

然而，蕭捌喜並沒有往村鎮會館廁所方向走去，而是往自己的住處將者谷方向快步離開。

不久後，崔順石也搖搖晃晃地從座位上站起身。

「唉，怎麼這麼快就醉了，看來要出去走走，醒醒酒。」

崔順石同樣朝蕭捌喜的住戶方向緩緩移動步伐。當時正逢六月夏至，夜幕才剛降臨。

崔順石躲在蕭捌喜住處附近的陰暗樹叢裡，這時，蕭捌喜打開大門探出頭來，先查看了一下外面的動靜，再鬼鬼祟祟地推著手推車走出家門。

崔順石跟在蕭捌喜身後，刻意和她保持一段距離。

蕭捌喜沒有選擇走那條位於村鎮中央的主要道路，而是繞小路往之川的方向走去。她似乎是想要將手推車推進之川裡。

蕭捌喜一抵達河邊，崔順石便開始加快腳步。也許是聽見後方有腳步聲逐漸逼近，蕭捌喜也同樣加快走路速度。再往前走一點，就是一處沒有河堤，早上于泰雨里長的小貨車掉進河裡的地點。

「喂！阿姨！」

被崔順石這麼一叫，蕭捌喜嚇了一跳，立刻停下腳步回頭確認。

「這麼晚的時間，您是要推著推車去哪裡？」

「去田……田裡，白天有挖一些馬鈴薯，有點擔心會被山豬吃掉……」

在剛暗的天色下，蕭捌喜的表情顯得猶豫不決，不知該如何是好，崔順石讀到了她的表情，想要盡快走向前抓住手推車，但還是被蕭捌喜搶先一步。手推車被她一把推向了路旁，沿著斜坡滑落，掉入水中。

「啊！我的手推車！」

蕭捌喜大聲驚叫，假裝一副不是故意而是失手讓手推車滑落的樣子。

崔順石迅速往斜坡方向跑去，但是因為天色已暗，泥土也是濕的，所以地上有點滑。

崔順石好不容易跑到河邊，左手抓著長在斜坡上的小柳樹，上半身和右手向前伸出，緊緊抓住了逐漸往河裡載浮載沉的手推車把手。

他為了讓小柳樹不被連根拔起，小心翼翼地嘗試將手推車緩緩拉上岸。手推車比想像的還要重，已經從水中拉出了三分之二左右，但那已是極限。小柳樹的根已經開始被拔出土壤，斜坡上的泥土因為濕滑，難以再將推車拉出水面。要是蕭捌喜可以前來幫忙，應該就能將手推車成功拉出來，但是可想而知，請她來幫忙說不定還會連人帶車被她推入水中。

崔順石思忖著。他決定解開身上穿著的那條向蕭捌喜借來的花褲綁繩，將繩子整條拉出來，褲腰內側除了綁繩以外還有彈力鬆緊帶，所以褲子還不至於整件滑落。

他徹底將繩子拉了出來，迅速用繩子的一端綁住手推車的把手，再用另一端牢牢綁住小柳樹的樹枝。

這樣就不用再擔心手推車會被水沖走了，隨著時間流逝，等水位降低，手推車就會整輛露出水面，到時候再將手推車帶回去即可。不對，也可以現在馬上前往村鎮，拿一條長繩來將手推車拉出來，但是他的目的絕對不單是將手推車交給警方。

崔順石抓著斜坡上的雜草，避免讓自己失足滑落，小心翼翼地走回路上。

「就這樣放著吧，它不會被水沖走的，放心。」

有別於崔順石彷彿立了大功的表情，蕭捌喜滿臉是充滿著絕望。

「不過，昨晚您是用那輛手推車載了什麼東西呢？」

「什麼？」

「剛才我在隔壁桌有聽到，楊式連先生說他昨晚有看見您推著那輛手推車，載著東西往養殖場方向走去？」

「就……就像我剛才說的，是他看錯了。」

「為什麼要殺害申漢國？」

崔順石眼神緊盯著蕭挒喜，猝不及防地問道。

「什麼？你說我……我殺害申漢國？」

「您已經把沾有血跡的紙鈔拿去清洗，但是因為無法達到完美的湮滅證據，只好再將鈔票燒毀，原本載運過遺體的手推車也被您事先藏好，等村裡的人聚集在村鎮會館時，再趁天色昏暗神不知鬼不覺地推入河水中……，剛才看黃恩肇一直用恐懼的眼神看向那輛手推車和大門，難道一切只是巧合？我奉勸您還是不要白費力氣了，不論清除得多麼仔細，專家一到您的家中搜查各個角落、地板，就一定會查出遺留的血跡等相關證據，光是那輛手推車的木板上應該就滲有大量血跡，光靠水沖洗是絕對不可能清除乾淨的。快說吧，到底為什麼要殺人？」

蕭挒喜被崔順石這麼一催促，只好緊閉雙眼，低下頭來。

「可憐的恩肇……看來妳的好運只到這裡了……」

「……」

「要是我去坐牢，那我們家可憐的恩肇怎麼辦呢？」

「我記得她是您妹妹的女兒吧？妹妹的經濟狀況很糟嗎？」

「她死了，因為生活太苦選擇輕生，原本是要和那孩子一起死的，最後只剩孩子被奇蹟似的救活。」

「那孩子她爸呢？」

「他當初只是一時衝動，不小心讓我妹懷了孩子，這種男人怎麼可能會負起照顧孩子的責任？他只會把罪推給我妹，說她沒有做好避孕措施。你知道恩肇為什麼用沒大沒小的半語對所有人講話嗎？因為她打從娘胎一出生就從未見過父親，她一直以為爸爸是住在美國的美國人，六歲那年，我開玩笑對她說，在美國是不講敬語的，於是自此之後她就以為自己是美國人，對所有人都用半語講話。雖然她現在已經知道不該這樣說話，但是愈大愈不相信爸爸的存在，所以可能也是有點故意執著於使用半語。」

「您抽菸嗎？」

崔順石從僅剩三、四根香菸的香菸盒中取出了一根叼在嘴上點燃。

「也給我一根吧，當年我老公罹癌時我和他一起戒菸了，但今天還真想抽一根。」

崔順石再取了一根菸出來，遞給蕭捌喜並為她點菸。

有人從遠處看見了打火機火苗，用手電筒對著他們照過來。手電筒的燈光不停搖晃，逐漸靠近，原來是趙恩妃在走向他們。

「我看你離開很久遲遲沒有回來，擔心是不是喝醉酒出事了，所以出來找人……唉，喝了幾杯走路都走不穩了。言歸正傳，那輛手推車呢？」

趙恩妃滿臉通紅，酒氣甚濃，她望著崔順石問道。

崔順石用叼著香菸的嘴巴朝河水方向指去，趙恩妃用手電筒往他指的方向照射，看見了被綁在河邊的手推車。不用多問大概也能猜得到發生了什麼事。

蕭捌喜深吸了一口菸，再吐出一口長氣，然後乾咳了幾聲。

「真的太久沒抽，身體還是會抗拒。妳是來找推車的吧？既然一到這裡就先確認推車，看來妳應該也滿想要聽我說真相吧？」

蕭捌喜再次深吸一口菸。她的眼眶已經泛著淚水。

「一名貧窮的婦女，獨自撫養小外甥女，把好不容易養大的牛賣掉，換了一些錢回來，但是在家裡難得有一大筆現鈔的情況下，三更半夜的突然發現有人闖進家裡，又像小偷一樣從大門溜了出去，看到這樣的人誰不會懷疑對方就是小偷呢？昨天我去洪城牛市場把牛賣掉，順路還去了一趟青陽小鎮，回來的路上，就一直有一名陌生男子像小偷一樣尾隨我們，甚至跟到這個村子裡，向恩肇詢問洞岩在哪裡。昨晚以為會被小偷偷走的三百二十萬韓元，這對我和恩肇可是一筆天大的數目，是要用命來保護的金額，當我一想到如此重要的錢被小偷偷走，我就失去了理智，但是又沒有足夠的勇氣去追小偷。然而就在那時，我發現小偷竟然沒有逃走，而是趴在大門底下偷看我們家內部，那一瞬間，我有了更強烈的預感認為對方一定是除了錢以外還另有所圖，當時雖然驚恐萬分，卻也認為必須給小偷一點顏色瞧瞧，就是有一種好勝的心態，而且當時也喝了杯酒，於是就在酒氣未消的狀態下，鼓起勇氣朝大門方向跑過去奮力踹了一腳，然後門角不偏不倚地撞上了這個傢伙的頭部，害他滾落在地，那一瞬間，我為了避免對方重新爬起身衝向我，對我展開攻擊，於是決定先發制人，用手上持有的棍棒朝滾落在大門外暈倒的男子一陣毒打，雖然他頭部已經有致命傷，一動也不動，但是基於害怕他起身就會對力氣比較弱的我展開攻擊，說不定還會害我喪命，所以只好不停拚命地毆打他，好讓他無力報復或反擊。」

蕭捌喜暫停說話，深吸了一口菸進入肺裡，再吐出白霧。

崔順石點頭表示理解。

「通常女性在殺害男性時往往會呈現出更殘忍的一面，明明刺一、兩刀就能充分讓對方斃命，卻會反覆刺十～二十刀，這不是因為女人較為殘忍，而是出於內心恐懼——要是讓力氣較大的對方有機可趁，自己一定會小命不保的恐懼。」

「沒錯，我當下就是這種心情，但是後來當我發現暈倒在地的人竟然是申漢國，我突然意識到事情不妙，雖然申漢國是個酒鬼、被村民排擠，但他絕對不會是偷錢或傷害我們的人。儘管他負債累累，就是個窮小子，但每個月都還是會按時撥款捐助一些貧困兒童，他昨天也有去鎮上的市集，應該是去捐了一些錢。」

蕭捌喜暫時不發一語，將香菸抽到只剩濾嘴的長度。

「早知道當下就該直接報警處理的……可惜那時我沒辦法這麼做，看見他死掉的那一瞬間，腦海裡浮現的第一個念頭就是我們家恩肇會孤苦伶仃一個人，畢竟我殺了人，恩肇從此以後應該也會被送進孤兒院裡……」

「所以才會把遺體……」

「對，我心想既然他都已經被我們家大門用力撞擊到頭部、被我亂棒打死，那麼至少要搬到某個高處，自殺岩也好，將他從高處丟下，偽裝成失足身亡或墜崖身亡，才有可能隱匿身上被毆打的痕跡，所以我把遺體裝在手推車裡，準備搬運，但是就在我回房哄恩肇入睡的那段期間，申漢國的遺體竟然不翼而飛了。」

「妳說遺體自己消失不見？」

「對，是真的，我找遍房子周遭，連個影子都沒見著，甚至一度懷疑難道自己是在作夢，夢裡將申漢國殺害的？但是就在約莫兩小時後，申漢國的遺體竟然在于泰雨里長家裡被人發現，而且還是被車撞死的，我當下怎麼可能不受到驚嚇呢，真的是以為自己活見鬼了，被我打死的人竟然瞬間移動到那裡去，還被小貨車撞死，遺體也變得更慘不忍睹。」

話一說完，蕭捌喜便長嘆了一口氣。

「我聽說死者申漢國的口、鼻、耳孔裡裡都有檢查出牛糞，背後也有被四爪草叉刺傷的痕跡，那是……？」

「難怪你剛才在我們家找四爪草叉，不過我們家不僅沒有那種草叉，就連牛糞也從昨晚就不可能存在，因為昨天我們把牛賣掉以後就直接把牛舍清理乾淨了，以免滋生蚊蠅。」

「那在這個村子裡還有誰有養牛呢？」

趙恩妃問道。

「聽說之前是每一戶人家都會養一頭黃牛，可是現在應該很少有人養牛了，據我所知只有于泰雨里長家有養牛。」

「什麼，難道？不會吧……」

此時，崔順石打斷了趙恩妃的發言。

「好吧！既然酒都還沒喝完就出來了，還是趕快回去接著繼續喝吧，恩肇應該也在痴痴等待著她的阿姨盡快回去……」

大部分的村民都還待在村鎮會館裡，站起身欣賞著那些在會館前不停旋轉、演奏民俗樂器的表演者，跟著節奏手舞足蹈，還有人用竹筷跟著節拍敲打桌面。

此時，一名喝醉酒的四十多歲男子突然將一桌的東西統統掀翻，衝到民俗樂團表演者面前。原本在演奏的人被這名男子突如其來的舉動嚇得立刻停止演奏。

「你們這是在搞什麼？那個人再怎麼討厭也不應該這樣吧，大家都是同住在一個村子裡的人，人家都不幸過世了，你們現在還好意思這麼有興致？放聲大哭都來不及了，在這裡敲鑼打鼓是可以的嗎？」

村裡的男人連忙上前阻止這名已經喝茫的男子。

「唉，你這人到底是哪根筋不對？你以為我們現在是很開心所以敲鑼打鼓嗎？還不都是為了即將到來的贈匾儀式進行預先彩排。」

「不是啊，也不能這樣吧，都鬧出人命了，大家在這裡這麼興高采烈是對的嗎？」

「誰興高采烈了？而且在喪家本來就要吃吃喝喝、熱鬧一點，這樣死者走得才不會那麼孤單寂寞啊！」

「這裡又不是喪家，要是村鎮會館有掛死者的遺照再說這種話吧。」

「我們不是已經談好，他的喪禮要等事件調查完畢後，由我們中川里幫忙負擔喪葬費，以村葬方式舉行嗎？現在屍體不在這裡，橋梁也無法通行，是要我們如何舉行喪禮？想哭的人等到時候再哭個夠不就好了。」

鬧事的酒醉男子脫去上衣，不停咆哮，嘴裡還念念有詞，說特殊部隊有的沒有的，然後還叫住某人，最後是被他妻子直接像拎狗一樣拖回家。

就在混亂的場面終於被控制之際，楊式連的妻子田秀芝拿了一瓶玻璃瓶，走向崔順石和趙恩妃。瓶子裡的褐色液體裡，夾雜著藥草、香菇、樹皮等物體。

「剛才有一段時間沒看到兩位，還以為是回家休息了，這酒是去年東男他爸釀的，今天第一次開封，只為了特別請兩位嘗嘗所以帶來的，這裡面全是東男他爸在七甲山上親自採回來的藥草和香菇，總之，除了沒放山蔘和白蛇，其他對身體好的東西都放進去了，趕快喝一杯試試看味道吧。」

田秀芝露出了卑微的笑容，明顯是要討好崔順石和趙恩妃，並為兩人斟滿酒杯，放下酒瓶後便回到了她自己的座位。

「咔！這酒好烈，但味道是不錯的，妳也來一杯吧。」

崔順石將整杯酒一飲而下，準備再倒一杯。

「可是剛才聽她說，這好像是專門給男人喝的酒……」

趙恩妃皺著眉頭拿起酒杯嘗了一口。

「嗯，的確不錯，味道滿奇妙的，有濃濃的藥草和香菇味。」

趙恩妃喝掉杯中剩餘的藥酒，遞出空杯，崔順石拿起酒瓶，幫趙恩妃重新斟滿酒。

「既然都漸漸開始有酒意了，那就開始吧。」

「開始做什麼？」

崔順石沒有回答，而是直接走去找于泰雨里長耳語，里長的臉色頓時變得僵冷。

里長開始輪流找每一位村民竊竊私語，並讓將者谷的人聚集到村鎮會館裡。

# 五種殺人方程式

聚集在村鎮會館裡的人有于泰雨里長和妻子韓頓淑，朴光圭與父親朴達秀，餐館老闆王周榮，池塘戶楊式連與妻子田秀芝以及兒子楊東男，還有住在村子最高處的蕭捌喜和黃恩肇，以及趙恩妃、崔順石。

該集合的人都到齊以後，崔順石站到了大家面前。

「現在聚集在這裡的人，都是昨晚申漢國被于泰雨里長家的小貨車衝撞的目擊者，但是在場的各位竟然沒有一個人報警或打一一九求救，而是選擇將申漢國的遺體棄屍、燒毀，積極參與甚至是叫唆毀屍滅跡的行為，就算沒這麼嚴重，至少也有默認、同意這樣的行為發生，各位應該都知道，棄屍、毀屍、縱火等，是多麼嚴重的罪行吧？」

全場鴉雀無聲。

「不過，是不是很奇怪？既然大家都知道，棄屍、毀屍、縱火是多麼嚴重的罪行，為何寧願承擔如此高的風險，積極加入隱匿事件的行列呢？是的，這起事件其實並不像表面所看到的那麼簡單，所以我才會邀請各位齊聚一堂。那就讓我來為各位整理一下整件事情的來龍去脈好了。剛才喝了幾杯酒，突然覺得有點暈，還是由口條清晰的趙記者來為各位做個簡單的統整說明好了。」

趙恩妃瞪了崔順石一眼，便站到了人群前面。

「雖然我們是逆向追蹤整起案件的，但是為了讓各位簡單理解整件事情的來龍去脈，我就按順序來說明好了。昨晚，住在村子最高處的蕭捌喜小姐在白天將家中飼養的牛帶去了牛市上賣掉，換了一筆錢回來，但是在市集的時候就察覺有人一直在跟蹤她，後來根據查明的消息指出，那個人是從大田來的，為了去洞岩輕生而來到這個村鎮，總之，蕭捌喜小姐在深夜看見有人埋伏在她們家，誤以為是小偷，所以用腳踹開大門，導致小偷的頭部重傷，再用棍棒展開一陣毒打，導致對方身亡。然後蕭捌喜小姐因為擔心黃恩肇會被送進孤兒院裡，所以決定將遺體裝進手推車裡，打算隱匿這起案件，然而就在她短暫回房哄黃恩肇睡覺的期間，有人竟然將那具遺體扔進了楊式連先生家的養殖場裡。」

「什……什麼？」

「妳說什麼？」

所有人開始竊竊私語，楊式連和田秀芝直接從位子上站起身，眼神肅殺地看著蕭捌喜，蕭捌喜刻意別開目光，低頭不語。

「等等，她的話還沒講完，請大家先安靜，其他人也沒好到哪裡去，有什麼資格指責別人？」

崔順石刻意提高音量試圖讓所有人冷靜。

「接下來，楊式連的兒子楊東男走到養殖場，想要拉電線消毒養殖水，結果發現申漢國竟然在水中，誤以為是自己害死他的，在擔心父親苛責及零犯罪村贈匾儀式即將到來等多重壓力下，決定將遺體扔進之川裡，佯裝成溺死事件，但是在移送遺體的過程中不慎滑落，而且還不偏不倚地被王周榮先生駕駛的車輛撞上，王周榮先生因自己酒駕撞到人、搞砸了零犯罪村贈匾儀式也害零犯罪紀錄中止而備感壓力，再加上他認為自己其實也是無辜的受害者，於是決定把這件事情賴到于泰雨里長頭上，要找個確實撞死申漢國的車輛當代罪羔羊，才能使自己排除在嫌疑名單之外。」

「什……什麼？王周榮你這傢伙，怎麼可以對我做出這種事？」

「天啊，真沒想到你是這種人，怎麼會想讓我們背這黑鍋……。」

「所以後來你是為了湮滅證據而故意開車去撞石頭，自導自演一起汽車暴衝事故？」

于泰雨里長滿臉脹紅，口沫橫飛地對著王周榮咆哮。

「對……對不起，我真該死。」

「噓，大家都冷靜！」

崔順石再次大聲喝止，控制住現場雜音。

趙恩妃接著繼續說道。

「正因為所有人都以為自己是害死申漢國的那個人，所以目擊到于泰雨里長家的小貨車事故現場時，才會驚愕不已，自己害死的那具遺體到底是如何跑到里長家被小貨車撞死的？難道是見鬼了？相信一定也有人在心中大喊『鬼啊！』總之，因為如此，所有人都積極參與協助焚燒遺體一事，並想盡辦法隱匿這起事件，但是這次事件處理得依然不如眾願，被火燒的遺體彷彿成了不死之身，竟然又完好如初地跑去了青陽殯儀館裡躺著，這是多麼令人匪夷所思的事情，不是嗎？」

在略有酒意的狀態下有點誇大其詞的趙恩妃突然中斷發言，觀察了一下村民，所有人都刻意避開趙恩妃的視線，沉默不語。

「不過，在這當中有一點很奇怪！有兩位是根本不需要認為自己害死了申漢國。」

所有人面面相覷，並將視線轉移到朴光圭和朴達秀老人身上。

「兩位其實與這起事件毫無關聯，究竟為何會積極參與隱匿事件的決定？難道是有關聯，只是沒讓我們知道而已？」

「沒……沒有，才沒有什麼關聯！」

朴光圭偷瞄了蕭捌喜一眼便將頭低下。

「那到底是為什麼呢？這說不通啊，怎麼會願意配合這麼做呢？」

「總……總之，我和父親是與這件事無關的。」

「所以啊，既然無關為什麼要同意這麼做？」

「不……不能說。」

「如果無法解釋，就會變成殺人犯喔！」

「殺人犯？」

「還有一些證據沒有解開謎團，申漢國先生的遺體口、鼻、耳孔裡都有檢驗出牛糞，額頭上也有被鈍器打傷的瘀血，背部則有被四爪草叉刺傷的傷痕，這些都是尚未解開的謎團。」

朴光圭嚇得臉色鐵青、不發一語，他突然起身，走到了趙恩妃身旁。

「我就如實說吧，我願意全盤托出，但是希望可以去安靜一點的地方談……」

崔順石帶著朴光圭和趙恩妃移動至村鎮會館的角落。

「來，請說。」

「其實，昨晚在蕭捌喜家門口偶然撞見她在將遺體裝進手推車裡……」

「什麼？」

趙恩妃驚訝地大聲喊道。

「那麼，把申漢國遺體搬移至楊式連他們家養殖場的人正是……？」

「沒錯，是我搬過去的，當我看到捌喜小姐在將失手殺死的漢國哥遺體裝進手推車的時候，就覺得自己應該默默替她處理，所以乾脆順手牽羊將其偷走，打算幫她埋在那邊的山上，但是當我推到斜坡的時候，手推車因重力加速度而失控，我被快速衝下坡的手推車拖著走，最終還是來不及跟上手推車的速度，只好鬆手讓它自行滑落，不過那輛手推車就剛好滾到池塘戶養殖場前，推車的輪胎卡到路上的排水溝，然後整輛推車彈飛到空中、跌落在地，也就是在這個時候漢國哥的遺體被彈飛進養殖場裡的。我為了將漢國哥的遺體重新裝回手推車裡，好不容易將手推車重新扶起，不過就在那時候，我看到有人從池塘戶裡走了出來，所以只好趕快推著空空的手推車先趕緊躲起來，隨後我就將手推車推回捌喜家門口歸還了。」

「可是你為什麼要替她……？」

崔順石表情冷漠地問道。

「唉，你這人真是……」

趙恩妃搖搖頭，打斷了崔順石說話。

「這就由我來告訴你吧。不曉得你有沒有談過戀愛呢？遲鈍的崔順石先生，這位就是因為喜歡捌喜小姐，所以才會要替她處理啊！」

朴光圭再度瞄了蕭捌喜一眼。

「沒錯，所以才會……」

「所以就只是因為喜歡蕭捌喜，在那三更半夜的時間跑去了蕭捌喜家附近徘徊，然後恰巧看見了不該看到的畫面，在不問、不追究的情況下，擅自判斷暗戀對象蕭捌喜一定是基於某種理由失手殺人，為了幫她掩蓋殺人罪的事實而積極加入隱匿事件的行列，是這個意思嗎？」

崔順石重新向朴光圭確認。

「是啊，我父親什麼都不知道，可能他只有看到我身穿沾有血跡的衣服回家，然後又重新換了一件乾淨的衣服……」

「所以也是因為愛慕蕭捌喜而不惜一切將手伸進火堆裡，只為了要從火場裡把她送給你的Zippo 打火機撿出來，是嗎？」

趙恩妃看著朴光圭那隻被繃帶層層包裹的右手和右手臂，語氣中充滿同理心地問道。朴光圭再次點頭默認。

「崔刑警，現在應該明白了吧？」

崔順石點點頭。

三人分別回到了各自的座位上。

崔順石向村民開口說道。

「關於朴光圭先生和朴達秀老翁的殺人罪嫌剛才已經有得到一番解釋了，但還是存在尚未解開的謎團，牛糞、鈍器、背上的四爪草叉。」

停止發言的崔順石彷彿像是要準備審問人一樣，輪流看向了每一位村民的臉龐。

「從目前為止的搜查結果來看，殺死申漢國先生的人是捌喜小姐，但是在這邊有一個問題，殺人犯蕭捌喜家的牛舍昨晚根本就沒有牛，他們家也沒有牛糞和四爪草叉，因為她們昨天白天就已經把牛牽去牛市裡賣掉了，回來直接把牛舍用水清洗乾淨。那麼，牛糞和四爪草叉，以及額頭上彷彿被鈍器強烈撞擊的傷口又是怎麼回事呢？」

聽完崔順石的整理，所有人的視線都集中到于泰雨里長身上。

「不是我！我絕對沒有殺申漢國，有什麼證據認為是我？」

「證據……是吧？」

崔順石抬頭仰望空中，露出了沉思的表情。

「申漢國先生的解剖結果很快就會出爐了，到時候便能知道牛糞裡的成分以及糞便的主人是誰，因為牛糞裡多少會隱藏一些細微的牛血，所以可以檢測出牛的血型與基因。以前有傳言指出，只要小偷在偷竊現場拉一坨屎，就能躲避警方追捕，所以經常可見被竊賊偷走物品的臥床等地方會有糞便遺留在現場，當然，當時的竊賊的確是因那些糞便而沒被警方逮到，但是最近科技日異月新，做這種事只會露出馬腳，馬上被警方扣上手銬，因為只要分析糞便成分組織，裡面的血型、基因等資料統統都能查個水落石出。」

于泰雨里長緊咬下脣。

「哎唷，對啦，目前在將者谷有養牛、有牛糞的人就只有我們家，但是就算申漢國身上殘留著我們家的牛糞，也不能因此而一口咬定我就是嫌犯吧？可能嫌犯另有其人，但是為了混淆警方辦案，刻意拿我們家的牛糞去塗抹在申漢國的遺體上也有可能啊；或者喝醉酒的申漢國誤闖我們家畜舍，也都不無可能吧？啊，對了，昨天申漢國不是有買樂透嗎？我們一起去燒毀他家和他的遺體時，也有看見彩券散落在房內地板上，不是嗎？楊式連還撿了一張起來查看，有沒有？都說如果夢到自己在糞便上打滾就很容易中樂透，說不定申漢國死前真的有故意跑來我們家的畜舍牛糞上打滾也不一定，誰知道他當時在想什麼，更何況是死者的想法，我們就更難得知了。」

「沒錯！我們還有那個什麼……什麼證明的，就是在申漢國身亡的時間點，我們人在九峙里的喪家，根本不在這裡的證明。」

韓頓淑大聲地插了一句話。

「對，沒錯！是啊，我們有不在場證明。」

「喪家？」

「因為住在九峙里的遠房親戚大哥剛好過世，所以我們昨天都在他家，一直到深夜很晚才回來。」

「幾點回來的呢？」

「傍晚十一點左右吧？我們回來時申漢國應該早已身亡，遺體流浪在各戶人家之間，而且我們家也從來都沒有用四爪草叉，不信的話可以去我家翻找，現在就去找啊！」

「是啊，草叉這種東西，就算是家裡沒有養牛的住戶也都會有一把，畢竟十多年前可是挨家挨戶都有養牛。」

「喔，沒關係，我們已經找到那把殺人用的兇器四爪草叉了，對吧？趙記者。」

「是的，申漢國養的狗阿呆在那邊山腳下翻找出被埋在土裡的四爪草叉，我們已經帶回妥善保管了，接下來只要送去國立科學搜查研究院採集指紋，馬上就能真相大白。」

「那個，我有話要說。」

王周榮看著于泰雨里長的臉色，畏畏縮縮地舉起了手。

「我好像知道那把草叉是誰的。」

「是哪一戶的呢？」

「雖然我真的非常抱歉把申漢國的遺體放到里長家中，但是現在仔細回想，好像也不必對里長感到太過抱歉。」

「你說什麼？」

「我重新想了一遍，第一個開始將遺體轉送到別人家裡的人並非蕭捌喜，而是大哥您。」

「什麼？」

「我昨天為了打開大哥您的車門，所以有躲進您的家裡去尋找開門工具，然後因為您突然從臥房裡走出來，我只好連忙躲進檐廊底下，也是在那底下找到塑膠尺才有辦法打開車門的。」

不過在檐廊底下我有看到一把用水清洗乾淨、還留有水氣的四爪草叉，黑暗中我有不小心按壓到那把草叉的尖爪，害得木柄整個彈起，正中我的鼻梁，還流了鼻血，您要如何解釋那把草叉呢？大哥您也是農夫所以應該知道，不論是農夫或者養牛戶，哪有人會去特地精心將草叉清洗得乾乾淨淨，甚至連牛糞味都聞不到的程度，保管在檐廊底下？只有沾染血跡的犯罪工具才會被這樣徹底清潔吧，誰會沒事把農具洗到如此乾淨的程度。」

于泰雨里長聽完王周榮說的這番話以後，眼下肌肉開始不停跳動。

王周榮刻意避開于泰雨的視線，繼續說道。

「這件事還真離奇，殺人兇手將人殺死以後把遺體送到別人家裡，結果這具遺體竟然繞了村子一圈，又再度回到了那個殺人兇手的家裡。」

「才沒這回事，都說不是我殺的了！我從親戚家回來時他就已經死了！」

「老公！」

韓頓淑大吼了一聲，示意要他的丈夫別再說了。然而，眼下情況已經明顯不利於里長，他還是執意要繼續說下去。

「從親戚家回來以後，我為了幫餓了一整天的乳牛餵飼料吃，準備走去畜舍，但是就在畜舍入口處看見了申漢國趴在地上，渾身都是牛糞，也不曉得是頭部還是額頭正在流血，背部則被放在我們畜舍裡的草叉刺傷，傷口看起來頗深。我急忙幫他拔掉草叉，確認還有沒有生命跡象，但是發現他早已斷氣。」

「什麼？那兇手到底是誰？」

「所以我們村裡真的有殺人犯用草叉將申漢國殺死嗎？」

大家互看彼此，竊竊私語。

「我說的是千真萬確的事實，請一定要相信我。」

「那為什麼當下沒有報警處理？」

「唉，就和現在一樣啊，你看我現在說實話也沒人相信，不是嗎？當時我就有預料到了，要是我說實話，大家還是不會信，還是會把我當成殺人兇手，因為申漢國是在我們家的畜舍、被我的草叉刺死的，而且我第一個想到的就是零犯罪村贈匾儀式，我可是這個村的里長，要是里長在贈匾儀式前夕殺死人，害零犯罪村紀錄無法再繼續保持下去，這是多麼衰小的事情啊。坐牢是一回事，以後要在這村子裡如何抬頭挺胸過日子又是另外一回事，就算沒被村民趕出村子，想也知道一定會像申漢國一樣，一輩子被大家排擠。不過一開始發現他趴在地上時，我還打算趕快先帶他去醫院，所以有把他搬到小貨車上，但是既然人都已經死了，送去醫院就能救得活嗎？於是我思考了很久，後來是我老婆走出房門看見了遺體，主張應該將遺體放到同樣有養牛的蕭捌喜家裡，而且捌喜才剛搬來這個村子不久，就算被逐出村子，去外地也能生活得很好，但是在我看來蕭捌喜獨自撫養年幼的外甥女也很不容易，所以有堅決反對這麼做，不過最終還是……」

于泰雨里長望向蕭捌喜，深表歉意地低下了頭。

趙恩妃想起了在于泰雨里長家吃午餐時，里長稱讚蕭捌喜很漂亮，結果馬上打翻里長夫人韓頓淑醋罈子的畫面。

「請您繼續說下去。」

崔順石催促里長。

「後來我就背著申漢國的遺體好不容易爬上住在最高處的蕭捌喜家，我獨自一人小心翼翼地潛入了她們家，老婆則負責在外看守，但是當我一走進她們家的牛舍時，便發現明明前天還在的牛竟然已經不在了，而且牛舍還被清理得十分乾淨，當下我簡直欲哭無淚啊！所以我心想再這樣下去也不是辦法，只好背著沉重的遺體重新走出她們家，但是就在那時，申漢國的遺體開始從我的背部緩緩滑落到臀部，我好不容易走出她們家大門，申漢國的遺體也直接滑落到我的臀部下方，正當我打算重新將他背好時，大門內傳出了有人在大喊『小偷！』的聲音，所以只好直接將遺體放在原地，先逃再說。」

「然後蕭捌喜小姐誤以為外面的人是小偷，正在透過大門下的門縫在窺探屋內，於是猛力地踹了鐵門一腳，用門角重擊申漢國頭部，再拿著棍棒出去一陣胡亂毒打，對嗎？」

「沒錯！」

擺脫殺人冤屈的蕭捌喜大聲回答。

于泰雨里長嘆了一口氣，繼續替自己辯解。

「但我真的絕對沒有殺申漢國，我沒事幹嘛要殺死他？根本沒有理由要殺害他啊，我和他無冤無仇，也沒有金錢上的糾紛，又不是說申漢國和我老婆有一腿，真的完全沒有殺他的動機。假設就算真的有什麼事想殺他好了，我是這個村的里長，里長會想要在零犯罪村贈匾儀式前殺人？真要殺也一定是等贈匾儀式結束後才動手吧？」

最後這段辯解倒是說得頗有道理，一個太在意零犯罪村贈匾儀式所以選擇將遺體移放到鄰居家的牛舍裡而不是報警處理的人，的確不可能在贈匾儀式前夕犯下殺人案件，除非是衝動殺人，那就另當別論。

「所以最終害申漢國先生致死的兇器是草叉嘍？」

趙恩妃看著崔順石問道。

但是崔順石只有聳了聳肩，表示自己也不清楚，現在已經沒有其他證據和線索了，雖然目前為止，于泰雨里長是最有可能殺死申漢國的嫌疑人，但他一直矢口否認，頑強反駁，聽起來像真話又像謊言。

「到底是誰用鈍器將申漢國先生的額頭敲破，再用草叉刺傷他背部的呢？」

崔順時再次朝趙恩妃雙手一攤。

「今天先出去繼續喝吧，明天白天再重新搜查一下，應該又會找到一些線索。」

崔順石似乎覺得在沒有多餘線索的情況下，一直留住村民也只是在浪費大家時間，他將村民統統送出村鎮會館外，自己也走出去重新坐回了原本和趙恩妃一起坐著用餐的那張桌子。

走出村鎮會館的將者谷村民也另外圍繞在空桌旁，開始喝起酒來，他們彷彿因擺脫掉殺死申漢國的罪嫌而感到慶幸，一臉如釋重負的表情。

「抱歉，當時真應該直接報警處理的，結果被我搞得這麼複雜，我一定會想辦法負起責任。」

于泰雨里長在啤酒杯裡斟了燒酒，一飲而下，向坐在同桌的其他村民頻頻致歉。

「哎呀，哥，這都已經覆水難收了，現在再來說要負責，到底是要怎麼負責？」

「就算要我變賣所有家產，我也會幫你們每個人都請一位律師，捌喜小姐，真的對妳深感抱歉。」

于泰雨里長重新向蕭捌喜鄭重致歉，然後像喝醉酒似的吐露了他當時的心境。

「如今回想當時還是會心有餘悸，被我費盡千辛萬苦扛去別人家的遺體，竟然以更慘不忍睹的樣貌重回我們家被小貨車撞上，真的是嚇到頭皮發麻，會不自覺地喊出『鬼啊！』我們甚至有懷疑過，說不定是捌喜小姐已經發現將申漢國遺體棄置在她家的人正是我們，所以又把遺體送了回來，但我們又難以啟齒，無從問起。」

「所以剛才白天的時候您才會隱約探問捌喜小姐會不會開車，是嗎？想要確認她有沒有操作卡車失控滑落的能力？」

楊式連問道。

「其實我也是類似的感受，明明已經將遺體遺棄，怎麼又會跑去里長家被小貨車撞上……，但又不能找人談論。雖然我不是故意的，但還是扔給了餐館大叔，所以當時才推測應該是王老闆將遺體送到里長家的。」

「這樣說來，大哥和王周榮真的心腸很壞欸，朴光圭和我們楊東男都是不小心把遺體送給了別人，但兩位是故意有計畫性地想要嫁禍於人。」

「都說對不起了嘛，的確是做了很該死的事情。」

「雖然我的確是讓別人背了黑鍋，但那人還是第一個將遺體送去別人家的泰雨哥，所以我對泰雨哥一點也不感到抱歉，我那麼辛苦都是因為誰，唉，我的愛車Grandeur……要還完車貸還早了呢……。」

「唉，我的三百二十萬現鈔……。」

蕭捌喜也一臉愈想愈嘔的表情，雙手緊緊握拳。

「不過話說回來，到底是誰殺了申漢國？光想就不寒而慄，怎麼能用草叉刺死他，絕對是我們村裡的人準沒錯……」

「哎唷，不會吧，我們村哪有那麼兇殘的人？會不會是那位來我們村選擇輕生的大田男子殺死申漢國，然後再自己跑去墜崖自盡的呢？」

「有可能，趕快叫那位刑警搜查看看，申漢國和他會不會有什麼淵源，如果是有淵源的人，那就一定是兇手。」

崔順石和趙恩妃對坐著，宛如被村民排擠的邊緣人一樣。兩人一邊聽著村民們竊竊私語，一邊喝著楊式連的妻子田秀芝送給他們的酒。

「所以你認為兇手是誰？」

陷入沉思的趙恩妃終於開口問道。

「我怎麼知道？又不是算命師。」

「看來我們剛才撿到的那把草叉已經不足以成為關鍵證據了，就算握柄上採集出指紋，應該也只有于泰雨里長的指紋吧？當然，也因為都已經清洗乾淨了……喔，對了！王周榮說他躲在于泰雨里長家檐廊底下時，有誤觸到那把草叉，所以應該也會採集出王周榮的指紋才對，既然他當時還有流鼻血，那可能也會沾有他的鼻血……唉，都沒有其他線索了嗎？你這邊有其他線索嗎？」

「妳老是這樣逼問我，搞得一副好像妳是刑警、我是被審問的嫌犯一樣。」

「呵呵，你這刑警怎麼比我都還要缺乏辦案的熱情。」

「我看起來像沒熱情嗎？」

「嗯。」

「這酒，好喝但滿烈的，妳都不會醉嗎？」

「不醉的話那還叫酒嗎？就是要讓人醉才是酒啊，嘿嘿嘿。」

等大部分的村民都紛紛離席以後，崔順石和趙恩妃也準備起身離開。趙恩妃一直在沒來由地傻笑，崔順石的身體也在大幅度搖晃。

「真是怪了，我也沒喝多少酒啊，怎麼會這麼暈呢？」

「嘿嘿嘿，哪有啊，你明明就喝很多，我看你一直說這酒釀得真好，一杯接一杯地喝，呵呵。」

「妳看這酒瓶，我們兩個人也才喝掉三分之一而已。啊，對了！剩下的酒要先保管好。」

崔順石重回座位，將酒瓶蓋栓緊，一把遞給了坐在隔壁桌的田秀芝。

「這瓶酒再麻煩您保管了，之後我再來喝。」

「沒問題，崔刑警。」

田秀芝拿著酒瓶走進會館內。

「來，坐我的車吧，來的時候沒載妳，就被妳抱怨成那樣，走的時候我就大發慈悲載妳一程吧。」

崔順石步履蹣跚地一邊走回車上，一邊向趙恩妃說道。

「酒……酒駕是可以的嗎？你可是警察欸！」

「我就沒喝很多啊，不想坐我的車就自己走回去也行。」

「嘿嘿，那我還是坐你的車吧。不過！我可不是害怕殺人犯所以坐你的車喔！嘿嘿嘿。」

崔順石接過趙恩妃的相機包，放到了車子後座，並幫忙將副駕駛座的車門打開，讓趙恩妃上車。

坐上駕駛座的崔順石用力搖晃了一下腦袋，這只是他平日酒量的一半都不到，卻令他頭暈腦脹的。

崔順石緊閉了一下雙眼再重新睜開，終於發動車子引擎。

老舊吉普車發出喀啦喀啦的聲響準備出發。

「啊，心情真好！哈哈哈！」

趙恩妃彷彿已經略有睏意，她眼神渙散，不停傻笑。

「我們等一下到恩肇她們家的時候要不要再喝一杯？嘿嘿嘿，剛才那瓶酒，好像摻了毒品一樣，怎麼能讓我心情這麼好，早知道就不要留在那裡保管了，應該要直接帶回來的，嘿嘿嘿。」

車子朝黑暗中緩緩加速前進，很快便進入了河邊道路。

「啊，好熱喔，開點窗戶吧。呃啊——！」

瞬間，趙恩妃突然從位子上跳起來，朝崔順石飛撲而去。

「蛇！是蛇！」

「什麼？蛇？妳……妳別這樣！」

崔順石用右手一把推開趙恩妃，急忙要踩煞車，但就在此時，他感覺自己踩到了某個軟軟的東西，他立刻低頭查看，發現一條呈現著鮮豔紅黑色的巨大毒蛇，頸部正好被踩在崔順石的腳下，不停掙扎蠕動，假如把腳鬆開挪移至煞車板上，那條毒蛇應該馬上就會朝他的跨下展開攻擊。

「喔喔喔……！」

前方道路出現了九十度向左彎的急轉彎道，不得不踩煞車減緩車子速度，但是如果要踩煞車，就必須先鬆開那隻踩著毒蛇頸部的右腳。

車子開始偏離車道，雖然崔順石反射性地去踩了煞車，但也為時已晚。

「啊——！」

車子伴隨著趙恩妃的尖叫聲向一側傾斜旋轉，最終車子的右後方直接砰一聲撞上了路邊的圍牆，方向盤裡的安全氣囊彈出，迎面重擊崔順石的臉部。吉普車的右後方則因擦撞路邊的圍牆而產生反作用力，使車頭向右偏移，整輛車的右側又再度重新撞上圍牆，並沿著圍牆推擠數公尺才好不容易停了下來。

崔順石彷彿被重量級拳擊手猛力出拳正中臉部似的，一時之間根本難以回過神來，鼻孔裡傳來陣陣的火藥味和血腥味，他想起發生車禍前一刻趙恩妃直接緊摟住他的頸部，擔心地連忙轉頭望向副駕駛座查看。他發現車子旋轉撞擊圍牆時，趙恩妃已經被彈飛到副駕駛座車門邊，整個人向右傾倒，頭部似乎有撞擊到破碎的車窗。

「妳還好嗎？」

在崔順石的呼喚下，好不容易清醒的趙恩妃再次縮起雙腳。

「蛇！蛇！」

就在那時，駕駛座地板上的蛇吐著舌頭，沿著崔順石身穿花褲的腿部緩緩向上攀爬。

「呃啊——！」

崔順石用力搖晃著腿，抖掉了那條蛇，並趕緊打開駕駛座車門，直接跳出車外。

「啊——！救……救命啊！」

眼看崔順石獨自落荒而逃，趙恩妃連忙將雙腿伸到車椅上，站起身放聲尖叫。

原來車上不只一條蛇，趙恩妃所在的副駕駛座地板上也有一條蛇在爬行，汽車後座也有另一條蛇盤踞在座椅上，而且趙恩妃的相機包掉落在後座地板上，那裡也有兩條蛇，光是肉眼能見的蛇就這麼多條，就更別說座椅底部等看不見的地方說不定藏有更多蛇。

崔順石拾起路邊乾枯的樹枝重回駕駛座，結果才一轉眼的功夫，一條巨大的岩棲蝮已經盤坐在車椅上。

崔順石用樹枝猛力敲擊岩棲蝮的頭部，並迅速向後退，被打個正著的岩棲蝮開始扭動身軀，不一會兒，原本翻覆的白色腹部已經重新朝下，伸長頭部做出了預備攻擊姿勢。崔順石打算再次用樹枝敲打牠的頭部，但就在這時，岩棲蝮朝崔順石的臉部彈跳起來。

「呃啊！」

崔順石反射性地揮動樹枝，直接將岩棲蝮打落一旁，掉落在路邊的蛇緩緩爬進了草叢裡，消失無蹤，雖然崔順石有感覺到自己的臉部擦撞到蛇的身體某處，但應該不是被蛇咬。

「趕快下車！」

崔順石大聲喊道，但趙恩妃始終受困車內，車的右側緊鄰圍牆，導致她沒辦法打開副駕駛座車門，如果要下車，只能跨過排檔桿，從駕駛座的車門下車。

正當趙恩妃準備伸出腳跨過排檔桿時，原本在後座地板上的一條毒蛇竟朝排檔桿方向爬了過來，趙恩妃見狀連忙收回她的腳並放聲尖叫。

「啊——！」

崔順石用手上的樹枝試圖敲打那條蛇，但是礙於排檔桿卡在中間，不是那麼容易正中要害。

「快……快想想辦法啊！」

此時，原本就已經在冒煙的車頭蓋突然冒出火花。

趙恩妃內心更是焦急萬分，卻因這些蛇而窒礙難行。

崔順石將後門打開，試圖敲打正在從排檔桿旁邊的縫隙緩緩爬行的蛇，但還是於事無補，他只好伸出手去抓那條蛇的尾巴，好不容易將蛇拉出車外。崔順石為了以防蛇轉過頭來朝他攻擊，所以在自己頭上轉了一大圈並拋向遠方。

「快出來，快啊！車子都起火了！說不定會爆炸！」

雖然在車子駕駛座又出現了一條蛇，但趙恩妃似乎已經打定主意，就算被蛇咬也沒辦法了，她直接跳過排檔桿，腳踩駕駛椅，身體朝車外飛撲，她的身體宛如從樹上墜落的蛇，直接掉出吉普車外，那瞬間，崔順石剛好抱住了趙恩妃，兩人一同跌落在地。

崔順石整個人被趙恩妃壓住，他連忙推開趙恩妃站起身，並攙扶趙恩妃站起來。火勢蔓延得非常迅速，感覺車子隨時都有可能爆炸。

儘管情況危急，崔順石還是連忙走向後車門，用樹枝揮打作勢要攻擊他的一條蛇，然後再迅速拉出趙恩妃的相機包，腳步踉蹌地遠離那輛吉普車。

「喔喔喔——！」

崔順石才剛離開車子沒幾步，就突然鬆開了手中的相機包，驚聲尖叫。相機包裡居然有一條色彩繽紛的蛇探出頭來。

崔順石放棄那只掉落在馬路上的相機包，連忙攙扶感覺隨時都會蹲地不起的趙恩妃遠離吉普車。

崔順石和趙恩妃蹲坐在就算車子爆炸碎片也不會飛落的路邊位置，默默看著那輛被火焰吞噬的吉普車。

「好像篝火喔！嘿嘿嘿。」

趙恩妃活像個瘋女人一樣不停憨笑，彷彿下一秒就能入睡般極度緩慢地眨著眼皮。

「現在到底是真實還是夢境？」

趙恩妃連說話的速度都變得十分緩慢。

「啊，為什麼我的頭這麼暈？」

趙恩妃像是要甩掉頭上的蛇一樣用力搖頭。

「我是不是被蛇咬了？為什麼意識變得這麼模糊？還是我太累，想睡覺？」

「妳絕對沒有被蛇咬，要是有被咬到，現在早就失控發瘋了。」

「那這是怎麼回事？為什麼車上有那麼多條蛇？」

「……」

「難道是有人要謀殺我們？那應該就是殺死申漢國的那名兇手一手策畫的吧？呵呵呵，真有意思！」

「來，我們快回去吧。」

崔順石扶趙恩妃起身，但是崔順石自己也重心不穩，難以保持身體平衡。

「那瓶酒，也有點奇怪，好像……」

趙恩妃再次用力左右搖頭，喃喃自語。

「來，快……快點……」

「我好累喔，先休息一下再走吧……太累了。」

趙恩妃重新蹲坐在地，嘀咕不停。

「不能在這裡睡著……不可以……睡著……」

但是原本想要扶趙恩妃起身的崔順石也一屁股坐在地上，他腦袋突然一片空白，出現了短暫暈眩，胃也很不舒服，感覺想吐。

# 惡霸地下錢莊業者

「拜託，醒一醒！」

某人的急切呼喊聲從遙遠處傳來，那是蕭捌喜的聲音。

「喂，崔刑警，快醒來！」

這是沒大沒小的黃恩肇在說話。

很不想睜開眼睛，卻不斷地被人搖晃身體。

「怎麼可以在這裡睡著！」

好不容易睜開眼睛，看見了蕭捌喜和黃恩肇的身影。

蕭捌喜看見崔順石睜開眼睛以後，便把原本照亮他臉部的手電筒移開。

這裡到底是哪裡？

崔順石把頭轉向一邊，發現吉普車在路邊圍牆下著火燃燒，而趙恩妃就暈倒在一旁道路上。趙恩妃整個人躺在地上，白天落水以後向蕭捌喜借來穿的那雙拖鞋則整齊擺放在她的頭旁邊。

「趙記者！快醒醒！」

蕭捌喜用手掌輕拍趙恩妃的臉頰，趙恩妃緊閉雙眼，一臉不耐煩地緩緩擺動頭部，低聲呻吟。

「到底怎麼回事？該不會哪裡有受傷吧？」

崔順石面對蕭捌喜的提問不發一語，只有默默地望著在冒黑煙的吉普車。車子已經被燒個精光，火勢也逐漸平息。

「現在幾點？」

「應該已經凌晨三點了，我回去睡了一覺醒來發現這麼晚你們都還沒回來，擔心地張望了一下外頭，發現這邊的天空很亮，所以就過來查看。」

「來，給你！」

黃恩肇把放在吉普車旁的相機包拎了過來，相機包完好如初，沒有被火燒過的痕跡。

「喂！小心有蛇！」

面對崔順石的呼喊，黃恩肇立刻停下腳步，查看四周。

「不是啦，是那個包包！包包裡有蛇！」

黃恩肇直接一把將相機包扔在地上。

崔順石好不容易站起身，走向趙恩妃的相機包，小心翼翼地打開了包包。所幸裡面已經不見蛇的蹤影。

崔順石將那只被他自己和黃恩肇各重摔過一次的相機包打開，反覆確認裝在裡面的相機和攝影機有無被摔壞，然後再拿出裝在包包裡的手機，試著按下手機按鈕，確認是否能正常運作。然而，就在這時，他無意間打開了手機簡訊視窗，並看見一則訊息內容，他整個人就像凍僵了一樣停止所有動作。

「姊，妳怎麼不接電話？我要告訴妳調查完崔順石身家背景的結果，記得回電喔！」

「我看還是得由崔刑警背她回去了。」

崔順石因蕭捌喜的說話聲而回過神來，他連忙將趙恩妃的手機放回相機包裡。

蕭捌喜協助他背起趙恩妃。

「她這是因為車禍還是喝太多而不省人事呢？」

「不曉得，也不知道她酒量好不好……」

崔順石背起趙恩妃，開始朝蕭捌喜的住處走去。

「所以是怎麼出車禍的？」

蕭捌喜拎著趙恩妃的相機包，跟在後頭問道。

「這個村裡有很多蛇嗎？」

「蛇？我們村位在山谷下，自然是很常見到蛇。」

「那身上有著紅、黑、黃色條紋的蛇是什麼蛇？看起來很稀有，不像是一般常見的蛇。」

那是他昨晚看見的蛇當中，印象最深刻且最容易描述的蛇。

「會不會是虎斑頸槽蛇？」

「不是，如果是虎斑頸槽蛇我還能認得出來，但那條蛇明顯不是，那是一條身上分布著鮮明紅、黑、黃色條紋的蛇，皮膚還油亮光滑……」

「不知道欸，有那種蛇？」

「喔！我知道那條蛇，在電視裡有看過。」

黃恩肇插嘴說道。

「那是住在美國的金黃珊瑚蛇，帶有劇毒，被咬到會死掉。」

「不是啦，恩肇，他們是在這附近看見的，那種外國蛇怎麼可能會出現在這裡？」

「當時車裡有各種毒蛇，日本蝮蛇、中介蝮蛇，還有恩肇說的金黃珊瑚蛇……」

「什麼？」

「我想要踩煞車，但是感覺腳下踩到了某個軟軟的東西，結果低頭一看，發現是一條山虎蛇。」

「怎麼會有這種事？如果是日本蝮蛇、中介蝮蛇還不意外，但是外國蛇怎麼會……？」

蕭捌喜彷彿突然想到了某件事似的，小跑步衝到了崔順石面前。

「你們該不會昨晚有吃什麼菇吧？」

「菇？沒有啊，怎麼了？」

「喔，沒事，我只是在猜測，因為去年在舉行零犯罪村活動時，村民有誤食過會引發幻覺的毒菇。」

被蕭捌喜這麼一說，崔順石想起了白天吃午餐時，韓頓淑和于泰雨說過的話。

「呵呵呵，去年，在零犯罪村贈匾儀式慶功宴上，這人竟然誤把狂笑菇當成是可食用的菇，順手採了回來，結果我把它放進湯裡一起煮，那天真的差點沒害死所有人，幸好我沒放很多……呵呵呵。」

「哎呀，怎麼能怪我呢？還不都是因為池塘戶楊式連說什麼吃了會對男人身體好，所以才摘回來想讓其他男人也見識見識啊。」

一定是昨晚楊式連的妻子田秀芝送來叫他和趙恩妃一起喝喝看的那瓶用菇釀成的酒有問題，田秀芝有說，那瓶酒是她丈夫楊式連一年前在七甲山上親自採集各種藥草和香菇釀成的酒。

崔順石已經無法保證幾個小時前和蛇搏鬥的場景是真實還是幻覺，感覺像夢一樣模糊，可是從吉普車確實有著火來看，應該不是一場夢才對。

「怎麼了？有想到什麼事嗎？」

「沒……沒事。」

崔順石重新調整好逐漸下滑的趙恩妃，繼續邁開步伐。

他從背後可以感受到趙恩妃沒穿胸罩的柔軟乳房。這女的究竟有多重呢？應該比一袋四十公斤的大米重，由於她整個人是完全沒出力地趴躺在崔順石的背上，所以感覺更有重量。

雖然趙恩妃遲遲沒有醒來，但似乎是不用太擔心她，因為她的嘴脣就靠在崔順石耳邊，若即若離，不停哼唱著歌曲，彷彿在做什麼美夢似的。

（唉，我呢，背著一名神智不清的女人爬坡，累到都要脫肛了……這人卻……）

「哎唷，真是的，重死了！」

直到早上十一點鐘，趙恩妃才完全清醒。

「哎呀，我的頭！」

她感覺到頭部隱隱作痛，一整晚，不，是整個凌晨和早上都沉浸在幻夢中，分不清是現實還是夢境。

趙恩妃環顧四周，納悶著自己怎麼會在這陌生的房間裡。房間一側擺有作畫用的畫具和幾幅畫，原來是蕭捌喜家的畫室。

「我的相機包？」

當昨晚的記憶片段一幕幕閃過腦海時，趙恩妃想起了自己的相機包，擔心地四處查看，所幸就位在房門旁邊，整齊擺放著。

趙恩妃將相機包拉到自己面前，從裡面拿出了手機打開確認。

有一封弟弟傳來的簡訊，原本打算回撥電話給弟弟，想想還是算了，決定等之後再撥。畢竟是要談論崔順石的，要是他就在隔壁房豈不是很容易聽見，再加上自己的喉嚨也是鎖著的，彷彿整晚被人掐住脖子一樣阻塞乾澀，難以說話。

趙恩妃走出房間，看見檐廊上放著一張小飯桌，四下卻空無一人。

她掀起飯菜罩，發現桌上擺有一碗白飯、大醬湯、涼拌蔬菜、泡菜湯等食物，趙恩妃拿起湯匙，喝了幾口加了垂盆草的泡菜湯，清爽又美味。

隨著意識逐漸清晰，她決定回電給弟弟。

「哈嘍？」

弟弟用充滿調皮的嗓音接起電話。

「說來聽聽。」

「不過我有個疑問，為什麼要調查崔順石啊？他該不會現在就在你身邊吧？」

「怎麼了？」

「他不是什麼好人，去年捅了妻子，被大田西部警察局降了一級，貶職到洪城警察局……」

「這我知道。」

害崔順石降級貶職的人正是趙恩妃。

「後來去洪城警察局不到三個月又捲入違背職業操守事件，所以直接被開除了。」

「是喔……所以他現在不是刑警？那他現在是做什麼工作？」

趙恩妃的嗓音略微顫抖。

「他現在似乎是在謝秉蔡底下做事，謝秉蔡是黑幫分子，也有在經營地下錢莊，主要活動範圍是大田和忠南。」

「地下錢莊？」

「嗯。」

「那你有打聽到他的出生背景嗎？」

「我有多方打聽過，聽說很小的時候就被遺棄在雪地裡，後來被鄉下人發現才救了他一命，然後被送去孤兒院。其實在鄉下要是有人懷孕生子，照理說左鄰右舍同村的人應該都會知道才對，但是從他父母未詳來看，他的生母應該不是那個村子裡的人。」

「那到底是誰會在那寒冷的冬天特地跑去鄉下把孩子扔在那裡呢？」

「說不定是他爸住在那個村，但是因為不承認這個孩子，所以只好被生母丟掉；不然就是爸爸為了守護既有家庭，而把這名私生子遺棄；不過，這些都是完全找不到紀錄的事情，所以也無從得知。總而言之，自此之後他便在孤兒院裡成長，一直到四歲左右的時候被人領養，但是該戶人家懷上自己的孩子以後，便在他六歲的時候選擇退養，退養的理由據說是因為崔順石性格太壞，導致這對夫妻無法同時養兩名小孩。正因為從小就過著這樣的生活，人品自然也不可能好到哪裡去。他後來又重回孤兒院，成長過程中似乎發現自己在打鬥方面具有天賦，於是開始學拳擊，以體保生身分上了體育大學，甚至奪過全國體育大會銀牌，但是礙於肩膀受傷，最後只好放棄打拳，大學也選擇休學，以武術特技員特招進警局裡當警察的。但是在警察生涯期間，他已經有過大大小小的記過處分，最終因違反職業操守而被除職。」

「這樣啊……」

趙恩妃的說話聲充滿驚愕。

「那有關他父母、家人關係等也調查過了嗎？」

「我怎麼可能有這個本事查到三十多年前被遺棄在雪地裡的嬰兒親生父母，要是當時的警察會像現在展開虐童或殺人未遂等調查，可能還能找得到一些蛛絲馬跡，但在一九六〇年代中期的時候還不像現在這麼發達……」

「那你知道他當初是被扔在哪個地方嗎？」

「讓我看看，忠清南道青陽郡長坪面中川里。」

「什麼？中川里？」

「幹嘛這麼驚訝？」

「我現在就在中川里啊！」

「是嗎？那太棒了，當初撿到他照顧了一段時間然後送去孤兒院的人，地址剛好就顯示在中川里，也許是因為年代久遠，當時的系統也不完善的緣故，那個人並沒有留下太多紀錄，只有填姓名和住址，不過比較可惜的是那個人已經過世了。在我看來說不定崔順石本來也不姓崔，而是有人隨意幫他取的也不一定。」

「當初將他送去孤兒院、目前已過世的那個人叫什麼名字？」

「朴海壽。」

「朴海壽？」

「對，中川里朴海壽。不過，妳到底為什麼要我幫忙暗地裡調查崔順石這個人啊？」

「沒事，就只是寫報導需要一些素材而已。總之，謝啦！」

「嗯，那接下來輪到妳答應我的心願了吧？到底什麼時候才要嫁出去？」

「我什麼時候答應過你這種心願了啊？少囉嗦，再繼續幫我多打探一下崔順石的過去，要是有挖到什麼新資料再跟我說。」

「唉，真是臭脾氣，算了，像妳一樣的女人誰敢娶啊，妳以為我是因為看妳漂亮所以老是催促妳結婚嗎？我只是希望能有個人趕快把妳帶走，把忍受妳這壞脾氣的苦差事交給其他人罷了。」

「我看你根本是活得不耐煩了！掛啦！」

趙恩妃氣呼呼地掛上電話。她現在根本沒心情理睬弟弟的玩笑話。

「所以他不是刑警，是地下錢莊業者？」

〰

「喂，小心開車啊！」

在謝秉蔡的指揮下，他的小弟「馬鈴薯」笨手笨腳地駕駛著老舊挖土機，朝停放在鄉下房屋外院的五噸貨車行駛而去，那輛貨車車廂裡裝有載送挖土機時會用到的鐵梯。

「我跟你借八百萬，一年半以後叫我還三千萬，哪有這種道理？」

四十五歲上下的中年男子向謝秉蔡抱怨。

「因為是以複利加上浮動利率計算啊，而且你難道不知道有 IMF 危機嗎？去年年末的時候不僅廢除了利息限制法，國家還因為舉債而大幅提升了利息，現在你隨便去一間銀行借錢，利率也都超過三十趴。」

「哎唷，不行！我在這鄉下地方連一坪地都沒有，全靠這輛挖土機幫人家挖土、挖墓養活一家五口，要是連這輛挖土機都被搶走，我要靠什麼養活家人……？」

男子跑到挖土機前，阻擋他們強行拖走，卻被站在一旁身材比較魁武的「槌子」徒手推倒，整個人跌坐在靠近大門邊的地上。原本在一旁快要哭出來、年約六、七歲左右的兄妹倆，最終還是忍不住嚎啕大哭，男子的妻子與老母親也連忙跑向了跌坐在地的男子。

「你們這些混蛋！如果想要搶走這輛挖土機，就必須先殺了我！」

也許是吃了秤砣鐵了心，男子一把甩開妻子和老母親的手，衝進他們家的穀倉，拿出一把鐮刀。

「不！不可以，老公！」

雖然妻子連忙上前阻止，但是男子一把將她推開，朝謝秉蔡跑去。

謝秉蔡似乎覺得這一切很可笑，他笑著往孩子們那邊走去。

「所以你現在到底想怎樣？需要用錢的時候把我的血汗錢借走，現如今又來跟我說你還不出錢！」

謝秉蔡用右手緊緊掐住兩名當中比較年幼的女童脖子，直接高舉到半空中，小女孩瞬間變得難以呼吸，臉色鐵青地不停揮動手腳，努力掙扎。

「來啊！試試看誰先死啊！快點過來啊！」

男子見狀無法再向前逼近，他氣憤難平，握著鐮刀的那隻手不停顫抖，這時，身材像熊一樣魁武的槌子跑了過來，一腳朝他的側腰踢去，男子飛落幾公尺外，倒地後又再滾了幾公尺，被這一腳踢得站不起身。

謝秉蔡將高舉的女孩一把丟向趴躺在地的男子身邊，重摔在地的女孩嚇得連哭都不敢哭出聲，直到媽媽跑過去緊摟住她才終於放聲大哭。

「我最受不了吵，妳叫他們兩個給我安靜一點，這就是為什麼我不喜歡來現場的原因，難得來這種環境清幽的好地方透透氣，結果卻惹得我一肚子氣。弟兄們，動作要快一點嘍！」

馬鈴薯將挖土機運到貨車上以後，槌子就馬上坐上貨車駕駛座，謝秉蔡和馬鈴薯也一同上車坐在了槌子的旁邊。

槌子發動貨車引擎，換檔準備出發。

「啊！等等，崔順石那傢伙，到現在都還不接電話嗎？」

「是，大哥，從昨天下午手機就一直是關機狀態。」

「明明是出差去討債的，怎麼活像個去汽車旅館跟別人老婆開房間的傢伙，關手機幹嘛呢？該不會又在玩什麼把戲？」

「欠一屁股債的那個傢伙突然死了，他應該也撈不到什麼值錢的東西，討回來的債又能值多少，怎麼可能就這樣人間蒸發，我看他應該就只是純粹關機而已，畢竟本來就是個沒什麼教養的人。」

「那小子當初說要去討債的地方是不是就在這附近啊？」

「就在那邊，長坪面中川里，大概距離這裡五公里左右。」

「那我們順便過去看看吧。」

「是，大哥！」

載著挖土機的貨車開始往中川里方向出發。

排著陣陣黑煙的貨車行駛在蜿蜒曲折的山路上，約莫二十分鐘後停了下來，他們看見一條河，已經無路可走，前方雖有一座橋，但是滾滾泥水早已漫延至橋面，不停流淌。

「大哥，就在對面那個村，可是我們應該過不去了。」

「用這輛貨車也過不去嗎？」

「車上載著挖土機，應該是不容易被水沖走，但要是排氣管或車子哪裡進水的話，可能會在半路上熄火，那就會卡在橋上進退兩難。」

「那就算了，只好折返回頭。」

「那個……我想到一個方法可以穿過這條河了，大哥。」

一旁的馬鈴薯說道。

「什麼方法？」

「只要坐在我們載的這輛挖土機上就可以，挖土機的引擎和排氣管都設在上面，所以在水深及胸的地方也可以正常運作，再加上整輛挖土機都是鐵塊，有一定的重量，也不容易被水沖走。」

「那既然都到這裡了，就順便去中川里一趟吧。」

「是，大哥。」

～～～～

崔順石沒有去于泰雨里長家吃飯，而是在蕭捌喜家裡簡單吃了一頓早午餐，便走出去仔細查看自己那輛撞上河邊圍牆導致起火焚燒的吉普車，車子已經被燒得精光，只剩一些鐵架，現場依舊飄著陣陣的刺鼻味。

神奇的是，不論從哪裡都找不到蛇曾經待過車內的痕跡，不過也有可能是因為車門敞開、起火燃燒，在火勢蔓延前就早已全數逃離，就算未能成功脫逃，那種身形修長的動物自然也是很容易被火燒得屍骨無存。

雖然不曉得那隻身上呈現著紅、黑、黃色條紋的蛇是否就叫作「金黃珊瑚蛇」，但是可以確定的是，那種蛇絕對不會在韓國的山上和草原裡見到，就算現處的位置是在山谷，也幾乎不可能有這種外來品種的蛇偶然進到車內，一定是有人故意將其藏入車中。

不過另一個問題是，就算吉普車停放在偏僻處好幾天，車門一直都有緊閉上鎖，嫌犯究竟是如何將這麼多隻蛇放進車內？雖然蛇這種動物只要有小洞就很容易鑽進去，但是在車門從未開啟的狀態下，要鑽進車內的機率可說是微乎其微。

難不成這一切真的如蕭捌喜所言，都只是非常逼真的幻覺？

崔順石的頭依然隱隱作痛。

崔順石考慮了一下要不要回蕭捌喜家休息片刻，最終決定還是往于泰雨里長家方向走去，他打算去看看最初發現申漢國遺體的畜舍。

畜舍就位在里長家後方，出入口則是開向外院。畜舍前方一隅堆著由牛糞、稻草和粗糠等製成的有機肥，氣味非常難聞。

走進畜舍以後，發現靠近出入口的地方堆放著好幾袋飼料、一捆捆的稻草，以及從山上剛砍下的草堆，一旁還擺著幾個裝牛奶的不銹鋼桶，走到底還有豬圈。

「你來這裡有什麼事嗎？」

崔順石聽聞有人在向他搭話，回頭一看，原來是于泰雨里長站在畜舍入口處，一臉不悅地盤問查看。

「我來看一下現場。請問當時申漢國是在哪個位置被您發現的？死狀是呈什麼樣子？」

「喔，他當時是在入口處這裡，右手向前伸直趴躺在地的，背上還插著草叉，那個姿勢看起來很像是往外爬的途中斷氣身亡的。」

「那血跡呢？」

「血跡嘛……，遺體周遭流了滿多血，可能是從那邊被草叉插到背以後，再一路爬到這裡的關係，地上有拖出一條長長的牛糞和血液混雜的痕跡，也不曉得是不是在畜舍裡和兇手有打鬥過再爬出圍欄，我看圍欄上也沾有滿多牛糞，圍欄和食槽也有沾著牛糞的手印，說不定就是兇手的手印，可惜我都已經清理乾淨了，實在是很抱歉……」

「那當時殺害申漢國的四爪草叉本來是放在哪裡呢？」

「我已經記得不是很清楚了，但應該是掛放在這裡的圍欄上……因為平時我都把它立在出入口外面那邊，但前天是放在這附近……。」

于泰雨用手指向他說的那個圍欄以及其周遭。

「所以申漢國用流著血、沾著牛糞的身體爬行過的痕跡，是從這裡一路延伸到入口處那裡嗎？」

「對。」

由於于泰雨里長夫婦早已將案發現場打掃乾淨，所以也難以找到其他線索。

中漢國在這畜舍裡究竟待了多久？從那裡到這裡大約十公尺，究竟爬行了多久？是一口氣爬到這裡，還是中途有暈厥，醒來以後再繼續爬行？爬行的時候兇手有在這裡面，還是等兇手離開以後他才爬到這裡的？

要是地上還留有原本的爬行痕跡，就可以透過痕跡來試著推理，然而所有痕跡早已消失無蹤，也查不出所以然了。

崔順石一無所獲地走出畜舍，他看見出入口旁有一個一點五公升裝的可樂空瓶滾落在地，可樂瓶上還沾有類似血痕一樣的汙漬，他用大拇指和食指緩緩撿起那個瓶子，從表面光滑無任何細微刮痕來看，應該是才剛被人扔在這裡不久。

于泰雨走了過來，看了一下崔順石手中那罐沒有蓋子的可樂空瓶。

「這是血嗎？」

「不知道，這究竟是血還是牛糞？」

「看起來也有點像血液和牛糞混和的汙漬，啊，說不定這就是申漢國的血，前天晚上，死掉的申漢國右手前方就有掉落一個可樂瓶，從瓶身上或許能查出兇手指紋之類的東西，要不要送去國立科學搜查研究院做進一步檢查？」

「嗯，就這麼做。」

「不過，現在首爾江南區三十四坪公寓大概值多少錢啊？」

「什麼？」

「沒有啦，就只是好奇問問。你看那邊瓶身上不是有寫嗎，第一名大獎是送你一間位於首爾江南區的公寓。」

崔順石看了一下可樂瓶身上的抽獎活動文案。

「不知道，最近因為受到IMF危機影響，房價應該下跌不少，但首爾江南區的新公寓，最起碼也要三、四億韓元吧。」

「哇，真的好貴啊，我看我們家就算賣掉所有家當連個廁所都買不起，要是有那麼多錢，買塊地種點東西或者買幾頭牛來養，一個月至少都能多賺個五十萬韓元，到底為什麼要去買那麼貴的房子整天用屁股坐著，我實在搞不懂首爾人都在想什麼。聽說現在利息很高，不如拿去存在農會裡，你說是不是？」

「是，您說的沒錯。」

崔順石點了頭一下，便拿著可樂瓶走出了畜舍。

「我聽說你的車出事了，怎麼回事啊？車子失控暴衝嗎？」

于泰雨里長跟在崔順石後頭問道。

「不是啦，絕對不是什麼暴衝事故，就只是單純引擎過熱而已。」

「唉！怎麼在這村裡好端端的三輛車在這兩天都出問題，不是說同病相憐嗎？現在你應該能明白我的心有多痛了吧？你會找保險公司來處理嗎？不對，應該先問你有沒有買汽車保險才對，我連汽車保險都沒買……，在這種小鄉下一口氣申請那麼多輛汽車保險理賠，也不曉得保險公司會說什麼。」

崔順石好不容易逃離聒噪的里長家，往蕭捌喜的住處走去，他看了一會兒手上那罐沒有瓶蓋的可樂空瓶，便隨手扔在了路邊，管他有沒有沾到兇手的指紋，只要不是有助於今天立刻就能破案的證物，對他來說都是毫無用處的物品。

當他快要抵達蕭捌喜家時，池塘戶楊式連正好從上面迎面走下來，他一看見崔順石，便加快腳步走上前。

「崔刑警！你還好嗎？」

「怎麼了？」

「昨天我老婆請你們喝的那瓶酒，我昨晚也喝了幾杯，簡直吃足了苦頭。啊！那瓶酒應該是有放幾株狂笑菇在裡面，去年和里長一起去採菇的時候，我有把它誤認成是可以食用的菇，害全村子的人在零犯罪村贈匾儀式慶功宴上吃下肚，每個人都瘋掉，沒想到在去年我們家自釀的酒裡也有放那個菇，我也才喝沒幾杯就完全認不得我老婆，徹底看成了別的女人，呵呵，整晚差點沒把我累死。哎呀，頭好痛，我是因為擔心兩位的狀況所以才跑來這裡的，聽趙記者說她昨晚也被分不清是幻覺還是現實的各種幻影搞得疲憊不堪，到現在都還覺得頭痛、噁心的要命……」

楊式連想要表示，昨晚崔順石和趙恩妃經歷的事情並非有人刻意為了要陷害兩人而將毒蛇藏進吉普車裡，這一切都只是那瓶酒所引發的幻覺。

「崔刑警，你還好嗎？」

「沒問題，我也沒喝多少，畢竟還沒抓到殺人犯，也不敢掉以輕心。」

「那就好，我剛才看你的車也全毀……？」

楊式連有意無意地觀察著崔順石的表情，彷彿深怕崔順石會向他索賠似的。

「反正那輛車本來也快要報廢了。」

「總之，對你實在感到太抱歉，我老婆也叫我一定要對你說聲抱歉，還拿了另一瓶酒說要送你，我已經把它放在蕭捌喜家的檐廊上了，是蛇酒，用蛇釀成的酒。」

「什麼？蛇酒？」

「對，這可是補充男人精力最棒的補品。」

楊式連將手臂伸向前，晃了一下比著大拇指的手。

回到蕭捌喜家以後，他看見檐廊上的飯桌旁的確擺著一瓶玻璃瓶，裡面裝著靈芝、香菇和藥草，還有一條大蛇在裡面，那是一條岩棲蝮，見到那條蛇的瞬間，他立刻想起了昨晚那條彈起身、朝他臉部展開攻擊的岩棲蝮。

趙恩妃將畫室房門徹底敞開，坐在門檻上，一臉心煩意亂的表情，好像有什麼不愉快的事情，看見崔順石也沒怎麼搭理他。

「爛醉後隔天醒來是不是有強烈的念頭決定要戒酒，然後一直後悔自己昨天為什麼要喝那麼多？妳還記得昨晚的事情嗎？」

崔順石把目光放在檐廊上的蛇酒上，向趙恩妃問道。

趙恩妃沒有回答。

「妳剛才有見過楊式連了吧？楊式連說那些蛇都是因為狂笑菇酒所引發的幻覺，妳怎麼看這件事？」

「我什麼事都想不起來。」

趙恩妃一副沒興趣的樣子，語氣冷淡地說道。

「什麼？一點都想不起來？我好不容易把妳扛回來的事情也不記得了？」

「……」

此時，原本只有留一個小縫隙的大門突然被敞開，餐館老闆王周榮慌慌張張地跑了進來，彷彿家裡失火要呼喚消防車求救的表情。他額頭上掛滿汗珠，整張臉也通紅，應該是拚著命快步趕來蕭捌喜的住處。

「來了！來了！那些刑警要來找崔刑警！」

「什麼？」

平時幾乎沒有太多表情變化的崔順石難得露出了驚訝表情。

「我看有三名身材壯碩、長得像黑幫分子的人說要找崔順石刑警，但他們不願意表明自己的身分，應該是你的同事吧？他們坐挖土機跨過小河來到這裡，至少也應該要搭個直升機過來才對吧！他們目前在村鎮會館前等待，嘿嘿，其實我這人不太喜歡麻煩別人，但還是要特別拜託你一下，在他們面前能否多幫我多說點好話，雖然我酒駕、肇事逃逸又棄屍，但絕對不是因為我心腸壞，而是像我跟您解釋的那樣，真的有不得已的原因……希望他們能對我網開一面。

我發誓，以後一定滴酒不沾！也絕對不會在路邊隨地小便！立志成為一名模範市民。真的再多拜託你了，可不可以呢？」

王周榮苦苦哀求的表情宛如下一秒鐘就要準備下跪磕頭一樣。

崔順石皺了一下眉頭，瞄了一眼正在注視著他的趙恩妃，不發一語地走出了大門。

# 太多的證據

一輛被水浸濕的老舊挖土機停放在中川里村鎮會館前，謝秉蔡和手下馬鈴薯、槌子正看著一旁的零犯罪村匾額，那些匾額就像成串的黃花魚，一個接一個整齊羅列，以三個一組的方式高掛在村鎮會館旁，總共有十六個零犯罪匾額。

「大哥，我看這個村跟我們八字不太合啊，這到底有什麼好值得炫耀的，掛成這樣是幹嘛呢……而且掛了這些玩意兒，豈不是讓那些小偷認為這裡很好偷東西？本來沒打算偷竊的，看到這些匾額都想要躍躍欲試了。像我們這種以坐牢次數多寡作為榮耀勳章的人，見到這種匾額不是更容易被激發出想要犯罪的衝動嗎？」

「馬鈴薯，你也有感受到那股衝動啊？我也是在看到這些匾額的瞬間，就有點蠢蠢欲動……。」

「少囉嗦，崔順石來了！但他那身打扮是有什麼毛病啊？」

馬鈴薯和槌子看見把花褲穿成七分褲的崔順石，很形式的對他點了個頭。

「謝老闆，什麼風把你吹來了啊？」

面對崔順石的提問，馬鈴薯用下巴指了一下挖土機代替謝秉蔡回答。

「還能有什麼事，不就是來這附近扣押那輛挖土機，恰巧你的手機也關機，出於擔心所以就順便過來看看你唄。」

崔順石的手機是在拯救落水的趙恩妃時放在褲子後側口袋裡進水故障的。

「那你就白跑一趟了，我的手機掉進河裡故障了，原本打算等明天橋梁恢復通行以後，回去再向你報告的。」

「是嗎，那你有挖到什麼東西嗎？」

謝秉蔡沒有看著崔順石說話，而是盯著那些零犯罪村匾額問他。

「我不是有透過電話告訴你了嗎？沒找到什麼值錢的東西，房子和土地早已被銀行查封，甚至就連房屋和家當也全部被火燒毀……只剩下一輛連發動都有困難的破耕耘機和一隻雜種狗，可惜那隻狗也跑了。」

「他是怎麼死的，怎麼會連家當都燒個精光？」

「我怎麼知道，鄉下農村的現實不就是如此，日子本來就已經不好過了，再加上IMF危機，還被我們這種債主整天追債、討債……」

「所以是縱火自殺？」

王周榮此時此刻才從後頭追了上來，他卑微地笑著，對著謝秉蔡等人鞠躬哈腰。

「你們這是在進行搜查會議吧？總之，真的大力拜託各位了，我真的對他沒有任何敵意，也不是故意開車去衝撞申漢國、放火燒他家的，真的請各位相信我說的話。」

謝秉蔡瞬間眼睛一亮。

「是您殺死申漢國再放火燒了他的家？」

「什麼？不不不！看來崔刑警還沒向您講清楚……」

王周榮輪流看向謝秉蔡和崔順石，崔順石滿臉尷尬，謝秉蔡則是一臉中樂透的表情。

「那個……」

崔順石走到王周榮面前，想要對謝秉蔡說些什麼，但是謝秉蔡直接舉起手，制止了他的發言。

「啊，等等！我想要聽這位先生親口說，既然他想要解釋，那就來聽聽看好了，我會再參考您的說詞，盡量從輕發落，您只要告訴我實情就好。」

「嗯，所以就是……這整起事件都是因于泰雨里長而起，要是當初他在畜舍裡發現申漢國的遺體時就直接報警處理，那今天就不會有這麼多人去毀屍、焚屍、燒他的房子了……」

在王周榮說得沒頭沒尾的期間，謝秉蔡一直都望著遠方，一邊聽他細數，一邊不停點頭。

「……總之大致上就是這麼一回事，我當時是真的是不得已才會那麼做。」

「喔，我知道了，的確是有點冤枉。」

「是吧？刑警您也覺得我很冤吧？」

謝秉蔡回頭看向了距離他們有點遠、正準備向馬鈴薯討來一根菸點起火的崔順石。

「這些都是那位崔刑警查出來的？」

「對。」

「喂！崔刑警！難得沒白領薪水喔，幹得不錯！既然借錢的傢伙死了沒辦法還錢，那就理所當然要由殺死那傢伙的人來代替還債嘍！」

謝秉蔡對著崔順石擠出一抹微笑，隨即便轉而對王周榮說：

「來，那就麻煩您回去把跟這次事件有關的人全都找來，只要是有一點點關聯都要帶過來，我最受不了吵，所以記得要安安靜靜地把人帶過來。好！那就快點行動吧！啊，對了，那把草叉記得也去找出來，順便一起拿給我。」

王周榮查覺到情況好像有點不太對勁，不時回頭張望，並朝將者谷方向快步走去。

「喂，槌子！跟上去，好好看著那傢伙。」

「是，大哥！」

槌子連忙跟了上去，謝秉蔡看著槌子宛如一頭熊緩緩跑去的背影，過一會兒，便走去找崔順石。

「還沒找到真兇？」

崔順石點點頭。

「你應該沒有對我隱瞞什麼吧？有什麼事情是我需要知道的嗎？」

「沒有，剛才那傢伙不是都跟你說了嗎？」

崔順石將菸蒂隨手往旁邊的地上一扔，再用腳踩滅。

「是啊，我們又不是刑警，管他真兇是誰，只要能拿到我們該拿回來的錢不就好了。總之，這些日子辛苦你啦！」

約莫三十分鐘左右過後，王周榮戴著棉紗手套握著四爪草叉出現，另外還帶著于泰雨、韓頓淑、楊式連、田秀芝、楊東男、朴光圭、朴達秀一行人聚集到村鎮會館前，後方還有隨身攜帶相機包的趙恩妃，與村民們保持著一段距離也跟了過來。

「確定都有到齊了嗎？」

「那個……蕭捌喜因為不在家，所以沒找她過來，我猜她應該是出門了，等一下我再去把她帶來這裡。」

「我需要一個可以安靜說話的地方，哪裡合適呢？」

謝秉蔡輪流看向滿臉愁容的村民問道。

「村鎮會館如何？我們進去說話吧。」

所有人跟著于泰雨里長走到了村鎮會館內。

原本站在出入口旁靜靜看著村民們走進會館的謝秉蔡，在看到跟著人群準備要走進會館的趙恩妃時，向一旁的崔順石確認了一下。

「這女的看起來一點也不像鄉下人啊，是這個村裡的人？」

「青陽報社記者。」

「和這起事件有關？」

崔順石搖搖頭。

謝秉蔡連忙上前阻擋了趙恩妃的去路。

「喂，小姐！妳幹嘛進去啊？」

「要採訪殺人案啊。」

趙恩妃連看都沒看崔順石一眼就直接回答。

「我是有私人業務要找他們商量，和這起案件無關，妳就別來攪局了，有什麼要採訪的等之後再說。」

「那也要等我採訪完才知道是私事還是公事啊。」

「嘖，這位小姐怎麼這麼聽不懂人話。」

謝秉蔡舉起手作勢要打趙恩妃。

「老……老闆，冷靜，打記者沒任何好處，這女的還是交給我處理吧。」

崔順石一把抓住趙恩妃的手腕，將她拉往會館外。

「放開我！」

「先出去，出去再說。」

崔順石把趙恩妃帶到會館旁的角落。

「所以你根本不是刑警，而是地下錢莊業者？到現在一直都是在演戲？」

趙恩妃用尖銳的嗓音咄咄逼問。

「那是因為……妳自己一開始就誤以為我還是刑警啊，我什麼時候親口說過自己是刑警了？」

「那你幹嘛要來調查這起案件？叫那些人來這裡是要做什麼？地下錢莊業者把純樸的鄉下人統統叫來這裡，到底是有什麼意圖？」

「純樸？我看他們一點也不純樸。」

「所以你們到底想幹嘛？」

「我猜應該是想要向他們追討申漢國生前欠的一筆債。」

「什麼？這像話嗎？」

「……」

「所以你是為了來找人還債而假扮成刑警調查這起案件？」

「……」

「我的天啊！我竟然會把你這種人渣當成是救命恩人……所以也是為了跟我索討救命錢而跳河救我的嘍？」

從趙恩妃的口中出現「人渣」這個單字時，崔順石皺了一下眉頭。

「我不是有說過嗎？我從小就是被那賤女人遺棄在雪地裡自生自滅的嬰兒，妳怎麼會對我這種人有所期待？」

「……」

「那些人是作惡多端的人，妳惹不起，不分男女老少都欺負，不要多管閒事的惹來麻煩，還是乖乖待著等橋梁開放通行以後趕快回去吧。」

趙恩妃雙眼直瞪崔順石，從她那雙漂亮的眼眸裡，流露著的確是在看人渣的眼神，滿是輕蔑。

崔順石轉身迴避趙恩妃的視線，然後不發一語地走進了村鎮會館內。

村民們都聚集在村鎮會館大通鋪內席地而坐，每個人面前都放有一張借據和一枝筆。馬鈴薯和槌子站在會館出入口把關，謝秉蔡則是鞋也沒脫就直接踩進通鋪，手拿四爪草叉在大家面前來回踱步。

「來，大家只要把那些空格填一填就好，應該沒有人不識字吧？」

謝秉蔡依序觀察著每一個人，繼續說道。

「地址、身分證字號，都要填寫正確喔！然後在借款金額的地方填上五千萬韓元。」

所有人面面相覷，遲遲不敢動筆。

「這到底是什麼？為什麼我們要借錢？」

「嗯，我看你們是在鄉下生活久了，平時都只有務農，所以理解能力變差了吧，要是都市人一眼就能看明白了。你們啊，現在不是要向我借錢，而是要還錢所以得先填這張借據，因為就是你們把我的債務人申漢國殺死了啊！我們再怎麼厲害也不可能對一個死者追討債務吧？所以自然就得由害我們領不到錢的各位來替他還嘍！既然是你們殺死了我的客戶，對我們造成巨大損失，那就只好向各位索賠，這也是天經地義的事，我說的沒錯吧？」

「那個，申漢國不是我們殺死的。」

「沒關係，就當作你們當中真的沒有人拿這把草叉插死申漢國好了，但那又怎樣，還不都一樣。我們是那種就算債務人欠錢身亡，也會把他遺體拿去變賣的人，但是現在就連他的遺體也被你們這幫人給燒毀了，不是嗎？你們用這把草叉將他插死，然後再用貨車撞他、用棍棒毆打他，甚至還扔進水中電擊，又再次開車衝撞……，而且還放火燒毀已經沒剩幾毛錢的家當，害我們什麼都沒得撿，這樣你們還有話可說？」

「申漢國到底是借了多少錢……？難道是三億韓元？」

「哎呀，怎麼這麼蠢呢，如果我們說他借了多少，難道你們要去找死掉的申漢國求證？我們也是大忙人，別再浪費我時間了，叫你寫什麼你就照著寫，寫好以後我就當作不知道你們對申漢國做了哪些事，睜一隻眼閉一隻眼。喂！崔刑警，你說是不是啊？」

謝秉蔡對著站在村鎮會館出入口緊皺眉頭的崔順石大聲問道。崔順石刻意避開村民們的視線，默默點了點頭。

「有腦袋的話就好好盤算一下吧，假如你們不幫死掉的申漢國還錢，那就得去牢裡蹲至少十年，與其這樣還不如每個人幫他還五千萬，豈不是更划算嗎？對於我們來說也是，與其讓各位去坐牢浪費生命，不如在這自由的大韓民國好好認真工作賺錢，我們還能按時來收一下利息，所以我們也會盡可能包庇各位，弟兄們說是不是啊？」

「大哥說的對！」

馬鈴薯和槌子立刻點頭，大聲回答。

「好！那我的說明應該夠清楚了，聽懂了就照我說的寫吧，如果有人認為還是去坐牢比較好的話就舉手。」

這時，朴光圭直接高舉右手。

「那個，能否依照犯罪程度來做金額調整呢？而且我們家應該就算賣掉所有財產也不到五千萬元……」

剎時間，槌子直接衝了上來，用穿著鞋子的腳一腳朝朴光圭的側腰用力踹了過去，朴光圭整個人彈飛到一旁，他手扶側腰，發出呻吟，似乎一時間感到難以呼吸。

「操他媽那是你家的事，你有看過哪個罪犯因家裡沒錢而被法院從輕量刑的嗎？愈沒錢，刑責愈重！懂嗎？有錢無罪，沒錢有罪，沒聽過嗎？」

「啊，對了！有件事忘了跟大家說，假如你們當中有人選擇寧願坐牢，其他人也就只能一起去吃牢飯，因為就算我通融你們，那個要去坐牢的也會去警局裡把所有事情抖出來，其他人自然也得跟著一起坐牢，對吧？」

謝秉蔡看了一下手錶。

「我給各位三分鐘，你們可以討論一下，要去坐牢，不，應該說，要所有人集體去坐牢，等坐完出來再開始還申漢國的債務，還是不去坐牢只還債，看你們自己決定嘍！以我進出多次監獄的經驗來跟各位分享的話，其實牢飯也不難吃，還行，只是大熱天的那麼多人擠在同一個小房間裡，緊挨著彼此睡覺比較難受而已。」

楊式連本來想要舉手發問，但是他轉頭看了槌子一眼，還是急忙放下了手直接開口提問。

「那個，就算刑警……，不，債主大人願意睜一隻眼閉一隻眼，外頭的趙恩妃記者也都知道這起事件的內幕……」

「什麼？所以是要我們連那位和這起事件無關的女記者也一併算在裡面嗎？不是啊，我們可是正當借錢出去、正當催討債務的企業家，才不是幫忙處理那些麻煩事的小流氓。那是你們的事，你們自己看著辦，不論是向她跪著求饒也好，默默把她殺人滅口也行，再不然就是找出用這把草叉插死申漢國的真兇，拜託他順便處理掉那女的也可以……。來，計時三分鐘了喔！」

謝秉蔡和他的小弟退回到村鎮會館出入口。

謝秉蔡原本打算要推開大門走到室外，卻突然停下腳步，用充滿好奇心的眼神望向放在出入口旁層架上的玻璃瓶，那是昨晚崔順石和趙恩妃喝了約莫三分之一左右，請楊式連的妻子田秀芝代為保管的酒。酒瓶裡有著各式各樣的藥草和香菇。

「這下該怎麼辦呢？」

于泰雨里長確認地下錢莊業者已經走到館外之後，環顧了一下現場所有人，放低音量問道。

「能怎麼辦呢，還有其他辦法嗎？只能先硬著頭皮寫了……」

「是啊，要是那幫人願意守口如瓶，讓我們免於坐牢的話還算幸運，但要是我們填好借據以後還是被送進監獄裡，那就在接受警方調查時表明自己是被脅迫簽這張借據的。」

王周榮用更小的嗓音低聲細語。

「可是就算沒去吃牢飯，既然填了這張單子就得還他們五千萬韓元，我們怎麼可能還得出這筆錢？賣掉所有財產能有五千萬嗎？里長和王叔可能不成問題，但我們是絕對拿不出這筆錢的，而且誰知道利息又怎麼算？那些人不是專門放高利貸的嗎？」

楊東男提出了反對意見。

「你們是一家三口五千萬，所以一個人只要負擔兩千萬不到的金額，我們一家只有兩口，等於一個人就要負擔兩千五百萬，就更別說蕭捌喜了，她一個人要拿出五千萬。」

于泰雨在為自己抱屈，也表示這件事情對每個人來說都不公平。

提到蕭捌喜，朴光圭連忙插話。

「就是啊，叫一個女人怎麼獨自還出五千萬啊？」

「所以我們要放棄填這張借據，集體去坐牢？出來以後不是還要繼續還申漢國欠的這筆債嗎？而且我們要是現在不填，那幫人會放過我們嗎？你們剛才不是也有看到，他們根本不分青紅皂白，想打人就打人。」

「哎呀，東男他爸，我們慘了，這下可真的完蛋了，到底怎麼會無端捲進這種莫名其妙的鳥事裡，哎唷喂呀……」

「嘖，妳可不可以別吵了！哭能解決問題嗎？」

最終，會議結果以先填借據再視情況應變的方向得出了結論。

「這是明智的選擇。各位記得把所有空格處都填寫完整，再於『借款人』姓名上用力蓋個指印就好。」

填寫用印完畢的人開始紛紛起身走出村鎮會館。

「妳跑去哪裡了啊？」

韓頓淑站在村鎮會館前，正在等待其他人走出會館，她看見蕭捌喜牽著黃恩肇正朝會館這裡走來，連忙向前問道。

「剛才去辦了點事情……，大家怎麼都聚集在這裡，有什麼事嗎？」

蕭捌喜望向村鎮會館內部問道。

「出大事了，一群經營地下錢莊的人從外地跑來……」

就在此時，蕭捌喜看見村鎮會館內的一名男子，便急忙拉著黃恩肇的手腕帶她躲到了村鎮會館側面。

「捌喜！怎麼了？」

然而，她還是晚了一步，被村鎮會館內長得像熊一樣的槌子逮個正著，他連忙衝了出來，一把抓住因牽著黃恩肇而無法快步逃跑的蕭捌喜後頸。

「這婊子原來躲在這裡啊！妳這狗娘養的臭婊子！」

「恩……恩肇就拜託您了！」

蕭捌喜鬆開了恩肇的小手，急忙示意要孩子跟著韓頓淑。

槌子準備強行拖蕭捌喜走進村鎮會館內，但是被正好要走出來的朴光圭擋住了去路。

「為什麼要這樣對她？」

「滾！」

槌子一腳踹在朴光圭的腹部上，朴光圭被踢飛重摔在地。

「光圭先生！你不要插手這件事，別擔心我！」

「捌喜小姐！捌喜小姐！」

黃恩肇眼看朴光圭被槌子踢飛，立刻甩開韓頓淑的手，緊追在蕭捌喜身後跑進了村鎮會館。

謝秉蔡一看見被槌子拖進去的蕭捌喜便瞪大眼睛。

「咦？看看這是誰啊！蕭多喜！好久不見啊，妳跟那畫家跑路以後原來一直躲在這裡啊？」

「捌喜！捌喜！」

黃恩肇一邊喊著蕭捌喜的名字，一邊跑了進來。

「什麼？還改名生子了啊？」

「是我外甥女，別動她。」

槌子將蕭捌喜推倒在地，再一把抱起朝他們衝來的黃恩肇。

「放開！放開我！你這像熊一樣的該死混蛋，還不快點放開我！」

槌子直接用手摀住黃恩肇不停喊叫的小嘴。

謝秉蔡走到蕭捌喜面前。

「喂，妳以為可以這樣躲到什麼時候啊？我可是被妳害得信用破產了啊，其他婊子還把妳當申昌源[7]一樣崇拜，也想著要效仿妳的伎倆，結果被我揍個半死，搞得我有多累妳知道嗎？過去這段期間利息漲了很多呢，妳有沒有多存點錢啊？」

「先把那孩子送出去再說。」

蕭捌喜用下巴指向了黃恩肇，但是謝秉蔡根本沒把她說的話聽進耳裡。

「妳應該也知道，這次是送去所有島裡面最煎熬的島吧？不僅沒電可用，就算有錢也沒地方花的那種孤島，妳要是不想被賣到那種煎熬的島上整天接客賣淫的話，就該多存點錢未雨綢繆才對啊。」

7　韓國歷史上著名的竊賊，以越獄聞名。

「我把全……全部的財產都給你。」

「啊，對了！妳在這裡的名字不是蕭多喜是蕭捌喜吧？聽說妳和這次的殺人事件也有關聯，那就……，雖然我不曉得妳全部財產值多少，但可能還要再多個五千萬喔！」

「什麼意思？」

「妳就先在這張借據上蓋個指印吧，詳細的內容等回去再問那些村民，不對喔，妳這臭婊子只要逮到機會就會趁機落跑，那妳只能現在做決定了，要當場還這五千萬呢？還是被賣去其他島上？二選一吧。」

「我不會再逃跑了，也沒有逃跑的理由，反正老公已經死於癌症，我選還錢吧，拜託有話好好說。」

「哎呀，這是什麼催淚的劇情，和一個首爾來的三流畫家窮小子看對眼，賭上性命一起半夜私奔，結果來到這陌生的農村鄉下，才享受短短幾年的甜蜜時光，另一半竟然就自己先翹辮子了！這可怎麼辦啊，妳的命未免也太坎坷。他都沒先買好癌症險嗎？要是有買的話，至少還能讓他老婆免於被賣到孤島上賣淫的命運。槌子啊！把這臭婊子綁在那邊的角落裡，給我綁緊一點，好讓她別又跑了。」

「是，大哥！那這小傢伙該如何處理？」

「這個嘛……如何處理才好呢？這隻太小，連賣都不好賣。」

「拜託你了，放走孩子吧，反正你也不會讓她跟著我，拖著一個孩子的女人又很難攬客，沒有我她就是個孤兒，這村子裡的人都很善良，說不定還會幫忙送去孤兒院裡照顧。」

「呵呵，他們最好善良，善良的人會一個接一個把遺體送去別人家裡？會一次又一次地把人殺死？喂！先把那小傢伙也給我綁起來，放在那臭婊子旁邊，她跟申昌源一樣神出鬼沒，把孩子放旁邊她就跑不掉了。」

「是！大哥！」

謝秉蔡把手裡拿著的那把四爪草叉扔在了會館內出入口旁，拍了拍手，抖掉手上的灰塵。

「既然事情都告一段落了，真想去吃個烤肉配燒酒，好好喝一杯。」

從村鎮會館走出去的村民不約而同地聚集到距離會館有點遠的空地，他們打算交換一下意見，想想有無較好的對策。

「看來他們是不打算放蕭捌喜出來了，聽他們說要把捌喜小姐賣去島上什麼的，感覺欠了不少錢。」

「應該是，怎麼辦才好呢？」

「都已經自顧不暇了，哪有那個閒工夫操心別人呢，還是先擔心自己的老婆吧！我們要是還不出那五千萬，說不定也難逃被賣去島上的命運，女人就拖去賣淫，男人則拖去做強迫勞動……」

「妳以為誰都能賣淫啊，至少臉蛋要長得賞心悅目吧。」

「什麼？你這人怎麼好意思吃我煮的飯卻在我面前說這種話？那些屁話就等你去七甲山上摘葛根、十字鎬木柄斷掉時再對著柿子樹去說吧！」

「哎唷，我只是開玩笑，開個玩笑而已，幹嘛為一句話這麼小題大作。」

「我現在能不這麼敏感嗎？哎唷喂呀～我們這下真的慘了，徹底完蛋了！五千萬，這麼一大筆數目到底從哪裡生出來啊，以後我們全家人應該都只能去七甲山上摘葛根來吃了……」

韓頓淑不停怨天尤人，不過當她看到趙恩妃緩緩走來時，便立刻打住。

「各位在裡面都說了些什麼呢？」

于泰雨一臉來得正好的表情，連忙衝向前去迎接。

「他們說，要是我們代替申漢國還清債務，就會幫我們隱匿這起事件，崔刑警那個人原來根本不是刑警，而是和他們同夥的，後來我們都答應了，所以應該只要把錢還清就沒問題……趙記者妳怎麼看呢？」

「什麼怎麼看？」

「現在只剩妳了，妳願意對我們犯的錯就睜一隻眼閉一隻眼嗎？」

「我對於各位犯的錯某種程度上是可以理解的，所以基於人情，假設我真的選擇睜一隻眼閉一隻眼好了，但是殺死申漢國的真兇呢？你們打算怎麼辦？雖然還沒找出兇手是誰，可能是外地人也可能是村民，但不管怎樣就算日後有抓到他好了，各位有辦法面對那位用草叉插死申漢國的殺人犯，若無其事地過日子嗎？我們總不能連殺人犯都包庇吧？」

「也……也是。」

崔順石在村鎮會館前抽著菸，暗自偷聽著約莫三十公尺外趙恩妃和村民之間的對話，雖然聲音不是很清楚，但是透過村民的表情和肢體動作，隱約也能猜得到大致上的談話內容，因為一眼看上去就很明顯，趙恩妃應該是在拒絕村民的掩護請求。

村民接下來會有什麼動作呢？難道真的會如謝秉蔡所言，把趙恩妃殺人滅口？

當然，與這次事件有關的村民不可能全數同意這麼做，但是在那群人裡面只要有一、兩個打算這麼做，趙恩妃就會有生命危險。另外，誰也說不準真正殺死申漢國的雙面人會不會就隱身在那群人當中。

（這女人明明初次相遇就注定是一段孽緣，還徹底毀了我的人生……照理說對她的厭惡程度應該僅次於把我扔在雪地裡自生自滅的生母，而且她還用那種充滿輕蔑的眼光看我，為什麼我還要擔心她？到底是為什麼……？）

然而，就算想要出手相救，也無無計可施。畢竟對方都已經表現出連正眼都不想瞧他一眼、根本懶得搭理他的態度，又怎麼可能幫得了她？

（還是乾脆對謝秉蔡說一些謊話，激怒他，然後一氣之下把趙恩妃抓起來，直接放在蕭捌喜旁邊一起囚禁比較安全？）

手機鈴聲一響，趙恩妃便從相機包裡掏出了手機，從人群中走了出去，接起電話。

「嗯，叔叔？」

「申漢國解剖結果出爐了。」

「致死的關鍵原因是什麼？草叉？還是額頭上的傷？」

「結果出人意外地竟然是農藥中毒。」

「什麼？死因是農藥中毒？」

趙恩妃的嗓音就連和她有段距離的村民也都能聽得一清二楚，所有人立刻停止動作，將視線轉移聚焦到趙恩妃身上。

「他喝了除草劑，那就是他的死因。」

「那背上的草叉傷痕呢？」

「那個傷雖然也很致命，但是因為有避開心臟、肝臟等要害部位，所以並不是致死的主因。」

村民們紛紛聚集到正在講電話的趙恩妃身旁，原本在遠處觀望的崔順石似乎也有感覺到情況不妙，開始一步步走向她。趙恩妃認為村民們也需要知道申漢國的解剖結果，所以刻意用所有人都能聽得見的音量和叔叔講電話。

「溺死、壓死、車禍撞死、過電致死、毆打致死、草叉刺死、被火燒死……現在還多一個農藥中毒致死……，一具遺體怎麼能同時有這麼多死因？那他有沒有被毒蛇咬過的痕跡呢？像是被美國金黃珊瑚蛇咬之類的？」

「這倒是沒聽說。」

「那農藥是在被草叉插到之前，還是插到之後喝下肚的？」

「不知道，遺體損傷太嚴重，聽說已經難以分辨各種傷害產生的順序，也不容易區分哪些傷是在生前發生，哪些傷是在死後造成，不過至少在草叉的傷痕上是有找到活體反應的，表示被草叉插到的時候確定還是活著的，但就不曉得究竟是喝下農藥前，還是在斷氣前一刻被插到……」

「唉，這到底是怎麼回事？難道是有人一邊灌他農藥一邊用草叉攻擊他，威脅要他去死嗎？」

「誰知道呢，真的是這輩子第一次遇見這麼複雜的案件。」

「不對，這樣推測不合理，叔叔您因為沒來看過現場所以可能不太清楚，申漢國被草叉插到的畜舍，並不是適合威脅他喝農藥的場所。再說了，為什麼偏要選在那間畜舍裡威脅他？況且，農藥這種東西雖然會依攝取量的多寡而定，但又不是喝下肚以後馬上就會中毒身亡，還是需要一段時間不是嗎？申漢國到底喝了多少除草劑？」

「聽說在他的胃裡幾乎沒有發現食物，從驗出洗潔精成分來看，應該是在喝下相當程度的農藥以後有進行過洗胃的動作。」

「什麼？洗胃？」

「對，真的太詭異，就是一起懸案。」

聽聞這句話的瞬間，趙恩妃的腦海裡突然一閃而過火災現場的畫面，在申漢國燒到焦黑的房屋裡，臥房處有燒酒瓶及深褐色玻璃瓶熔化的玻璃碎片，當時她以為是啤酒瓶的碎片，如今回想，應該是農藥瓶的可能性較大，畢竟一名鄉下農夫喝著燒酒又同時配啤酒也很奇怪。

「如果有任何最新消息，記得再隨時打給我喔！謝謝叔叔。」

趙恩妃草草掛上了電話。

「妳剛才說什麼？我好像有聽到申漢國不是被草叉插死的，是喝農藥死的……？」

于泰雨里長問道。

「對，沒有錯。朴光圭先生，我有事想問您。」

「怎麼了？」

朴光圭一臉失魂落魄，六神無主的反問。他似乎是因為突然知道暗戀對象蕭捌喜的過去，現在還被地下錢莊業者綁架，內心處於極度混亂的狀態。

「大家把洞岩上跳崖自盡的男子遺體誤認成申漢國的遺體，然後用耕耘機載往申漢國家中放火燒毀時，您是不是為了撿一支打火機而把手伸進了火場，結果不小心燒到手，急忙衝去接水區滅火，對吧？」

「對。」

「當時申漢國家裡的接水區，您還記得是什麼樣的狀態嗎？能否重新回想，詳細地描述一下？」

「當時天空正下著雨，接水區的濾網有一坨嘔吐物聚在那裡，搞得排水不良，一旁還有蓋子沒蓋好的洗潔精倒在地上，整桶洗潔精都流了出來，水桶裡已經有半桶左右的水，但後來我發現那原來是肥皂水。」

「對，應該是這樣沒錯，現在總算能拼湊出一些畫面了。如果重新推演當時的情況，申漢國先生應該是在臥房裡喝下農藥的，可是他沒有在房間裡、檐廊上、院子裡嘔吐，而是選擇跑到接水區去嘔吐，都已經喝了農藥打算自殺的人，為何要如此大費周章跑那麼遠去接水區嘔吐呢？」

「還是說他是為了去接水區將洗潔精摻自來水，喝下肚然後催吐？只為了讓自己活下來，所以用洗潔精摻水洗胃？」

朴光圭說著自己的推論。

「對，應該是。那應該就有兩種可能：一種是有人脅迫申漢國先生喝下農藥，也可能是熟人在他的食物裡偷加了農藥，騙他喝下肚，總之，等害他喝農藥的人離開之後，或者當申漢國發現自己被設局喝到農藥的時候，便急忙奔向接水區，洗完胃以後連忙逃到里長家的畜舍，在身後追殺申漢國的真兇則用草叉插死他，最終，申漢國就在那間畜舍裡失去意識，因農藥中毒而死……」

趙恩妃說完第一種假設停頓一下環顧了所有人，大家卻是一臉在等待她繼續說第二種假設的表情。

「第二種是申漢國先生自行喝下農藥，他可能是對自己的處境太過悲觀，衝動之下決定喝農藥自盡，但是因為某種理由，又重新喚起了非活下去不可的意志，於是奔向接水區，藉由洗胃來催吐胃裡的農藥，他為了尋求別人的幫助而跑到于泰雨里長家，結果抵達畜舍的時候，被人用草叉插死……唉，這好像說不太通，原本鐵了心要尋死的人，怎麼會突然又想活下去，而且誰會想要用草叉插死一個打算尋短的人，這說不通啊。」

「在我看來，應該第一種、第二種假設都是有可能的，申漢國身亡的那天晚上，不是正好是世足賽運動彩開彩日嗎？如果是申漢國喝下農藥以後才發現，原來自己中獎的話呢……？」

崔順石突然插話。

「準備要放火燒毀他家時，不是有說在他房間裡看到好幾張彩券散落一地嗎？」

然而，不僅沒有人回應崔順石的提問，甚至還擺出一臉不想再見到他的表情，直接轉過頭去不予理會。

「假如申漢國真的有中獎，那麼現在那張彩券在哪裡呢？」

趙恩妃質疑崔順石。

「可能被兇手拿走啦，有人得知申漢國中獎以後，偷偷或者強迫他喝下農藥，申漢國發現自己誤食農藥後，連忙去洗胃，展開逃亡。兇手為了搶下那張中獎的彩券，一路尾隨申漢國，最後用草叉直接從後方將他插死……，這是我想的第一種假設。第二種假設是，申漢國自行服用農藥，喝下肚以後才赫然發現原來自己竟然中獎了，於是為了讓自己活命，連忙透過打電話等方式求救，這時，聽聞申漢國中獎消息的人反而趁機落井下石，不僅不幫助他，反倒用草叉插死他，然後再將他的彩券奪走，這也不無可能。除此之外，就算他沒有對誰說出自己中獎的事實，也有可能已經有人知道他有中獎……」

「什麼意思？他自己沒說中獎，別人怎麼可能知道他有中獎？」

「比方說，彩券行老闆就會知道他有中獎，或者和他一起去買彩券的人也可能知道，因為假如自己手上那張彩券只差一個數字就能中獎，那麼就能推論出握有前一張或後一張彩券者中了獎，自然而然可以想到比自己早一步或晚一步買彩券的人有中獎，假如手握中獎彩券的那個人偏偏又是自己也認識的人呢……？」

「如果是這樣，那只要看這個村子裡誰有中獎，中獎的那個人就絕對是殺死申漢國的兇手嘍？」

趙恩妃話一說完，便輪流看向所有人。

的確有人符合崔順石的推論，那個人正是蕭捌喜和黃恩肇，因為根據黃恩肇先前說過的內容得可得知，申漢國在鎮上買彩券時，也有多買一張送給黃恩肇。

趙恩妃雖然想要找她們兩位問個清楚，但是兩人目前都被困在村鎮會館裡。

「啊，頭好痛，我要先去換一件褲子，收拾一下行李再出來。」

身穿七分花褲的崔順石就這樣將村民拋下，直接往將者谷方向走去。

趙恩妃滿臉狐疑的表情緊盯著朝蕭捌喜住處走去的崔順石。

（難道是認為中獎彩券一定藏在蕭捌喜家，所以準備去人家家裡翻箱倒櫃？）

不過趙恩妃用力搖了搖頭，像是把腦海裡的蚊蟲甩開似的，努力讓自己拋開這樣的想法。

「既然情況不一樣了，要不要回去找他們商量一下能否降個價呢？」

楊式連妻子田秀芝輪流看了一下大家，詢問在場所有人的意見。

「沒有用的，要是有找到殺死申漢國的兇手就另當別論，但是現在情況沒有任何改變，改變的只有草叉成了殺人輔助工具，農藥才是主要殺人工具，就這樣而已。」

楊式連對妻子說道。

「可是提提看說不定有機會啊……」

「我可不去！只要一想到又要看到那些傢伙的臉，就全身發抖……」

這時，趙恩妃的手機鈴聲響起，是弟弟打來的電話。

「喂！你打來的正是時候，我這裡有幾個很需要被關進去的惡質小流氓。」

「流氓？妳該不會又出手打流氓了吧？」

「喂！我哪有打人啊！是一群放高利貸的惡質流氓在這個村裡欺負人。」

「喔～那種流氓直接向當地警局報案不就好了，跟我這個坐在書桌前暗地裡調查警界違法警探的人說有什麼用？那裡不是有很多妳認識的刑警嗎？明明就是把警察局當自家廁所一樣進出的記者大人，怎麼……」

「幹！你少囉嗦，幹嘛打來啦？」

「妳上次不是叫我把崔順石調查得更仔細一點……？」

「啊！對吼，有查到什麼新的資料嗎？」

「其實也沒什麼……」

「沒關係，你說說看，說仔細一點。」

趙恩妃這次為了進行更隱密的通話，刻意從人群中走了出來，把耳朵更貼近手機聽筒。

# IMF危機之夜

崔順石獨自一人前往將者谷，走著走著他的腳步愈漸加速。

剛才聽完趙恩妃說的話，他的腦海突然閃過一個念頭，那是悲喜交錯的兩種想法，他需要趕快去確認才行。

他一邊走一邊仔細觀察從于泰雨家走到蕭捌喜家的路邊排水溝。

被輾壓過、沒有蓋子的空可樂瓶依舊在原處。

崔順石跳進排水溝裡，將可樂瓶撿了出來，快速查看可樂瓶上的標籤，標籤上印有如芝麻般細小的文字。

【凡購買此款可樂之消費者，打開瓶蓋就有機會立即抽中大獎三十四坪新建公寓，地址：首爾江南區……】

大獎是一間位於首爾江南區三星洞的三十四坪全新公寓，市值相當於世足賽運動彩的大獎金額。

崔順石將鼻子湊到可樂瓶口前輕輕嗅了一下，瓶裡飄散著一股細微的惡臭味，那是屬於農藥類的刺鼻氣味。

這罐可樂空瓶是在申漢國都快斷氣的情況下，從自家跑到于泰雨里長家仍鍥而不捨地握在手中的物品，崔順石相信，這東西之所以會讓他在已經奄奄一息的狀態下仍不願放棄，想必是有非常重要的原因。

崔順石重新回想了一下自己的推論，更加確信自己想的應該沒錯。

（那麼，印有房子圖案的瓶蓋現在在哪裡？難道是兇手在于泰雨里長家的畜舍裡，用草叉插死申漢國以後將瓶蓋奪走？還是申漢國還活著的時候，將其隱藏在某處？抑或是死後被村民輪番丟包給別人時，遺落在某處？）

崔順石如今能做的事情只剩從于泰雨里長家的畜舍出發，沿著遺體被移動的路徑重新挨家挨戶繞一圈。所幸與這起事件有關的人都尚未從村鎮會館返回家。

崔順石走進于泰雨里長家的畜舍，從里長說有人翻越圍欄爬出來的痕跡開始，到他說遺體被草叉插著趴倒在地的位置，以及發現沒有瓶蓋的空可樂瓶位置等，統統都仔細查看了一輪，卻不見他一心想找的可樂瓶蓋蹤影。

崔順石在畜舍裡沒有找到遺失的可樂瓶蓋，於是，他瞥見了堆疊在畜舍前的一大坨牛糞，可是就算瓶蓋真的隱藏在那坨牛糞裡，他也無法立刻將手伸進牛糞裡翻找。

崔順石決定等改天再來這裡重新仔細翻找，他打算先直接跳到下一階段，按照遺體被丟包的路徑親自走一遍，然而，就在此時，他在于泰雨里長家的外院發現了某個紅色的圓形物體，他連忙上前查看，是可樂瓶蓋！他用顫抖的手迅速撿起瓶蓋，將其翻面查看。

「啊！」

瓶蓋裡清楚印著一棟房子的圖案。崔順石心跳加快，甚至快到難以承受的地步。

他連忙環顧四周，確認四下無人，然後用手緊緊包住那個可樂瓶蓋，好讓它不被其他人發現。他雖然已經確認過好幾回，四下的確空無一人，卻總有一種不祥的預感，感覺會有人從背後拿著草叉突襲自己。

（既然如此，那兇手是……？）

他那隻緊握住可樂瓶蓋的手不停顫抖，與此同時，腦海裡也快速閃過好幾種情境。

「原來兇手正是……」

～～～

雖然蕭捌喜有極力勸阻，說雞骨頭是不能給狗吃的，但恩肇還是偷裝了一袋雞骨頭，拎去了申漢國的住處。她一心只想把好吃的東西分享給平日很聽從她的阿呆。

恩肇推開申漢國他家的大門，走進屋內。申漢國激動的嗓音從播放收音機的隔間傳了出來。

「哎呀！來找我也沒用，我連想自殺買農藥的錢都沒有！」

申漢國獨自坐在房門敞底敞開的臥房裡喝著燒酒，他正在和某人通話。他雖然透過敞開的房門瞥見了一聲不響就闖進他家的恩肇，但也只是用宛如見到隔壁鄰居的貓恰巧路過的眼神瞥了恩肇一眼，沒有多作理會，可見那通電話一定是在談很嚴肅的事情。

被綁在廚房前的阿呆一看見恩肇，就不停搖尾巴原地旋轉。

「阿呆！吃吃看這好吃的炸雞，捌喜她今天賺了好多錢，特地買給我吃的，我為了拿給你吃，還故意把骨頭啃得不是很乾淨，多留了一些肉給你，是不是很感謝我啊？」

阿呆彷彿在向恩肇道謝似的，更奮力地搖晃起尾巴。

當恩肇將塑膠袋裡的雞骨頭統統倒進阿呆的飯碗裡時，阿呆直接衝上前，開始嘎吱嘎吱地啃起那些雞骨頭。

「幹，隨便啦！要殺要剮，要腎臟、眼珠都可以，統統拿去！」

申漢國嗆完對方以後，氣呼呼的聽對方說了好一陣子的話，最後終於忍不住啪的一聲用力掛上電話。

「跟寄生蟲沒兩樣的王八蛋！」

電話鈴聲再度響起，但是申漢國沒有接起，只有不停在自己的酒杯裡斟滿燒酒。

直到黃恩肇折返回家，申漢國還是獨自默默喝著燒酒，沒有配任何酒餚。

明天那群混蛋一定會跑來鬧事，叫他把錢吐出來，明明向他們借的本金是一千萬韓元，但是因為利息限制法廢除，再加上IMF危機期間利息暴增，所以和積欠的浮動利率加總起來，竟然要還五千萬韓元……，這對於經濟現況比當初借款時還要糟糕的申漢國來說，無疑是雪上加霜，甚至連當初借的本金一千萬韓元都還不出來。房子和農田早在很久以前就已經被銀行扣押了，周遭也完全沒有人能讓他開口借錢。

申漢國搖晃了一下燒酒瓶，現在就連酒都快喝光了。

「他媽的，爛命一條！算了，也沒什麼好值得留戀的，趕快死一死早超生……。」

他早已厭倦了這樣的人生，苟延殘喘的日子光想就厭煩。

他心想，既然都要死，不如讓剛才打電話來威脅說明天要找上門的那幫流氓發現一具冰冷的遺體，讓他們惹禍上身也不失為一個好主意。

然而，就在這時，他的腦海突然閃過一個念頭，人生還有最後一線希望。他抬頭望向掛在牆壁上的時鐘，世足賽運動彩即將開獎。

開獎方式是透過某電視臺和廣播電臺現場轉播，但是由於村鎮位於山谷間，電波訊號較弱，所以電視沒有辦法接收訊號，只能收聽廣播開獎。

（竟然又因毫無指望的「說不定」而對人生產生留戀……）

儘管如此，他還是打開了收音機，轉動旋鈕，調到開彩電臺的頻道。

「親愛的聽眾朋友們，大家好！世足賽運動彩券抽獎即將開始，讓我們先來揭曉六獎！」

申漢國急忙站起身，從掛在牆壁上的褲子口袋中掏出他購買的十張世足賽運動彩券，直接攤放在房間地板上，並準備了一張紙和一支筆。

「六等獎的數字終於揭曉！六等獎的數字分別是，五號、二號與八號！」

申漢國把六等獎的三個數字抄寫在紙上，接下來也將繼續揭曉的五等獎、四等獎、三等獎、二等獎、一等獎、增開獎數字依序抄寫在紙上。

中獎數字全數揭曉以後，申漢國立刻從一等獎數字開始核對確認。

果不其然，十張彩券竟然一張都沒中，他為了以防萬一，重新再核對了一次，但還是沒找到任何一張中獎彩券，甚至連個獎金一千韓元的六等獎數字都沒中。雖然中五等獎和四等獎的機率也不高，但是在十張彩券當中一張六等獎都沒中的機率也十分罕見，幾乎可以說是被衰鬼附身的傢伙才有可能拿到這樣的機率。

（我的人生不是一直都是如此嗎？就算想著「說不定」，最後都還是會變成「果不其然」。唉，還是放下所有留戀吧，既然都被名為「希望」的騙子誘騙了四十年，活得連條狗都不如，還有什麼好值得留戀的……）

當最後一絲希望都化成紙屑以後，申漢國搖搖晃晃地站起身。

他好不容易從檐廊上走到了院子，抬頭仰望著夜空，看見烏雲漸漸密布，空隙間還能隱約看見三四顆星星。

「神啊！究竟為什麼要創造出我這樣的人？」

然而，他得到的回答只有一片靜默，還有自己急促的呼吸聲不停在他耳邊繚繞。

申漢國直接穿過院子，阿呆在搖晃著尾巴痴痴地望著他，他打開廁所旁的倉庫門，步履蹣跚地走了進去。倉庫裡的溫度比外面快下雨而潮濕悶熱的天氣涼快許多。

他沿著牆壁用手摸索著電燈開關，當鎢絲燈瞬間照亮整個倉庫時，那股明亮不帶一絲溫暖。在陰涼的寒氣中，松木層板上整齊擺放著十幾罐農藥，殺蟲劑、殺菌劑、除草劑……

申漢國踮起腳尖，努力控制住站不穩的雙腿，並拿起距離自己最近的一罐農藥查看瓶身上的文字說明。那是一罐殺菌劑，專門用來防治稻熱病的藥劑，但他不免懷疑，用來殺菌的殺菌劑對人體真的會造成致命性的傷害嗎？於是他選擇將那瓶農藥放回原處，順手取下一旁的殺蟲劑，然而，這次他又再度將那瓶殺蟲劑物歸原處，因為他認為喝殺蟲劑自殺，彷彿就等於間接承認了自己是一隻無用的害蟲。

他把手再伸長一點，拿起一罐位在層架深處的除草劑。他從除草劑瓶身的冰冷觸感，想起了于泰雨里長曾經說過的一番話——不論是意外還是自殺，許多人都因除草劑而喪命。所以無論出於本意、他意還是失誤都害得無數人死於除草劑的事實來看，這款藥劑的成分不只會使雜草枯死，對人體也會帶來致命性的傷害。

不過真要喝下除草劑自殺，感覺自己如此過活真像個無名小卒，與雜草沒有不同，但是雜草的形象終究還是比寄生蟲或害蟲好太多，畢竟雜草還是有一些正面的形象，諸如「雜草比花耐旱」、「踩不死的野草」等。

（是啊，我打從娘胎一出生，就是雜草中的雜草，不管別人怎麼踩，也能死命向下扎根的那種雜草，但是生命力如此頑強的雜草，竟然會選擇走上絕路，可見多麼的走投無路！）

他拿著除草劑準備走出倉庫時，無意間發現了層架下方的展著劑。

展著劑是噴灑農藥時一起混合使用的輔助劑，主要是為了讓農藥噴灑完畢後，即便下雨也不會因雨水而稀釋掉農藥成分，申漢國心想，如果要防止喝下農藥後被人發現送醫搶救，還是連同展著劑也一起喝下肚才能死得比較徹底。

他一手拿著除草劑，一手拿著展著劑，走出了倉庫，再次穿過有阿呆在搖晃尾巴的院子。

他搖搖晃地走進臥房，早已將胃裡的東西統統吐了出來，坐在燒酒瓶前，打開除草劑的瓶蓋，拿到嘴邊。然而，他的嘴巴只是碰到瓶口，都還沒嘗到味道，就因瓶內直竄而上的農藥味搞得他頻頻作嘔，因為這對從小就在大太陽底下做粗活、天天聞著這刺鼻農藥味過日子的他來說，是人生中最厭惡又噁心的氣味。

膩煩人生的味道！

與其喝下這瓶宛如自己渾渾噩噩人生般難以克服、飄散著濃濃惡臭的除草劑，倒不如喝下糞水或尿液還比較不那麼令他想吐。

要是燒酒還剩一些的話，說不定還能和除草劑混著喝，這樣就能喝到此生初次也是最後一次的美味調酒，可惜所有的燒酒瓶都已經喝到見底。

申漢國重心不穩地站起身，打開壁櫥。壁櫥裡有著白天去市集買回來的一打可樂，總共六瓶一點五公升瓶裝，他取出其中一瓶可樂，扭轉瓶蓋，可是不曉得是不是因為流手汗的關係，不論多麼用力都轉不開瓶蓋。

他將可樂瓶靠在側腰，撩起身上的衣角，將瓶蓋包住，並重新用力扭轉。可樂瓶蓋突然啪地一聲彈開，整瓶可樂從他手中滑落，就像傾倒的保齡球瓶一樣，失控打滑在地，還不停冒著泡泡。

當他將掉落在房間一隅的可樂瓶撿起重新擺正時，瓶中的可樂只剩不到一半的容量。他心想這樣也好，要是瓶子裡滿是可樂，就需要再另外找個碗來和除草劑混合，這樣正好方便行事。

申漢國將除草劑和展著劑各半瓶倒進了只剩一半左右的可樂瓶裡，可樂瓶又重新裝滿了液體。

像啤酒一樣冒著白色泡泡的液體朝可樂瓶口直竄而上，申漢國默默看了一會兒，便用雙手捧著那瓶加了除草劑的特殊口味可樂，然後深吸一口氣，屏住呼吸，緩緩將瓶口靠近嘴巴。他打算一不做，二不休，直接一飲而盡。

但他又再次停止了動作，因為從可樂瓶口處懸著十分累贅的瓶蓋裡，他看見了幾個字。

**再來一瓶！**

原來可樂瓶蓋裡寫著**再來一瓶！**

雖然他本該進行自殺儀式當中最重要的最後環節，但他理所當然地看了一下可樂瓶標籤上芝麻大小的文字內容，那是一段關於抽獎活動的說明文案。

當瓶蓋內側出現特定圖案時，活動主辦單位就會贈送與圖案相符的獎品，頭獎是一間位於首爾江南的三十四坪公寓，上面還寫有公寓名稱及地址。

首爾江南的公寓，會是多少錢呢？再怎麼便宜至少也要個兩、三億跑不掉吧，也可能是四億以上，應該和世足賽運動彩券的頭獎金額差不多。

他將那瓶除草劑口味的可樂輕輕放下，腳步踉蹌地從壁櫥裡直接搬出一整打的可樂，放在房間地板上，並一一打開可樂瓶蓋確認。

然而，那些瓶蓋裡統統都寫著**再來一瓶！**只有一個瓶蓋印有可樂瓶圖案，將那個瓶蓋帶去當初購買可樂的商店兌換，老闆就會免費再送一瓶可樂。

（拿著這個瓶蓋去換一瓶新的可樂，說不定還能抽到一間房子……）

雖然因為區區一個可樂瓶蓋，彷彿又對人生產生了一絲留戀，然而，他已經不再是那個容易被毫無指望的希望所蒙騙的純真少年，畢竟被「說不定」這個念頭已經欺騙過多年，活得連條狗都不如，且沒有一次不是換得「果不其然」的結果。

他用大拇指和中指將那個印有可樂瓶圖案的瓶蓋彈飛到房間角落，再用兩手重新扶住除草劑口味的可樂，深吸了一口氣，屏住呼吸，一鼓作氣將那些液體統統送進了喉嚨深處，他想要盡可能少嘗到那令人作嘔的除草劑味道。

申漢國瞬間喝下了半瓶左右的份量，他無法再繼續喝了，只好將可樂瓶移開嘴巴。雖然和可樂混合過的除草劑有淡化掉許多噁心的氣味，但是從嘴巴、鼻子、喉嚨、肚子裡所感受到的可樂碳酸味和氣泡都使他再也無法忍受，要是強迫自己再多喝一些，很可能就會把喝下肚的可樂全都吐出來。

光是喝掉的那半瓶就已經很足夠了。

「嗝！嗝！」

申漢國打了幾個帶有濃濃除草劑味道的嗝以後，在距離炕頭較近的地方選了個位子躺下，拉起棉被，蓋住身體。就好比喝下皇帝賜死的毒藥一樣，將身體暖好，藥效才會快速蔓延至全身，加快死亡速度，這樣就能少感受到一些痛苦。

然而，隨著身體逐漸變熱，他感覺自己彷彿是在炎炎夏日喝下溫熱的米酒般，隨時都想要嘔吐。他咬緊牙關，縮緊喉嚨，努力忍耐。要是在胃部尚未吸收完全之前就把農藥全部吐出來，感覺會沒有辦法快速斃命，可能會被折磨得很久。

在靜靜等待死亡降臨的期間，他回首過往，內心感到痛苦萬分，恐懼感也排山倒海而來，其實對於現在的申漢國來說，光是「思考」這件事情本身就已經是莫大的痛苦。

他為了讓自己停止思考，鎖定天花板壁紙上的一處花紋，雙眼緊盯，那是約莫五年前親自糊的壁紙，花紋沒有對齊，就像他的人生一樣歪七扭八，他的人生從壁紙花紋開始無一不是參差不齊的。

（是啊，死的好，早就該死的。）

他感到一陣胃痛，用手壓緊腹部，轉身側躺，好讓自己不再去看那礙眼的壁紙。

但這次是被收音機裡傳來的重金屬搖滾樂吵得心煩意亂。

申漢國好不容易坐起身，拖著屁股移動到房間角落，將收音機轉臺。當收音機裡傳出女歌手用甜美嗓音哼唱的歌曲時，他才選定頻道，重回炕頭，用棉被包裹住全身。然而，女歌手才唱不到一分鐘，便傳出主持人和歌手的訪談喧嘩聲。

「那我們就繼續與藥師歌手周炫美來聊聊剛才未談完的話題嘍！聽說牛奶和藥物不可以一起服用，請問是為什麼呢？」

「根據外國的醫療研究指出，藥物如果搭配牛奶同時服用的話，牛奶裡的成分會妨礙人體吸收藥物，所以會使藥效降低。不論是感冒藥還是其他藥物，如果你不想讓藥效降低的話，至少要在服用藥物的前後三十分鐘內盡量避免喝牛奶。」

「喔~原來如此，我還自作聰明想說吃藥會傷胃，所以吃完藥都還特地喝杯牛奶來保護胃，有時也會擔心藥物造成胃部不適而事先喝牛奶，甚至也有過用牛奶代替白開水來吃藥，難怪過去吃進身體裡的藥感覺都沒什麼效……」

當主持人開始和歌手來賓聊起這些醫學常識時，中漢國就很想要坐起身重新去轉換頻道，調到只有播放純音樂的那種頻道，但他嫌麻煩，一動也不動地躺在原地。

不一會兒，他從食道與胃部所引起的疼痛間，感受到一股強烈的口渴信號。

他再也無法忍耐。他想到看見行為舉止怪異的人會說：「這人是吃了老鼠藥沒喝水嗎？」可見其來有自。

（該不會喝下農藥以後再喝水，就會像吃完藥後喝牛奶一樣，使藥效降低吧？）

他搖搖晃晃地站起身，走向位於炕尾的冰箱，打開冰箱門，取出一瓶一公升裝的燒酒瓶，裡頭裝的是麥茶。他將瓶蓋扭開，直接用嘴巴對著瓶口，準備喝水，但是他突然停下了動作，將視線轉移到手裡握著的那顆瓶蓋。原來他手裡握著的是一個紅色的可樂瓶蓋。看來他當初是用燒酒瓶裝麥茶，但沒有選擇用原本難以重複利用的金屬材質燒酒瓶蓋來封口，而是改用塑膠材質的可樂瓶蓋。

他翻開手裡的可樂瓶蓋，查看了一下裡面是否印有圖案。

下一秒鐘，他手裡拿著的那瓶麥茶直接掉落在地，原來一直以來被他用作水壺瓶蓋的這個可樂瓶蓋裡，竟印著清楚明顯的房子圖案。

「中……中了！」

這絕對不是因為農藥中毒而產生的幻覺，是千真萬確的房子圖案。

「啊哈哈哈哈……」

他緊握瓶蓋，放聲大笑，然而，接下來他就吐了一地，白白的嘔吐物直接從他口裡傾洩而出，還飄散著濃濃的除草劑和酒精味，他感覺自己的腸子宛如斷裂般劇痛。

諷刺的是，明明一間足以讓人生改頭換面的三十四坪江南公寓就握在手中，卻已經喝下了農藥。

他急忙拿起那罐喝到剩半瓶左右的除草劑口味可樂——上面印有活動說明文案，拖著踉蹌的步伐慌慌張張地衝出大門。

看在過去的人生受盡多少委屈的份上，他不甘心就這樣死掉，不，如今的他也已經沒有尋死的理由了。雖然不確定位於江南的一間三十四坪全新公寓值多少錢，但是可以肯定的是，把房子賣掉絕對能償還當初為了蓋溫室而背負的債務，甚至還綽綽有餘，用還清債務剩下的錢也能過著人人稱羨的好日子。要是有那筆錢，應該還能在都市裡開一間小超市，而且還能娶妻生子。假設那間公寓市值三億韓元好了，賣掉換現金以後，就算一天花一百萬韓元，也能足足花個一整年，要是全數存進銀行裡，那麼光是利息就能一輩子每月領個三百萬韓元以上，等於是每月坐領大企業科長或部長等級的薪水。

他搖搖晃晃地衝到接水區，將左手握著除草劑口味的可樂暫時先扔在那裡，與此同時，又將握在右手裡的中獎可樂瓶蓋放進褲子口袋深處妥善保管。他為了節省接水時間，直接將放在那裡的廚房洗潔精拿起來，往本來就裝有半桶水左右的橡膠桶裡擠壓，像蜂蜜一樣濃稠的液體從黃色瓶子裡緩緩流出，沉入橡膠桶底部，申漢國直接將手伸進桶裡快速攪拌，當水開始出現泡泡時，他直接將整張臉埋進矽膠桶裡，大口大口地喝下肥皂水。

當他喝到感覺肚子很飽的程度時，便用手指伸進喉嚨裡開始催吐，不過就在試過幾次以後，他發現還是一直吐不出東西，只好急忙再將臉埋進橡膠桶裡，再一次大口喝下肥皂水。

經過幾次反覆嘔吐、洗胃的過程之後，他重新拿起剛剛扔在一旁印有活動說明文案、沒有瓶蓋的可樂瓶，準備朝房間裡跑去打一一九求救，然而，他突然停下了腳步。

與其打電話到一一九求救，派救護車來這陌生的鄉下地方，再把他送往醫院，不如直接從這裡開車出發去醫院比較快，至少能省下一半的時間。其實從青陽小鎮開到這裡，並不會像城市道路上有許多紅綠燈一樣需要停等，純粹就只是路途曲折導致難以快速抵達，因此，就算是救護車從青陽小鎮開來這裡，開再快也需要三十分鐘，來回就需要一小時，再加上青陽鎮上是沒有大醫院的，必須送往公州或大田、天安等地區才有大型醫院，那麼至少也要耗費一個半小時，到時候就算遇見神醫應該也回天乏術。因此，他的生死將取決於多快抵達醫院。

他手裡握著那罐寫有抽獎活動訊息的除草劑口味可樂瓶，搖搖晃晃的走向黑暗，朝距離一百公尺左右的于泰雨里長家奔跑而去。要是能搭里長家的小貨車直接前往醫院，就能省下至少一半的時間，或者在移送過程中請里長撥打一一九，在路上轉搭救護車去醫院也可以。

平日的申漢國閉著眼睛都能走到于泰雨里長家，然而，今天的他卻感覺這段路格外漫長。酒醉又農藥中毒的他為了加緊腳步，一下從田埂上摔落，一下頭部又撞上電線杆，儘管如此，他還是緊緊握住手裡的那罐可樂瓶，中途也會時不時查看褲子口袋裡的可樂瓶蓋是否還在。

他好不容易抵達于泰雨里長家門口，卻發現小貨車沒有停放在里長家的外院，屋內也一片漆黑，不見一絲燈光。

「里長？」

申漢國一腳踹開了里長家的大門，直接闖進了內院。

「里長？拜託救救我啊！」

然而，四周鴉雀無聲，沒有半點動靜，看來夫妻倆應該是開著小貨車出門了。

希望之光正在逐漸熄滅。

他匆匆忙忙走到大門外，眼見里長家後方的畜舍燈還亮著，心想說不定裡面有人。

他踉踉蹌蹌地跑到了畜舍。

「里……里長？」

但是那裡也空無一人，除了幾頭眼睛眨呀眨的美國乳牛外，不見半個人影。

他用力按住絞痛的腹部，準備從畜舍離開，但就在此時，他看見了美國乳牛飽滿的乳房，瞬間想起了剛才從收音機裡收聽到的談話。

（藥物和牛奶一起服用的話，會使藥效大幅降低！）

既然農藥也是藥，喝一些牛奶說不定藥效就會大幅降低。對於已經沒有其他緊急搶救方法的他來說，只能姑且一試。

他東倒西歪地走到畜舍入口處，將放在那裡的不銹鋼牛奶桶一一拿起搖晃、打開查看，可惜都只是一些空桶。

身為專門飼養乳牛、擠奶販售鮮乳的養牛戶，申漢國知道里長家裡一定還有剩餘的牛奶，但是眼下情況並不允許他擅闖屋內，也沒有多餘的時間可以四處翻找牛奶，畢竟是攸關生死存亡的問題，分秒都不能浪費，只能從眼下確定能見的東西下手。

雖然腹痛沒有加劇，但是精神狀態已經急速進入昏迷，他必須抓緊時間加快腳步。

他鎖定一頭乳房看起來最為腫脹飽滿的乳牛，打算走進牛棚，然而牛棚門上鎖，無法進入，只能選擇翻越高度及胸的圍欄。

他先將手裡拿著的那罐可樂瓶放在圍欄前，再後退幾步，準備藉由助跑翻越圍欄。

乳牛被這名卯足全力想要翻越圍欄的不速之客嚇得退避三舍，申漢國為了要盡快進入牛棚，大幅擺動他的雙腿，結果不慎踢到原本倚放在圍欄上的草叉，掉入牛棚內。

好不容易翻進牛棚裡的他，努力維持著軟弱無力的雙腿平衡，舉步維艱地朝他鎖定的乳牛臀部方向走去，然後像小牛一樣趴在地上，舉起一隻手握住長長的乳頭，費盡千辛萬苦地用嘴巴含了進去。然而，就在他用跪姿準備吸吮牛乳的瞬間，因乳牛突然移動而使得他整臉栽進了地上的牛糞堆裡。

他急忙用手擦去眼睛周遭的牛糞，重新起身，不過受到驚嚇的乳牛已經開始在原地踏步，轉換臀部方向，申漢國見狀焦急地爬上前去一把抓住乳牛的尾巴，好讓牠不要移動，並且把臉直接埋進了乳牛的後腿之間，然而，這項舉動竟成了致命性的失誤，飽受驚嚇的龐大乳牛突然用後腿對著這名不速之客奮力踢了一腳。

啪！

申漢國的額頭被碩大的乳牛用後腳跟踢個正著，頭部和腰部直接瞬間向後仰，還來不及尖叫就已經朝後方飛去，而且更倒楣的是，他被乳牛踢飛重摔在地的位置恰巧有著剛才在翻越圍欄時不慎弄倒的四爪草叉，爪尖朝上，平放在地。

「呃！」

在意識昏迷的狀態下，他還是能清楚感受到四爪草叉的尖銳爪子插入皮肉的刺痛感。究竟過了多久才恢復意識的呢？

申漢國渾身沾滿牛糞，帶著插在背上的草叉，用盡全力嘗試重新翻越圍欄。然而，這已是他的極限，從圍欄上摔落到圍欄外的他已經再也沒有力氣站起身。但他還是用僅剩的力氣伸出手抓住那瓶近在眼前的可樂瓶，開始朝畜舍出入口方向爬行，只不過，他的爬行速度愈來愈緩慢。

就在他爬到出入口正前方時，終於停止了一切動作。唯有手中握著的那罐可樂瓶始終沒有鬆開。

～～～

（原來殺死申漢國的兇手正是……）

崔順石感到一陣頭暈目眩。

「殺死申漢國的凶器原來是我這三寸不爛之舌。」

崔順石發現原來害死申漢國的真兇正是自己，因為申漢國生前是在接完崔順石打給他的恐嚇電話後，決定喝農藥自盡的。

（所以最終是我害死他的……）

這是一件多麼諷刺的事情，恐嚇完與自己人生十分相似的申漢國之後，害他選擇走上絕路，然後又意外撿到他人生中唯一的幸運——可樂瓶蓋。

但是崔順石認為自己根本不必對申漢國感到抱歉，畢竟自己也不是故意要去害他的，只是被當時的情況所逼……。

其實對於崔順石來說，在他人生中初次聽聞「中川里」這個地名時，就已經是極其厭惡的地方。

崔順石是在十年前的某天，因為好奇想要尋根而去翻閱了自己的出生紀錄，自從他看見上面寫著「寒冬中在忠清南道青陽郡長坪面中川里的某處雪堆裡發現」的字句以後，每次只要耳聞中川里這個地名，心中就會燃起一把無名火。或許也是因為如此，當他聽聞申漢國住在中川里時，下意識想待他更為苛刻。住在這個村子裡的人，也許是當初從雪地裡將他救起的人，也有可能是將他置身於雪地裡不顧死活的親戚，不論是前者還是後者，他都一樣痛恨。要是按照當初將他遺棄在雪地裡的混蛋父母之意，直接讓他活活凍死的話，就不用看見這骯髒齷齪的世界了，那該有多好啊，崔順石一直都是抱持著這樣的想法。

然而，如今的情況已經一百八十度大轉變。既然價值三億韓元的可樂瓶蓋已經握在手中，那麼，總有一天，自己的誕生也會成為一種祝福，而非不幸。在大韓民國房價最高地段的首爾江南區，擁有一間三十四坪大的全新公寓，這可是全國人民夢寐以求的心願，如今他手中握有的正是人人羨慕的那份夢想。

崔順石難得面露笑容，從中川里將者谷一路走了下來。當他遇見從村鎮會館要走回家的村民時，每一位村民都對他擺著極其不友善的表情，連正眼都不瞧他一眼，彷彿像是在閃避狗屎般，一個接一個乾脆走到路的另一邊，避免與他擦身而過。然而，崔順石反而比較喜歡他們這樣刻意避開自己，畢竟這些人都是從此以後打死不相往來的人。

崔順石沒有重回村鎮會館，而是走到河邊坐下，從口袋裡掏出那個價值三億韓元的瓶蓋，不停拿在手裡把玩。他凝視著湍急泛黃的河水，默默看了好一陣子。他打算擦去所有過往，讓自己的人生徹底改頭換面。

三億韓元的話，確實是一筆可觀的金額，足以幻想全新人生的金額，甚至還能還清當初向謝秉蔡借的那筆錢——被革職處分前，將逮捕的兒童性侵犯毆打到半身不遂，為了躲避牢獄之災，只好緊急借錢與對方和解。目前還剩兩千多萬韓元尚未還清，即便還完債務還會剩下大筆現金，再也不必聽命於謝秉蔡，也不用活得那麼卑微。可以用那筆錢在大田選個環境清幽的好地方，開一間咖啡廳賺點生活費，享受被人稱呼老闆的滋味，悠閒的度過下半生。有別於在孤兒院長大、擔任重案組刑警、被革職處分後變成地下錢莊業者的現在，他認為自己從此以後，將能過著內心坦然舒適又豐裕富饒的人生。

# 最棒而非最糟的一天

當崔順石抵達村鎮會館時，裡面傳來了不尋常的對話聲。

「你這是要幹嘛？」

「快點把捌喜小姐和恩肇給放了！」

崔順石走進會館內，率先迎接他的是一股刺鼻的汽油味。

朴光圭正在館內和謝秉蔡、槌子、馬鈴薯三人對峙。朴光圭一手拿著打火機，另一手提著汽油桶。館內地板上已經灑滿一地汽油，就連朴光圭身上也都是汽油。

其他村民早已各自返家，只剩趙恩妃獨自站在會館出入口前來回踱步。

蕭捌喜戒慎恐懼，緊摟著黃恩肇，躲在會館內的角落。

「他媽的，白癡喔！不要瞎忙了，想要帶走蕭多喜那賤女人，就應該帶現鈔而不是帶汽油桶過來。」

槌子站在會館內正中央，謝秉蔡在他身後語帶諷刺地笑著說道。

「如果不想一起死在這裡，就趕快把她們放走！」

「光圭先生，不要衝動，他們都是兇神惡煞，你這樣做也解決不了問題。」

蕭捌喜喊道。

「是啊，這樣做是不能解決問題的，之後我們走法律途徑解決就好。」

趙恩妃也對著朴光圭的背後呼喊。

「啊，真是吵死人了！」

謝秉蔡臉部扭曲，彷彿下一秒就會有所行動似的。

「喂，把打火機交出來！」

崔順石走進會館內，朝朴光圭的背後走去，朴光圭為了把崔順石也一併列為對手，直接移動到旁邊。然而，就在此時，站在他面前的槌子立刻把握機會朝朴光圭踹了一腳，相較於他壯碩的體型，踢腳動作倒顯得迅速俐落。

「啪！」

「呃啊！」

朴光圭直接被槌子踹飛到會館出入口，重摔在地。他連忙站起身，舉起手裡的打火機，然而，蕭捌喜和黃恩肇還在會館內側角落，他無法輕舉妄動。

朴光圭迅速抓起倚靠在會館大門旁的四爪草叉，這時，槌子再次朝他踢了一腳，他則是用手裡握著的那把草叉用力朝槌子的大腿插了下去。

「啊！」

「呃！」

槌子被朴光圭的草叉插到，朴光圭則是被槌子的腳踢到，兩人同時發出了哀嚎。

跌倒在地的朴光圭迅速站起身，重新握好手裡的草叉，反之，被草叉插到大腿的槌子，則是用雙手按壓住大腿，一跛一跛地向後退。

「這死兔崽子真不知好歹……」

謝秉蔡眼看小弟受傷掛彩，連忙衝了上來，朴光圭再次用草叉試圖攻擊謝秉蔡，但是整個打偏了方向。謝秉蔡跳到半空中，大幅度扭轉身體踢了一腳，鞋底不偏不倚正好踢在朴光圭的臉上。

「啊——！」

隨著蕭捌喜的尖叫聲，朴光圭的背部直接撞上牆壁，暈倒在地。

「這死兔崽子，狗娘養的傢伙……」

謝秉蔡和槌子、馬鈴薯三人同時衝了上去，對著朴光圭一陣猛踹，原本將身體蜷伏成圓形、雙手抱頭的朴光圭，在過程中失去了意識，四肢癱軟無力。謝秉蔡甚至要撿起四爪草叉，準備朝朴光圭的身體插下去。

「停！」

崔順石為了制止謝秉蔡而衝了過去，但還是晚了謝秉蔡一步。崔順石抓住謝秉蔡的手臂時，草叉剛好也已經插進了朴光圭的大腿。啪！

「啊——！」

蕭捌喜和趙恩飛兩人同時放聲尖叫，反之，失去意識的朴光圭則是躺在地上一動也不動。

「都叫你住手了！」

崔順石用力抓住了想要重新高舉草叉的謝秉蔡手臂。

「他媽的！沒打中，都是你害的！不過，我說你，你現在是在命令我嗎？」

「不是命令，是你太過分了。」

「太過分？你是怎樣？來零犯罪村住了幾天就改邪歸正啦？還是你以為自己還是刑警啊？」

「可以了，這人要是不懂人情世故還拖著跛腳去警察局告狀的話，我們只會更麻煩。」

事實的確如此，手裡都已經握有三億韓元準備重啟新人生的人，可不能在這個節骨眼捲入是非，礙了他的好事。朴光圭要是存心要搞謝秉蔡，崔順石也難辭其咎，那麼他的發財夢就連帶受到影響。

「幹！那我不如直接把他打死，埋進土裡，好讓他沒機會找我麻煩，反正我這裡還有一輛挖土機。」

謝秉蔡重新高舉草叉。

崔順石沒有回應謝秉蔡，直接背對他蹲下，撕下一片朴光圭身上穿的T恤布料，綁住大腿上鮮血直流的傷口。

「趙記者，車子在哪裡？」

崔順石做完緊急包紮以後，將朴光圭背在身上，向趙恩妃問道。

「怎麼？還打算送他回家？」

謝秉蔡對著崔順石的背後語帶調侃地問道。

「他要是得了什麼破傷風之類的，死掉的話我們只會更麻煩。喂！槌子，你也記得去找個紅藥水擦一下。」

崔順石背著朴光圭走出會館，趙恩妃剛好也開著她的輕型車抵達門口。

「喂！快回來啊，我們馬上就要離開這個村了。」

謝秉蔡對著崔順石的背後喊道。

崔順石先將副駕駛座的椅背完全向後傾倒，再將朴光圭扛進副駕駛座，然後自己坐進了車子後座。

「妳知道他家在哪裡吧？出發吧。」

趙恩妃開著 Tico 前往將者谷，一路上她不發一語，只有默默開車，從頭到尾都維持著一貫的冷漠表情。

朴光圭恢復了意識，他睜開眼睛，表情痛苦地發出呻吟。也許是大腿上的傷太痛，他摸了一下用T恤布料簡單包紮的大腿。

「您剛才被草叉插到了。」

趙恩妃轉頭看了躺在副駕駛座的朴光圭一眼，並告訴他原因。

「捌喜小姐和恩肇呢……？」

「……」

「不行，回村鎮會館！」

朴光圭一邊試圖坐起身，一邊喊道。

「……」

「快掉頭啊！」

「您這樣做也解決不了任何問題！」

趙恩妃大聲喊道。

「我今天勢必要把捌喜小姐和恩肇救出來，然後再抱住那些傢伙，點火自焚，和他們同歸於盡，這樣不就解決了？只要那些像寄生蟲一樣的混蛋消失不見，捌喜小姐就能重拾自由，不是嗎？」

朴光圭彷彿下一秒鐘就要打開車門跳車似的揮動著手臂，想要從徹底傾倒的座椅上忍痛坐起身，然而，崔順石見狀直接從後方壓住他的上半身，使他不得不再次躺平。

「幹，你這混蛋！為什麼會在車上？」

朴光圭一看見崔順石就氣急敗壞。

「乖乖躺好吧，太激動會無法止血。」

「快拿開這骯髒的手！放開，放開我！」

崔順石將朴光圭不停揮動的雙手交叉於胸前，緊緊壓住，使他動彈不得。

趙恩妃按了一次喇叭，便將車子停在朴光圭的家門口。

「放開，放開我！我要重回村鎮會館！快放手啊！」

「拜託你安分一點吧，想想年邁的老父親啊！你要是死了，誰來照顧父親？」

趙恩妃終於忍不住對朴光圭大聲喊道。

「爸爸……」

崔順石連忙下車走到副駕駛座，幫忙攙扶朴光圭。

朴達秀老翁聽聞汽車喇叭聲，從屋內探頭查看外面的動靜，當他看見大腿滿是血的兒子站在門口時，嚇得他連拐杖都來不及拄就直接衝了出來。

「這到底怎麼回事？」

「爸……嗚嗚……」

「他為了救出被綁在村鎮會館裡的捌喜小姐，拿著汽油桶和草叉去攻擊那幫流氓，結果自己反而被草叉刺傷了。」

「哎唷，我的天啊，你這小子！哎唷……，來來來，快往這裡……」

朴姓老翁指著他屋子前面的檐廊。

「家裡有繃帶和消毒藥水嗎？」

「繃帶和消毒藥水？我們家沒有……我趕快去借。」

朴姓老翁拄著靠放在檐廊邊上的柺杖，慌慌張張地跑到了大門外。

「啊，還是我去借吧，老先生，請問您要去找誰借呢？」

趙恩妃跟著朴姓老翁跑到了門外，不一會兒，便聽見汽車引擎發動的聲音。

屋內只剩朴光圭和崔順石兩人之後，朴光圭終於安靜下來。

崔順石環視了一下屋內，從院子上的曬衣繩取下一條短褲，放在朴光圭身旁，再走進廚房裡拿出了一把剪刀，協助朴光圭將傷口周遭的褲子剪開，再把沾滿血跡的褲子拖掉，換上剛才從曬衣繩收下來的那件短褲。

「不用了，我自己來！」

朴光圭對崔順石依舊保有敵意。

「我也不想做這些事，但還是速戰速決吧。等趙記者回來再換褲子豈不是更丟臉嗎？」

「……你是因為趙記者所以幫助我嗎？」

「……」

崔順石沒有否認也沒有承認，不過朴光圭可能是對崔順石產生了些微的同病相憐之情，他沒有再頑強抵抗。

「我真的拜託你了。」

朴光圭對著拿已經鈍掉的剪刀在剪褲子的崔順石苦苦哀求。

「真的沒有辦法救救捌喜小姐嗎？」

「……」

「她是個善良又可憐的女人，當初被抓去一座陌生的島上受盡折磨，好不容易逃出來卻失去了丈夫，還獨自一人撫養年幼的外甥女，如此身世悲慘的女人，為什麼又要被賣到那麼可怕的島上？她要是被賣去小島上，那可憐的外甥女恩肇又怎麼辦？我趁這一、兩個月會去想盡辦法籌錢，就算賣掉腎臟也在所不惜，你只要幫我爭取一些時間就好，拜託了，可以嗎？」

「這不是我能決定的。」

「算我求你了。」

朴光圭頻頻鞠躬拜託崔順石。

「剛才在村鎮會館裡的那個人才是老闆，你卻提著汽油桶去鬧事，不是應該要去下跪磕頭拜託他才對嗎？」

「你以為我沒有試過嗎？就是因為怎麼拜託都沒用，我才會選擇同歸於盡啊，他叫我現在馬上拿出一億韓元欸……」

「什麼？一億韓元？」

「申漢國要還的五千萬和捌喜小姐的身價五千萬……」

這是一個極度不合理的數字，申漢國向他們借的本金也只有一千萬韓元，就算按照他們的方式亂加利息，總共也不超過五千萬，但是現在他們卻看準村民對申漢國的遺體毀屍滅跡、縱火燒屋這點進行威脅勒索，讓每一戶各簽一張借據，分別交出五千萬，而且當初蕭捌喜欠他們的錢明明也只剩一千萬左右尚未還清，他們卻要賴誣陷，硬是要把這段期間的複利和浮動利率算進去，叫她還出五千萬韓元。

崔順石協助朴光圭穿上短褲以後，過不久，趙恩妃和朴姓老翁便抵達家門口。趙恩妃手上拎著一只超大的急救箱。

「有找到藥嗎？」

「有，那邊耙子峰上有一戶人家的大女兒是首爾某醫院的護士助理，我看她根本可以開一間藥局了，不僅有消毒藥水、止血劑，就連手術用的針線都一應俱全。」

趙恩妃的心情似乎有比剛才好一些，可能是因為看見崔順石在幫助朴光圭的關係，再加上自己也有借到需要的藥品。

趙恩妃把急救箱放在檐廊上，從箱子裡取出各種藥品與繃帶等，一字排開放在檐廊上。

「幫我準備一下消毒傷口用的酒精棉花。」

崔順石話一說完，趙恩妃便用鑷子從醫用棉花袋裡夾出一些棉花，將其捲成圓形，再放入酒精瓶裡沾取酒精。

「怎麼這麼熟練？」

「在診所裡看多了，我爸是社區診所醫生。」

「需要縫合傷口嗎？」

「只有我爸是醫生，我可不是。」

「我又沒叫妳縫，妳不是常看父親處理傷口嗎？我只是想知道，這種程度的傷口他通常會縫還是不縫？」

「醫生當然都選擇縫合，可是你會縫嗎？」

趙恩妃用充滿憂心的眼神問道。

「我也見過很多次身中刀傷的刑警去急診室裡縫合……」

崔順石話一說完，便拿起類似釣魚線的手術用針線，準備幫朴光圭進行傷口縫合。

「剪刀。」

趙恩妃將剪刀遞給崔順石，他迅速用剪刀將傷口上殘留的牛仔褲布料和包紮在傷口上的T

恤布料剪下，於是朴光圭大腿上的四道直線傷痕便開始血流如注。

崔順石用趙恩妃遞給他的酒精棉塗抹了一下傷口部位，便夾起手術縫合針。

「為了先幫你止血，我就先大略縫合一下，等橋梁開放通行以後，你再去醫院找醫生重新縫一次。現在沒有麻醉，所以應該會滿痛的，忍一下啊。可以試著專注在你內心的痛苦，想想蕭捌喜小姐，那麼肉體上的疼痛應該就沒什麼大不了的了。」

話才剛說完，崔順石就已經將手術縫合針刺進了朴光圭的大腿。

「啊！」

「比起你內心的痛，這應該還好吧？」

「嗯，還好，繼續！」

縫合針穿過肌膚，經過傷口，從另一邊穿出，崔順石用鑷子夾住縫合針，直直往上拉，將縫合線拉緊、綁好，再剪掉多餘的縫合線，就這樣不停重複同樣的動作。

朴光圭咬緊牙關，緊握拳頭，額頭上結滿汗珠。崔順石的額頭也不遑多讓，一直掛著汗水。

趙恩妃從曬衣繩上取下兩條毛巾，一條用來幫朴光圭擦汗，另一條則用來幫崔順石擦去額頭上的汗水。

「我是擔心你的汗水掉到傷口上。」

「我有說什麼嗎？」

每一道傷痕大約都是兩公分左右的長度，各別要縫三針。但是由於草叉是四爪的，要用筡拙的手藝縫十二針著實不易，花了滿長一段時間。

當崔順石在縫最後一道傷痕時，趙恩妃來回看了一下掛滿汗珠的崔順石臉龐，以及他那雙正在執行縫合的手，然後視線直接停留在傷口部位，對朴達秀老人抛出了一道敏感問題。

「老先生，請問您知道朴海壽這個人嗎？」

瞬間，崔順石的手指沒控制好縫合針，導致針頭朝不對的位置戳了下去。

「啊！」

「啊，抱歉。」

崔順石抽出針頭，重新往其他位置戳了下去。

「您不知道朴海壽嗎？聽說已經過世了？」

「朴海壽？朴海壽是我堂哥啊，妳怎麼知道他的？」

「他是您堂哥？」

「是啊，大概十年前過世的……」

「我聽說三十多年前朴海壽先生在這個村子的某處雪堆裡，撿到一名被人遺棄的小男嬰，然後把他帶去了孤兒院還是警察局的託人照顧，您聽聞過這件事嗎？」

「喔！當然知道啦！怎麼可能忘記那件事呢。不過那都多久以前的事了，記者小姐怎麼會知道……？」

「我在準備採訪資料的過程中發現的。」

「喔，那真的是好久以前的事了……」

「當時到底是怎麼回事呢？」

「我最近記性不是很好，有時候也會想不起人名，腦袋已經不好使了，不過我對那件事還是記憶猶新的，因為事情實在太令人印象深刻……。那應該是在一九六〇年代中左右，某一年的冬天。印象中那年冬天下了非常大的雪，當時這裡是有開闢一條新道路的，但是沒有公車經過，是再過幾年之後才變成一天有兩班公車停靠這裡。不過就算是現在也不常有公車停靠，有時候雨下太大或者雪下太多也很常直接跳過我們這一站。」

崔順石那雙正在縫合傷口的手，動作變得緩慢許多。

「總之，那天是祭拜爺爺的日子，但是偏偏就在那天，家住加里庭的堂哥他老婆剛好罹患盲腸炎，簡直出了大事，因為要在暴風雪中穿過積滿白雪的道路到青陽鎮上才有辦法就醫……。啊，當時青陽連『邑』都不是，還只是『面』而已[8]，而且在那當時，盲腸炎是足以致人於死的病，當時韓戰才剛結束十年左右，醫療技術都還不發達，能怎麼辦呢，當時黃漢先生他們家有牛和推車，於是只好趕緊先向他們借來使用，在推車上鋪一層厚厚的稻草，然後再鋪上層層的棉被，讓大嫂躺在上面，靠著牛拉車往青陽鎮出發。當時推車的主人黃漢先生帶著我堂哥一起牽著牛、拖著那輛推車上路，也許是情況緊急的關係，我根本沒接到連絡。」

朴姓老翁說的故事似乎是從堂哥那裡聽來的。

---

8　屬於地方自治團體「郡」的管轄範圍，「邑」大部分都已有都市化的型態，人口必須超過兩萬人，而「面」的行政機能則比較薄弱，也比較缺乏都市化的型態。

「那天我一如往常的清理了院子裡的積雪，打掃完以後便帶著老婆及年幼的光圭準備一同去加里庭大伯父家幫爺爺祭祀，因為在當時祭祀是一件很重要又盛大的事情，但是就在經過現在村鎮會館那附近的時候，看見有個人在雪地裡從遠處焦急的跑了過來，懷裡還抱著一個東西。」

「是嬰兒嗎？」

趙恩妃追問。

「沒錯，我就看那個人原來是我堂哥，他懷裡抱著一個東西拚了命的往我這裡跑來，仔細一看，他的外套胸前還鼓鼓的，原來裡面塞著一名小嬰兒，後來我才發現，原來堂哥是把外套裡的衣服統統脫了，光著身體抱著孩子，外面只披一件外套，就從長谷里跑了過來，他是想要用自己的體溫去救活那個快要在雪地裡凍死的小男嬰，但是也不曉得那名嬰兒是死是活，連哭都不哭。」

「長谷里的話是在那上面啊，為什麼沒有跑去找附近的住戶求救呢？」

「他的確有去附近住戶家裡暖暖身子，但是孩子的情況不太妙，不只是凍不凍死的問題，就連身型也十分瘦小、骨瘦如柴，一看就像是沒怎麼吃東西快要餓死的孩子。聽說長谷里的某戶人家還有嘗試用為了祭祀而預留下來的白米，煮成米水餵小男嬰喝，但他完全吞不下去，他們也擔心要是強迫餵食不小心流進氣管裡害氣管堵塞的話，反而弄巧成拙，所以也不敢強行餵食……」

朴姓老翁說到一半停了下來，似乎是在回想當時的情況。

「後來呢？」

「後來他就拜託放牛人黃漢先生帶罹患盲腸炎的妻子去醫院，啊，他之所以只能將大嫂委託給黃漢先生，是因為那頭老牛只聽主人的話，不聽別人的，所以一定要有人負責護送已經痛到無法走路的大嫂，另一人則負責垂死邊緣的嬰兒。其實照理說應該是堂哥負責護送大嫂才對，但是因為堂哥認為，要是他拖著一頭不受控的牛在分不清方向的雪地裡徘徊，反而更可能害大嫂延誤就醫致死，因此，他只好選擇自己來搶救嬰兒，情況危急的妻子則交由放牛人黃漢先生幫忙送往醫院。他用自己的體溫去溫暖嬰兒，從長谷里一路跑到中川里這邊，之所以這麼做全是因為當時在將者谷這裡有一名剛生完孩子的產婦，也就是英淑她母親，本來就住在那邊那棟房子，大約二十年前搬去了京畿道光明市。當時英淑她母親生下來的孩子是第三代獨子『小留』，可惜三歲那年得了痢疾還是什麼的，不幸夭折了。當初就是為了讓他留在人間久一點而取名『小留』的，唉，真是令人心疼。總之，我堂哥當時就是心想，說不定讓這小男嬰去喝英淑她母親的母奶就能活下來，所以才會那樣將小男嬰抱在自己打著赤膊的懷裡，千里迢迢跑來。」

崔順石一直想要將剩餘的最後一個步驟——把縫合線打結完事，卻怎麼綁都綁不起來。

「所以後來有救成功嗎？」

「當然有啊，妳都不曉得當時花了多大工夫才救活那名嬰兒的，村民們各個都古道熱腸，有些人去找對凍傷很有幫助的樹枝來熬湯給嬰兒喝，有些人則是在寒冬中去採摘山茱萸果實、蒼耳果實，只為了幫小男嬰退燒，而且英淑她母親還因為母乳不夠多，抱怨著自己親生的三代獨子都餵不飽了，怎麼可能還分給小男嬰喝，於是村民又在那寒冷的冬天裡，撬開河面冰塊，想盡辦法要去捕捉烏鱧煮給英淑她母親吃，促進乳汁分泌，反正大夥鬧哄哄地好不容易才救了那名小男嬰一命。」

「聽起來有勞師動眾的感覺。」

「我倒還好，沒做什麼事，我堂哥比較辛苦，比起肉體上的苦，主要是和這孩子已經日久生情，後來要送去孤兒院的時候心裡特別難受，但是礙於他們家的經濟條件也不是很好，所以能怎麼辦呢，自己照顧了三個月左右，等天氣回暖轉春的時候只好送進了孤兒院，總不能一直拜託英淑她母親餵孩子喝母乳吧。」

「原來如此。不過那名小男嬰的生母為什麼要那麼狠心，將他遺棄在雪地裡自生自滅呢？」

「什麼？誰說的？雖然我不曉得是誰告訴妳的，但說這種話的人必定會遭天譴！」

「啊？不不，就只是看到紀錄上是這樣寫的……」

「不是，不是！絕對不是這麼一回事！」

「那是怎麼回事呢？」

「妳知道為什麼我堂哥要那麼努力救活這名小男嬰嗎？」

朴姓老翁停頓了一下，輪流看向在場所有人，手拿縫合針的崔順石直接將手停在半空中，不停顫抖。

「那是因為，嬰兒的母親為了救這孩子，在雪地裡被活活凍死了！」

「什麼？」

「也不曉得是因為大雪而分不清方向、走錯路，還是本來就打算到這附近的村子裡辦事，反正從她的穿著打扮來看，應該是一名外地人在路途中生病，整個人全身無力的和孩子一起躺在雪地裡，眼看兩人就快凍死，她只好脫去自己身上的所有衣物，緊緊包裹住這孩子，最後她是光著身子在雪地裡凍死的。我堂哥在雪地裡發現時，就是呈現著這樣的畫面，一看就知道這位母親是不惜犧牲自己的性命也要救這孩子一命，畢竟天下父母心不都是如此嗎，光想到那份偉大的母愛就又不禁悲從中來，在那凜冽刺苦的嚴寒雪地裡……多冷啊……。堂哥說他既然都親眼目睹了那份令人鼻酸的母愛，又怎能選擇視而不見？大嫂應該也是因為同樣身為母親，被那份母愛所感動，想要救活這名男嬰，所以才會在儘管自己的生命處於危急時刻，依舊選擇讓自己的丈夫趕快去救活那名男嬰吧。等等，當時拍的照片我應該還有留著……」

走進臥房裡的朴姓老翁過了一會兒便拿著一張名片雙倍大小的老舊黑白照走了出來，遞給趙恩妃。

「這是送走那名小男嬰之前，和村民們留下的唯一一張合照。參與越戰負傷回來的趙正熱先生從越南帶回了一臺美製相機，這張是他幫大家拍的。」

趙恩妃接過照片，注視了一會兒，然後小心翼翼地輕放在崔順石視線範圍內能見的位置。

小小一張黑白照裡，有著一名表情沉痛的男子，懷裡緊摟著一名笑容燦爛的嬰兒，彷彿是自己的親生骨肉般擁在懷中，他的身旁還站有一名貌似是妻子的女子，再過去是一名懷中同樣抱著小嬰兒的女子，還有年輕時的朴姓老翁、年幼的朴光圭也在照片當中，和其他三名不知是誰的小朋友，以及兩名站著的大人合影留念。

朴光圭的傷口縫只剩最後一、兩針沒縫完，崔順石的動作卻停在那裡，身體微微顫抖，額頭上也低下了斗大的汗珠，不，那不是汗珠，而是淚水。

「我猜那孩子長大以後一定是個傑出的人才，母親都這樣捨命救他了，自然是福大命大，一定會是一名優秀之人，嗯！必須是如此！那孩子現在應該也三十多歲了，不曉得住在哪裡，真想見見他。」

「嗚嗚嗚嗚嗚……」

低頭不語的崔順石身體不停抽動，從他緊閉的雙唇間流出了像是在啜泣的哭聲。

「啊？你又怎麼了啊？是想到自自己的母親嗎？我其實也是，每次只要一想起這件事，就會非常思念我已逝的老母親，早知道應該要趁她在世的時候多孝敬她的，但她人都走了，現在再來後悔也沒用了……」

朴姓老翁把頭轉向一邊，用手擦去了眼角上的淚水。

「我幫你把最後剩的兩針縫好吧。」

趙恩妃將手裡握著的手帕遞給崔順石，並從崔順石手中接過了手術縫合針。

「嗚嗚嗚嗚嗚……」

# 解鈴還須繫鈴人

趙恩妃的輕型四輪車停在村鎮會館前。

崔順石一臉作錯事被刑警逮捕的表情，從車上走下來。

馬鈴薯已經坐在停放在村鎮會館前的挖土機上，發動好引擎，隨時待命。

「崔經紀人來了！」

馬鈴薯一見到崔順石，便朝向村鎮會館出入口大喊道。

不一會兒，謝秉蔡和腿上綁著繃帶跛腳走路的槌子拖著蕭捌喜從裡面走了出來。

「捌喜！捌喜！」

黃恩肇跟在捌喜身後追了出來。

「喂！妳別過來！」

槌子轉身推了黃恩肇一把，將村鎮會館出入口的玻璃門關上。黃恩肇趴在門上，不停用拳頭敲打玻璃，大聲哭啼。

「捌喜！捌喜阿姨！」

槌子鬆開阻擋出入口玻璃門的手，黃恩肇又再度開門衝了出去。

「啊，真是的！怎麼這麼煩人！」

槌子用力抓住黃恩肇的手臂，粗魯地將她扔在會館裡，連忙將出入口玻璃門關上。

「恩肇！幹嘛對一個孩子這樣？」

「幹！都叫妳別出來了！」

這時，黃恩肇為了試圖開門而不停拍打玻璃，結果沒想到整片玻璃門碎裂一地，恩肇的手被玻璃割傷，鮮紅色的血液從她手中滴了下來，孩子哭得更加淒厲。

「恩肇！」

蕭捌喜甩開謝秉蔡的手，正準備奔向黃恩肇，然而，謝秉蔡直接往蕭捌喜的心口窩重擊一拳，蕭捌喜雙手扶著心口窩，直接跌坐在地，她痛到感覺連呼吸都有困難。

「吵死人了！讓她閉上嘴巴。」

「是，大哥！」

槌子握緊拳頭，準備走向黃恩肇，就在那時，崔順石走向槌子，一把抓住了他的手。

「哥，這是在做什麼呢？」

「對一個孩子來說太過分了吧？」

槌子看了謝秉蔡一眼。

「唉，這小子老毛病又犯啦？到底有什麼問題啊？難道是因為同為孤兒所以想袒護她嗎？我看你可憐所以借你一點錢、讓你在我這裡工作，結果還不知好歹，簡直要騎到我頭上來了，是吧？拜託你搞清楚，你現在已經不是什麼刑警，是老子底下的人！」

謝秉蔡走到崔順石面前，賞了他一記耳光，槌子見狀，彷彿理解了謝秉蔡的意思，直接甩掉崔順石的手，朝正在嚎啕大哭的黃恩肇高舉右手作勢準備要打人，瞬間，崔順石直接朝槌子的臉部揮了一拳，身材壯碩的槌子一個踉蹌，摔倒在地，他用雙手摀住自己的鼻子。

「我看你這小子是活得不耐煩了！」

謝秉蔡看見小弟被打，直接衝向崔順石，朝他揮拳。但是崔順石微微低頭，躲過了那些朝他臉部揮來的拳頭，並逮到機會直接往謝秉蔡的臉部出了一記上勾拳。

啪！

謝秉蔡同樣用手摀住臉部，痛到在地上打滾。

「大……大哥！」

槌子看見謝秉蔡被打，迅速就定位，對崔順石出拳回擊。崔順石又輕鬆閃過了那一拳，並朝槌子的臉部再度出拳。槌子的鼻子瞬間鼻血噴濺。

馬鈴薯從挖土機上跳了下來，撿起掉落在村鎮會館前的木棍，朝崔順石撲了過去，木棍正好打在崔順石的後腦勺上。崔順石當場跌倒在地，馬鈴薯瞄準他的頭部，再度揮動手中的木棍，但是崔順石翻了個身，躲掉了木棍攻擊，再朝馬鈴薯的鼠蹊部狠踢一腳，然後連忙起身，往馬鈴薯的臉部連續出拳。馬鈴薯直接躺在地上，用手摀住嘴巴。過了一會兒，馬鈴薯從嘴裡吐出了鮮血和斷掉的牙齒。

謝秉蔡從地上站起身，撿起馬鈴薯遺落的木棍，朝崔順石展開攻擊。崔順石迅速衝向謝秉蔡，用拳擊裡的扭抱姿勢緊緊架住了他，再朝他側腰下方部位猛烈出拳。

「呃！」

被打到要害部位的謝秉蔡當場跪坐在地。

崔順石緩緩走到謝秉蔡身旁，試著用腳踢了踢他的腹部。

崔順石又後退了幾步，眼神緊盯謝秉蔡，然後再度走上前，一把抓住謝秉蔡的頭髮，將他拖到村鎮會館前的長椅上坐下。

崔順石對躺在地上的槌子和馬鈴薯招手，示意叫他們也來長椅上坐好。

槌子和馬鈴薯皺著臉從地上站起身，自行走到了謝秉蔡旁邊坐下。

「喂，你這混帳東西崔順石！你應該知道我們是怎樣的人吧？你給我走著瞧！」

謝秉蔡一邊吐著嘴裡的血，一邊朝崔順石咆哮。

「我當然知道，你們就是跟垃圾沒兩樣的敗類啊……。」

「呿，說得一副好像你不是垃圾喔？明明一出生就被他媽當垃圾扔掉的傢伙……」

崔順石一聽到這句話，表情瞬間變得冷酷無情。為了以防拳頭再次揮來，槌子和馬鈴薯縮緊了身子。但是崔順石下一秒鐘便轉換了神情，擠出了一抹微笑。這簡直太令人意外了。要是平常的話早就先用拳頭伺候了，因為凡是拿他身世來嘲諷的人，至今都沒一個是安然無恙的。

「是啊，我本來的確是個垃圾……這我承認。話說回來，你們趕快回去吧，從此以後別再出現在這村子裡了。」

「這又在說什麼狗話……？」

「你們知道是誰殺死申漢國的嗎？」

「所以你有查出來是誰殺他的？」

崔順石點頭。

「誰？」

「我。」

「什麼？」

「他是因為受到恐嚇威脅而選擇自殺。就是因為你們老是叫我去催他還錢，所以我才去威脅了他一下，結果他就服農藥自盡了。」

「你是說認真的？哈，這種人就算沒受到我們的威脅，該死的終究還是會死。」

「一名酒精成癮患者，單憑戒酒的意志力，特地從鎮上扛了一打沉重的可樂回家，那天要是我沒打那通電話給他，你覺得他還會想要在可樂裡摻農藥喝下肚嗎？」

「所以你的意思是，那個名叫申漢國的傢伙，本來想要改喝可樂戒酒，迎接全新人生，但是因為債主一直不斷地打電話騷擾他，讓他對現實感到極度悲觀、萎靡不振，於是在原本是要用來戒酒的可樂裡摻了農藥服毒自盡，是這個意思吧……？哈哈哈！這真的是太可笑了。」

「所以你打算接下來怎麼辦？」

「什麼怎麼辦？」

「既然是因我們的威脅而自殺，那你還要去向村民追討申漢國生前欠的債嗎？」

「那當然嘍！他們不是都已經簽好借據了嗎，只要我們走露一點風聲，這些人就得統統吃上好幾年的牢飯，站在他們的立場，應該也是選擇還錢比較輕鬆吧？」

「那害死申漢國的我們呢？我們的罪要怎麼處理？」

「我們哪有什麼罪，不就只是行使了幾次身為債主去向債務人催繳的權力而已嗎，那算什麼罪？但這些村民可不同，他們棄屍、毀屍、縱火……這些都是要在牢裡蹲好幾年的重罪。」

「那蕭捌喜呢？你打算怎麼處置？」

「當然要把她賣去願意出最高價的地方啊！那是我們公司的慣例，你應該也很清楚。怎麼？看人家長得漂亮你想收留啊？還是你願意出價把她買走？」

「好啊，那我就跟你買吧。這個村子裡的人要還你的錢，以及蕭捌喜的身價，總共加起來是多少？」

「啊？你說認真的？現在是怎樣，在這村裡挖到金礦了？」

「不是我要付錢，是死者申漢國因為把債留給村民而感到抱歉，所以在走上黃泉路之前，說要幫村民把債還清再走。蕭捌喜要幫申漢國還的那五千萬以及她自己的身價五千萬、里長家五千萬、池塘戶楊式連他們家五千萬、餐館老闆王周榮他們家五千萬、朴光圭他們家五千萬，這樣總共加起來剛好三億。好吧！那就用這個一筆勾銷吧。啊，還有我自己欠你的債也包含在內。」

崔順石從口袋裡掏出可樂瓶蓋，遞給了謝秉蔡。

看見可樂瓶蓋的謝秉蔡一臉「你在跟我開玩笑嗎」的不屑表情，噗哧笑了出來。

崔順石將可樂瓶蓋拿得更靠近他眼前一點。

「來，你仔細看看，瓶蓋裡印著什麼圖案？」

謝秉蔡終於看見可樂瓶蓋裡印有房子圖案，他頓時睜大眼睛。

「這是什麼？」

「房子啊，首爾江南區三十四坪公寓！」

「這是真的嗎？」

「欸，你以為所有人都跟你一樣卑鄙無恥啊？」

崔順石打開趙恩妃的車門，從後座拿出了一瓶沒有瓶蓋的可樂瓶，遞給了謝秉蔡。

「那邊上面不是有寫，送你一間江南公寓嗎？這麼大間的可樂公司，你覺得會誆消費者嗎？來，現在可以把村民寫的借據統統還給我了。」

「這要是假的，小心你和這個村的人統統都會死在我手上喔！」

「唉，你這人，到底要我說幾次是真的，怎麼這麼不相信人呢。你知道原本已經喝下農藥一心求死的申漢國，為什麼會突然那麼拼命求生嗎？就是因為他發現了這個瓶蓋。」

聽完這句話以後，謝秉蔡才終於對馬鈴薯點頭示意。

馬鈴薯重回挖土機上，從公事包裡拿出了村民填寫的借據交給崔順石。

崔順石取出最後僅剩的唯一一根香菸，叼在嘴上，用打火機點菸。隨後，他再用那支打火機燒毀了所有借據。

當那些借據已經被火燒到難以再用手拿的程度時，崔順石將那疊紙拋向了空中，並於空中燃燒完剩餘部分，化成灰燼掉落在地。崔順石用腳踩了幾下，徹底變成了黑色粉末。

「從今以後，合約就徹底終止了喔，再也別來這個村了。」

「知道了，我也超討厭這種標榜零犯罪的村鎮。」

地下錢莊業者三人坐上了挖土機，開始駕駛挖土機往還在淹水的橋梁方向移動。

「那瓶自己釀的酒，味道還滿奇特的。」

馬鈴薯一邊咂著嘴，一邊沿著蜿蜒曲折的道路轉動貨車駕駛方向盤，後車箱上還載著一輛

從債務人那裡沒收的挖土機，所以車子開下坡時需要格外小心。

「事情都圓滿落幕了，大白天的還喝了點酒，是不是心情很好啊？」

謝秉蔡坐在副駕駛座窗戶邊，不停把玩著手裡的可樂瓶蓋，開心地傻笑。

「是，大哥，心情實在太好了，哈哈哈！彷彿酒裡摻了毒品一樣，好嗨啊，哈哈！」

「我覺得那瓶酒味道不錯，就是有點烈。大哥，喝了這酒以後，被草叉插到的傷口竟然就完全不痛了，麻醉效果相當好，到底是用哪些藥草釀成的呢？」

坐在副駕駛座中間位置的槌子一邊甩頭一邊說道，他似乎是想要拋開濃濃的睡意，手裡還抱著那瓶從中川里村鎮會館順手牽羊的酒。從村鎮會館出來前，三人早已喝得差不多了，只剩下沒幾口。

「不過崔順石那傢伙怎麼突然變了個人？」

「就是啊，難道真的看上了蕭捌喜？我還想過要不要扒光那賤女人的衣服……她長得倒是挺有魅力的……」

「我看應該不是蕭捌喜，是喜歡那個趙記者吧。」

「是嗎？那為什麼要把這個可樂瓶蓋送給我們？」

「對啊，為什麼？」

山路下方出現了一座橫跨河川的橋梁。

「你們看前面那座橋，既然要蓋怎麼不多花點錢蓋成對角線，這什麼呀這是，整個要轉九十度的彎才能開上橋，而且連個護欄都沒有。」

「前面那座橋至少還比較高，中川里那座橋是直接被水淹沒，還無法通行呢！」

「呵呵，也是。欸！在這種地方開車還是慢一點比較好。呃啊——！有蛇！」

謝秉蔡突然將兩隻腿抬到半空中喊道。

原本正準備九十度轉彎而需要踩煞車的馬鈴薯，被謝秉蔡這麼一喊，急忙看了腳下一眼。一條光看就帶有劇毒，身體呈現著紅、黑、黃色條紋，色澤紋路都十分鮮豔的巨型毒蛇，竟纏繞在煞車踏板上，盯著馬鈴薯的鼠蹊部頻頻吐舌。

～～～

青陽警察局審訊室裡，聚集著中川里里長夫婦于泰雨和韓頓淑、住最高處的蕭捌喜和黃恩肇、池塘戶夫婦田秀芝和楊式連以及兒子楊東男、餐館老闆王周榮、還有朴光圭和老父親朴達秀，所有人都以忐忑不安的神情坐在位子上。

才剛上班的兩名刑警走進審訊室，在桌子上攤開了《青陽新聞》日報，報紙頭版上刊登著斗大的新聞標題——【特報】零犯罪村殺人事件——是趙恩妃記者寫的新聞。

「大家都起得很早喔？」

「早上也只有六點五十分的公車可以到鎮上來。」

「各位應該也心知肚明，為什麼我要叫大家來這裡一趟吧？關於此次案件，透過這篇特別報導已經大略有所掌握了，但是我還想要確認一下這篇報導是否正確，所以才會請各位以證人身分出席。」

「好的，有什麼問題您請問吧。」

「從中川里要返回大田的路上，在鵲川里橋梁上因車禍而身亡的三名地下錢莊業者，曾借給申漢國先生一千萬韓元，過去光利息就要回了兩千萬韓元，後來因IMF危機取消了利息限制法，所以更是套用了超乎想像的殺人利率向他催討五千萬韓元。最後只因申漢國拿不出錢，便用草叉插他、強灌他喝農藥、用棍棒毆打、再將他扔進水裡進行拷問，最後甚至用車子輾死他等，用盡各種殘忍手段來殺害他，然後為了怕東窗事發，還將遺體移到洞岩下，試圖佯裝成自殺案件，還為了達到完美犯罪而將其住處潑灑汽油燒毀，真的是像新聞裡寫得這樣嗎？」

大家互看彼此，點頭承認。

「有誰親眼目睹了其中的過程嗎？」

黃恩肇高舉小手。

「好吧，小朋友，妳說說看妳都看見了什麼？」

「我看到申漢國被那些壞蛋威脅，我本來是要送雞骨頭給他家的小狗阿呆吃，結果去到他家的時候，看見他對著電話另一頭說：『隨便啦！要殺要剮，要腎臟、眼珠都可以，統統拿去！』」

「原來妳有看見啊，我去確認過申漢國的通聯紀錄了，那通電話的確是從謝秉蔡的辦公室撥打出去的，過去也有密集撥打過許多通電話的紀錄。」

「嗯，幹得好！」

「什麼？」

面對黃恩肇的稱讚，刑警感到有點荒謬，只好尷尬地呵呵笑了兩聲。

「欸，妳這小傢伙怎麼說話這麼沒大沒小啊？」

「笨蛋！我就剛好是不大不小的年紀，所以說話也沒大沒小啊。」

「哎呀，不要理她，這孩子的父親是美國人，所以才會這樣說話。黃恩肇，她的英文名叫En Jo Huang，村裡的人都叫她 Enjoy Huang 或喵喵，呵呵。」

于泰雨里長似乎是有比剛才一進來放鬆一點，說著十分難笑的笑話。

「那還有其他目擊者嗎？」

「我也有看到。」

于泰雨里長再次舉手發言。

「當時大半夜的，申漢國應該是為了躲避那些向他討債的人，逃到我們家的畜舍裡躲了起來，我因為聽到動靜而走出房屋查看，結果看見那幫人拿著我家的草叉，作勢要去刺渾身沾滿著牛糞的申漢國，並將其強行拖走。那把草叉還被刑警們帶了回去，拿去檢驗的話應該能查出那幫人的指紋。」

「是的，刺傷申漢國背部的那把草叉木柄上的確有驗出謝秉蔡和那個叫槌子還是什麼的傢伙，他們兩人的指紋。鐵爪和木柄的接觸面也有驗出和申漢國同血型的血跡，我們已經將那個血跡送到國立科學搜查院，目前正在進行基因鑑識。」

「他們還有用那把草叉刺過朴光圭……」

「嗯，我知道。」

「我也有看見。」

蕭捌喜舉起右手。

「申漢國被那幫人追趕，往我們家這個方向奔逃，當我探頭到大門外查看時，這群人竟然還擅自搶走我家的棍棒，死命毆打已經失去意識的申漢國，然後還用我家的手推車將申漢國載走，不知道是要帶他去哪裡，嚇都嚇死我了。他們還威脅我，要是我敢把目擊的情況報警處理，就會神不知鬼不覺的把我和恩肇殺人滅口。所以當申漢國的住處著火後，看到刑警抵達現場時，我一直很想舉發卻遲遲開不了口。如今三個傢伙都死了，我才敢說出實情。」

「沒錯，我也有被他們威脅。」

「我也是。」

「超可怕。」

大家你一言我一語的補充。

「我記得他們當時用來毒打申漢國的那根棍棒也有被警方收走。」

蕭捌喜再次向刑警說道。

「棍棒？喔！您是指從村鎮會館前收走的那根木棍嗎？」

「對！就是那根。」

「在那上面也有驗出謝秉蔡和綽號馬鈴薯的男子江鎮規兩人的指紋。」

「我也有看見。」

接下來換池塘戶楊式連說道。

「這幫人推著蕭捌喜家的手推車來到我們家的養殖場，我看他們好像在做什麼事情，但是礙於他們恐嚇我們不准從家裡出來，我們十分害怕，所以看得不是很清楚，直到他們離開以後，我們走出房屋查看，才發現養殖場裡的魚竟然統統都死掉漂在水面，我只能確定他們一定是拉了我家的電線對養殖場動了手腳，被他們害得這個月電費一定很可觀，可惡的一群流氓！」

「聽說王周榮先生是被他們這群人劫車？」

刑警向王周榮問道。這位刑警偶爾會去王周榮經營的餐館用餐。

「對，也不曉得這群人偷我的車要做什麼，那是我才剛買不久的 Grandeur 汽車。隔天才發現竟然撞上了我們村的河邊石頭，整輛車被遺棄在那裡。」

「我們調查過那輛車，發現有衝撞申漢國先生的痕跡，後車廂也有發現推測是申漢國先生的血液與頭髮，應該是他們打算將申漢國的遺體佯裝成墜崖身亡時，用您的車去載運遺體，搬移至洞岩下的。至於車子為什麼會撞上河邊的石頭，我們猜測應該是為了湮滅撞死申漢國的痕跡而故意將車子撞毀，預計明天就能拿到車內血痕的基因鑑識結果。」

「喔，原來如此，這些人還真是行事縝密，太可怕了。就算把車子修理好我也不敢開了……還是直接報廢處理掉算了。」

「那……請問兩位有看到什麼嗎？」

刑警向朴光圭和朴達秀老人問道。朴光圭猶豫了一會兒，決定開口回答。

「我其實當下沒有看得很清楚，但是如今回想起來，應該就是那些人。我有在深夜裡看到他們提著一根很像巨大掃把的東西，往申漢國的住處走進去，總之是三人同行的，申漢國他家的狗還不停的吼叫，然後過沒多久，他家就失火了。」

「所以那根像掃把的東西是什麼呢？」

「現在回想起來應該是遺體，不是說有一名大田男子留了封遺書在家中就消失不見了嗎，聽說在失火的申漢國家裡找到了他的骨骸。」

「那這些人為什麼要把那具自殺的遺體搬到申漢國家裡燒毀呢？」

「想也知道為什麼，」

朴姓老翁緊接著說道。

「他們透過各種手段將申漢國殺害之後，為了將這起案件佯裝成墜崖身亡事故，於是將申漢國的遺體搬去了洞岩下，但是當他們抵達現場時，發現竟然已經有一名男子死在那裡，自然是錯愕不已。試想，非親非故的兩個人，竟然在同一天選在這偏僻鄉下地方，而且還是同一個地點自殺，有這麼巧的事嗎？所以自然是把申漢國的遺體留在那裡，把大田男子的遺體想方設法銷毀，於是他們就將遺體搬去了申漢國的住處，再潑灑汽油放火，應該就是為了毀屍滅跡。

新聞報導難道都沒寫這段內容嗎？」

「啊，有的有的，我已經讀過了，但是因為部分內容是記者個人的揣測，不是很確定，所以覺得不是很放心，如今聽了各位目擊者和受害者的陳述以後，我個人也認為應該只能這樣解釋如此複雜的案情了。既然報社記者和目擊者的陳述全部一致，那我應該參考新聞報導來寫調查報告就可以了，哈哈。」

提問的刑警一副所有疑惑都排解完畢似的退出了談話，一旁的另一名刑警又連忙開始追問了幾個問題。

「可是根據中川里的一名居民透露，這群地下錢莊業者除了三人以外還另有一名，請問各位知道是誰嗎？」

朴姓老翁再次出面回答。

「哎呀，那個人才不是什麼地下錢莊業者，當他看見有人不慎落水時，他不顧自己的生命安危直接跳進河裡救人，甚至還冒著風險替我們向那群地下錢莊業者打抱不平、展開格鬥……那個人來自大田，因為很久以前對一名女子失望透頂，從此以後便在心中留下了難以抹滅的傷痛，本來是要來我們村的洞岩自殺的，但是後來回心轉意，下定決心以後要認真生活，所以就默默回去了。他後來才知道，原來是自己對那名女子有很深的誤會……總之，這人是打從娘胎一出生就不可能去從事地下錢莊的那種人，你們說是不是？」

「是啊，沒錯！」

所有人紛紛點頭，對朴姓老翁說的這番話表示贊同。

「不過話說回來，那三名地下錢莊業者究竟是怎麼發生車禍的？」

「聽說他們從鵲川里搶走了一輛挖土機，用貨車載走，然後還酒駕，結果貨車不幸墜落橋梁，被挖土機活活壓死的，要是沒有那輛挖土機，說不定所有人還有機會逃過死劫，應該就是壞事做太多遭天譴吧。」

「這部分我們也知道，但是在連個小雜貨舖都沒有的村子裡，究竟是如何取得酒的呢？是誰送酒給他們的嗎？」

「誰會送他們酒，八成是那群跟土匪沒兩樣的傢伙自己偷走的吧。」

「好吧，那我了解了。等等就要舉行零犯罪村贈匾儀式了，大家應該都會去參加吧？」

「當然，要趕緊離開這裡了，這樣才有辦法趕得上回去的公車……」

〰〰

星期六，結束上午課程的兩名國小二年期學生正背著書包一前一後地走在回家的路上，他們走走停停，在撿拾地上的鐵製飲料瓶蓋，放進手上拎著的黑色塑膠袋裡，就連街道邊或水溝裡的垃圾堆也不放過，仔細翻找著各式各樣的瓶蓋，原來是班導師給了他們一項作業，要他們每人撿三十顆瓶蓋回來，用於裝飾新蓋的學校水泥圍牆。

背著紅色書包的孩子發現了一顆被車輪輾過已經扁掉的飲料瓶蓋，急忙撿起數數看瓶蓋上有幾個鋸齒。

「一、二、三、四、五、六……，二十二、二十三！哇！是新紀錄耶！這顆瓶蓋的鋸齒竟然比一般的多兩個！來，快把額頭靠過來！」

背著橘色書包的孩子接過了紅色書包孩子遞給他的瓶蓋，重新數了一次，然後皺起眉頭、閉上眼睛，接著，紅色書包孩子便湊了過去，用手指彈了他的額頭兩下。

「啊！啊！我剛剛明明沒有這麼用力彈你。哼！你給我走著瞧！」

一路盯著地面走的兩個孩子走到了鵲川里水泥橋。

「聽說之前有三個人掉到這座橋下死掉了。」

「第一個發現的人還是我爸呢！」

「小心要鬧鬼了，快走吧。」

孩子們害怕得拔腿狂奔，快速通過了那座橋梁。

當橘色書包孩子跑到和橋梁連成九十度角的道路上時，在路邊撿到了一顆塑膠製的紅色可樂瓶蓋，並拿起來開始數瓶蓋側邊密密麻麻的線條。

「一、二、三、四……」

「喂！那顆不算啦！它又不是鐵製的瓶蓋。」

「我什麼時候說過只能算鐵製瓶蓋的鋸齒了？」

「總之那顆不算！等等，那是什麼圖案？」

「什麼？」

橘色書包孩子看了一下手中的可樂瓶蓋，內側印著一個房子的圖案。

「這是什麼？」

橘色書包孩子思索了一會兒，便笑開懷地說道。

「啊！我知道了！這應該是家庭用可樂的標示，我在鎮上吃炸雞的時候有看到，炸雞店的可樂瓶上寫著大大的『營業用』三個字，所以印著這種房子圖案的可樂瓶蓋，應該就表示家庭用可樂的意思，營業用可樂的瓶蓋裡我猜應該會印著炸雞店的圖案。」

「喔～原來！總之，那個不是鐵製的瓶蓋，所以不算喔！」

「好啦好啦，真小氣！」

橘色書包孩子將手中的可樂瓶蓋朝滾滾河水用力拋擲，便沿著道路跑了過去，繼續尋找鐵製瓶蓋。

～～～～

掛在中川里村鎮會館屋簷上，寫著「－賀－零犯罪村贈匾儀式」的布條，被初夏徐徐微風吹得啪啦啪啦的飄盪。

布條下的貴賓席坐著約十名貴賓，胸前插著鮮花，背對村鎮會館而坐，主要有道知事、郡守、附近檢察支廳的支廳長們、警察局長、面長、里長于泰雨等人。站在他們面前的人是主辦這項儀式的主辦人——大田地方檢察廳的廳長，正手持麥克風，對著坐在簡易型摺疊椅的村民進行致詞。

「零犯罪村是由檢察廳選定，每年一月一日起至十二月三十一日止，包含在外地的村民從未有過被檢察官提起公訴、緩刑起訴、保留公訴、起訴中止、聲請家庭保護、聲請少年保護、不起訴處分等決定的犯罪紀錄，並進行頒獎的一種制度。此處青陽郡長坪面中川里在過去一整年沒有發生任何一起與村民有關的犯罪案件，再加上今年到目前為止，也從未發生過任何一起犯罪案件。中川里宛如一座樂園，由一群毋須法律也能夠自律的人聚集在一起生活……」

包括趙恩妃在內的幾名記者，不停用相機對著活動現場按下快門。

中川里的居民各個都身穿乾淨整潔的外出服，一臉嚴肅地坐在臺下位子上靜靜聆聽大田地方檢察廳廳長的致詞，但是朴光圭下半身穿的是短褲，手臂和大腿處還綁著繃帶，其他人也不遑多讓，手部、臉部也都有貼著OK繃或綁著繃帶。里長夫人韓頓淑雖然花了好長時間吹整她那頭被火吻過的捲髮，但是早已被風吹得凌亂不堪。

坐在蕭捌喜膝蓋上的黃恩肇似乎是覺得活動太無聊，連打了好幾個哈欠。

「大韓民國所有地區截至前年為止，創下最多零犯罪紀錄的地方是位於江原道非軍事區附近的木所里，但是去年該村一名村民因駕駛耕耘機時沒有遵守交通號誌而發生了一起車禍，所以中川里追平了該村的紀錄，今年要是到年底十二月以前都沒有人犯罪，明年就會由中川里創下有史以來拿到最多零犯罪村匾額的新紀錄。接下來就懇請各位村民繼續堅守不犯罪的信念，期盼各位可以再創紀錄。再次向各位說聲恭喜，致詞就到此為止。」

「等等！」

于泰雨里長從位子上突然站起身，走向大田地方檢察廳廳長，從他手中接過了麥克風。

「我想要藉此機會向各位宣布一件事，這是村裡的人都知道的事，要特別向在座特地從外部遠道而來的貴賓及記者朋友們公布，昨晚我與全體村民開完會以後，決定自明年起，我們中川里將拒絕，不對，是中川里將婉拒零犯罪村這個獎項。」

有別於村民的冷靜沉著，來賓和記者們反而露出了十分驚訝的反應。

「什麼？所以今年會是最後一年嗎？今年創下平紀錄，明年就有機會創下新紀錄，確定不要挑戰新紀錄嗎？請問理由是什麼呢？」

現場彷彿成了記者會一樣，一名記者連忙舉手發問。

「嗯……也沒什麼特別的理由，就只是……唉，太多人表示生活在零犯罪村裡壓力太大了，這是全村的人集體商量後得出的結論，但也並不表示接下來就會故意去犯罪，而是就算明年一樣沒有任何犯罪紀錄，也想要婉拒贈匾儀式。我說的沒錯吧，各位？」

「沒錯，住在零犯罪村裡實在太累了！凡事都要謹慎行事，喝酒也不能喝得盡興，還要擔心其他人會不會犯罪而互相監視、嘮叨別人、聽別人碎念……，多累人啊！」

坐在客席第一排的王周榮大聲附和。

「不僅如此，正因為掛著一串又一串的零犯罪村匾額，導致路過的地下錢莊業者或小偷都看我們村好欺負……」

坐在王周榮旁邊的楊式連也喊道。

「不是都說魚無法在太乾淨的水裡存活嗎，在地上吐個口水、喝醉酒要個酒瘋、無傷大雅的輕度犯罪也要多少有一些，大家才能爽快在地過日子啊！不然每次喝醉酒回家的路上都快尿褲子了，卻只能經過一根根豎立在路旁的電線杆，要一路憋回家才能尿，多累啊！各位說是不是啊？」

「沒錯！沒錯！」

村民你一言我一語地附和著。

「好了，請各位冷靜。那我們現在就來開始進行中川里零犯罪村的最後一次贈匾儀式！」

于泰雨里長提高音量，控制住吵雜的活動現場。

來賓和村民依照工作人員的引導從位子上起身，走到村鎮會館前像黃花魚一樣捆成串的零犯罪村匾額前，分成兩排並肩而站。在新頒發的零犯罪村匾額上，蓋有一條白布，工作人員拿了兩條長長的繩子連在那條白布上，所有人用手抓住了那兩條繩。

「來，三、二、一的時候，所有人就一起拉喔！我們有請道知事來幫大家倒數。」

「三、二、一！」

當大家一起用力拉繩子的時候，白布掀了開來，露出了宛如孩子純真面孔般的全新零犯罪村匾額。

相機快門聲和民眾鼓掌聲熱烈響起。

「好的，接下來要進行合影留念！」

一臉宛如剛從戰場上殺敵回來、面帶奇妙表情的村民，在第十六塊零犯罪村匾額前一字排開站好。

用新車撞上石頭的王周榮、將心愛的卡車開進黃泥河水裡的于泰雨、把養了三年的牛賣掉換來的錢扔進火堆裡的蕭捌喜、整隻手被火燒傷大腿也被刺傷的朴光圭、被狗咬的楊東男、一頭捲髮遭火吻的韓頓淑、從耕耘機拖車摔落導致腰椎間盤突出復發的楊式連……。

雖然在這短短兩天期間，中川里將者谷的人在零犯罪村這片戰場上全員遭受嚴重程度的損害，不過至少從每個人的表情看來，都是最美好的結局。

「來，看這邊！」

喀嚓！

# 尾聲

一九九八年進行完最後一次零犯罪村贈匾儀式以後，好幾臺相機在眼前不停按下快門的畫面至今還記憶猶新。

一名女巡警看著一張張老舊泛黃的照片，將手放於胸前，習慣性地摸著自己的名牌——「黃恩肇」。

不知從何時起，黃恩肇每次只要感到孤單或憂鬱時，就會特地到中川里村鎮會館走一趟，宛如在看自己的出生照一樣，目不轉睛地看著崔順石叔叔的黑白照。

雖然那是在她韓國年齡七歲、美國年齡五歲遭遇到的事情，但是那起零犯罪村殺人案對她的人生依舊帶來了極大影響。要是沒有那起事件，恩肇很可能也會像崔順石叔叔一樣，一輩子怨恨著遺棄她的父親、想念著帶她去尋短的母親而長大；然而，正因為那起事件，使她開始理解原來真相往往比肉眼所見的還要複雜許多。

當年母親餵年幼的恩肇服下大量安眠藥的那天，其實是已經把家裡最後僅剩的財產——母親最珍惜的金戒指拿去賣掉，只為了買披薩和蛋糕給恩肇吃，並在她懵懂無知、吃得津津有味時，努力讓自己維持開朗面容，然後在準備從此長眠之前，將恩肇緊緊擁在懷中，哭到泣不成聲，從母親眼裡流下的那些淚水，應該是比生她時還要痛苦百倍的血淚。

在雪地裡即便自己光著身體凍死也要想方設法救兒子一命的崔順石叔叔母親，只能帶著無人照顧的年幼女兒一起走上黃泉路的黃恩肇母親；雖然兩位母親最後做的決定迥然不同，但是在受人讚許或指責之前，黃恩肇相信，促使兩位母親做出那些決定的心境應該是大同小異的。

黃恩兆走出了中川里村鎮會館，仰望天空，露齒微笑。溫暖的陽光耀眼奪目，中川里的藍天白雲不論何時欣賞，都像極了蕭捌喜阿姨充滿愛意的眼神，溫暖又深情。

如今，是該去找蕭捌喜阿姨和朴光圭姨丈見面的時間了。

—完—

高寶書版集團
gobooks.com.tw

TN 282
我殺死的男人回來了
내가 죽인 남자가 돌아왔다

作　　者　黃世鳶（Hwang Se Youn）
譯　　者　尹嘉玄
特約編輯　梁曼嫻
助理編輯　林子鈺
封面設計　謝佳穎
內頁排版　賴姵均
企　　劃　鍾惠鈞

發 行 人　朱凱蕾
出　　版　英屬維京群島商高寶國際有限公司台灣分公司
　　　　　Global Group Holdings, Ltd.
地　　址　台北市內湖區洲子街88號3樓
網　　址　gobooks.com.tw
電　　話　(02) 27992788
電　　郵　readers@gobooks.com.tw（讀者服務部）
傳　　真　出版部　(02) 27990909　行銷部 (02) 27993088
郵政劃撥　19394552
戶　　名　英屬維京群島商高寶國際有限公司台灣分公司
發　　行　英屬維京群島商高寶國際有限公司台灣分公司
初　　版　2021 年 6 月



國家圖書館出版品預行編目(CIP)資料

我殺死的男人回來了/黃世鳶著；尹嘉玄譯. -- 初版.
-- 臺北市：英屬維京群島商高寶國際有限公司臺灣分公司, 2021.06
　面；　公分. --（文學新象；TN 282）

譯自：내가 죽인 남자가 돌아왔다

ISBN 978-986-506-109-8(平裝)

862.57　　　110005262